SE VOCÊ ESTÁ LENDO ESTE LIVRO, É TARDE DEMAIS

Obras do autor publicadas pela Galera Record

O nome desse livro é segredo
Se você está lendo este livro, é tarde demais

Pseudonymous
Bosch

Tradução de
Rita Sussekind

1ª edição

RIO DE JANEIRO | 2013

CIP-BRASIL. CATALOGAÇÃO NA FONTE
SINDICATO NACIONAL DOS EDITORES DE LIVROS, RJ

B752s   Bosch, Pseudonymous
        Se você está lendo este livro, é tarde demais / Pseudonymous Bosch; tradução Rita Sussekind. – Rio de Janeiro: Galera Record, 2013.

Tradução de: If You're Reading This, It's Too Late
ISBN 978-85-01-08605-1

1. Literatura infantojuvenil americana. I. Sussekind, Rita. II. Título.

11-7050   CDD: 028.5
                                              CDU: 087.5

Título original em inglês:
If You're Reading This, It's Too Late

Copyright © 2008 by Pseudonymous Bosch

Texto revisado segundo o novo Acordo Ortográfico da Língua Portuguesa

Todos os direitos reservados. Proibida a reprodução, no todo ou em parte, através de quaisquer meios. Os direitos morais do autor foram assegurados.

Composição de miolo: Abreu's System
Adaptação de projeto original de capa e miolo: Laboratório Secreto

Direitos exclusivos de publicação em língua portuguesa somente para o Brasil adquiridos pela
EDITORA RECORD LTDA.
Rua Argentina 171 – Rio de Janeiro, RJ – 20921-380 – Tel.: 2585-2000, que se reserva a propriedade literária desta tradução.

Impresso no Brasil

ISBN 978-85-01-08605-1

Seja um leitor preferencial Record.
Cadastre-se e receba informações sobre nossos lançamentos e nossas promoções.

Atendimento e venda direta ao leitor:
mdireto@record.com.br ou (21) 2585-2002.

Para ENIELEDAM, SACUL, E ILLIL

COM AGRADECIMENTOS ESPECIAIS A
XWP AHSATAN POR ME DEIXAR ROUBAR
SEU MONSTRO DE MEIA

NOTA DO AUTOR:

POR FAVOR, LEIA O CONTRATO NA PÁGINA
A SEGUIR COM MUITO CUIDADO. CASO SE
RECUSE A ASSINAR, TEMO QUE DEVA FECHAR
ESTE LIVRO IMEDIATAMENTE.

P.B.

Termo de Compromisso

Eu, leitor deste livro, certifico que estou lendo esta obra apenas por entretenimento.

Ou para evitar limpar meu quarto ou fazer o dever de casa.

Não tentarei desvendar as verdadeiras identidades ou locais das pessoas descritas neste livro.

Tampouco tentarei contatar qualquer sociedade secreta mencionada aqui.

Apesar de a história poder envolver um segredo antigo e poderoso, eu, pelo presente termo, nego qualquer conhecimento envolvendo o supracitado segredo.

Se algum dia me perguntarem a respeito, fugirei do local.

A não ser que esteja em um avião; neste caso fecharei os olhos e ignorarei a pessoa falando comigo.

E, se tudo der errado, eu grito.

Não repetirei uma palavra deste livro sob qualquer circunstância.

A não ser que não consiga evitar.

Assinado,

Leitor_____*

Data_____

---

* Normalmente eu pediria que assinasse com sangue. Mas recentemente descobri que ketchup também funciona — e é bem menos doloroso.

PRÓLOGO

~~A lanterna perfurou a escuridão~~
~~A lanterna *cortou* a escuridão~~
~~O *brilho* da lanterna *cortou* a escuridão como uma espada~~
 O brilho da lanterna se lançou — *isso!* — pela sala escura, iluminando uma coleção maravilhosa de antiguidades curiosas:
 Cartas de tarô com belas ilustrações de reis encarquilhados e loucos gargalhando... caixas chinesas envernizadas contendo armadilhas de molas e compartimentos secretos... xícaras de madeira e marfim com entalhes intricados criados para fazerem moedas, bolinhas de gude e até dedos desaparecerem... anéis brilhantes de prata que alguém experiente poderia juntar e separar com as mãos como se fossem feitos de ar...
 Um museu de mágica.
 O círculo de luz permanecia em uma luminosa bola de cristal, como se esperasse que alguma imagem espiralada aparecesse na superfície. Depois parou, hesitando em uma grande lâmpada de bronze — outrora a casa, talvez, de algum gênio poderoso.
 Finalmente, o brilho da lanterna encontrou uma cristaleira isolada no meio da sala.
 — A-há! Finalmente — disse uma mulher com voz gélida.
 O homem atrás da lanterna soltou uma risadinha.
 — Quem disse que o melhor lugar para esconder alguma coisa era à vista de todos? Que idiota. — O sotaque dele era estranho, sinistro.
 — Faça de uma vez! — sibilou a mulher.
 Segurando a lanterna pesada com força na mão protegida por uma luva, o homem a impulsionou como se fosse um machado. O vidro estilhaçou-se, revelando uma esfera de cor branca leitosa — uma pérola gigante? — sobre uma cama de veludo negro.

Ignorando os cacos afiados e brilhantes, a mulher esticou a mão delicadamente fina — em uma luva delicadamente fina — e tirou a esfera.

Mais ou menos do tamanho de um ovo de avestruz, era translúcida e parecia quase brilhar por dentro. A superfície tinha uma espécie de textura de colmeia composta por muitos buracos de tamanhos variados. Uma fina fita prateada circulava a esfera, dividindo-a em dois hemisférios iguais.

A mulher empurrou o cabelo de um louro quase branco para o lado e segurou o objeto misterioso perto de sua orelha perfeitamente desenhada. Quando virado, o objeto chiou como uma garrafa aberta ao vento.

— Quase consigo ouvi-lo — regozijou-se ela. — Aquele monstro repugnante!

— Tem tanta certeza de que ele está vivo? Faz quatrocentos, quinhentos anos...

— Uma criatura como aquela, tão impossível de criar, é mais impossível ainda de destruir — respondeu ela, ainda ouvindo a bola na mão.

Uma pequena mancha vermelha de sangue agora marcava a luva branca, onde um dos cacos de vidro a cortara; ela não pareceu notar.

— Mas agora ele não pode mais escapar de nós. O Segredo será meu!

O brilho da lanterna diminuiu.

— Quero dizer *nosso*, querido.

Sob a cristaleira estilhaçada, brilhava uma pequena placa metálica. "O Prisma do Som, origem desconhecida", estava escrito...

AAAAAAAAAAA
AAAAAAAAAAAA

AAAAAAAAAAA AAAAAAARRGH!

Sinto muito — não consigo.
Não consigo escrever este livro. Estou assustado demais.
Não por mim, entenda. Por mais implacáveis que sejam, o Dr. L e a Srta. Mauvais nunca me encontrarão onde estou. (Você reconheceu aquela dupla traiçoeira, não reconheceu — pelas luvas?)*
Não, é por você que temo.
Estava torcendo para que o contrato o protegesse, mas agora que estou diante do problema... não é o suficiente.
E se, digamos, as pessoas erradas o vissem lendo este livro? Podem não acreditar nas suas alegações de inocência. Que realmente não sabe nada sobre o Segredo.
Sinto dizer, mas não posso responder pelo que aconteceria então.
Honestamente, me sentiria muito melhor escrevendo sobre outra coisa. Alguma coisa mais segura.
Como, por exemplo, pinguins! Pinguins são populares.
Não? Você não quer pinguins? Quer segredos?
Claro que quer. Eu também... É que, bem, e se eu dissesse que, afinal de contas, estou um pouquinho de nada assustado? Pela minha própria pele, quero dizer?
Deixe-me colocar desta maneira: o monstro ao qual a Srta. Mauvais estava se referindo... não foi só modo de falar. Ela quis dizer *monstro* mesmo.
Então que tal me dar um tempo? Só desta vez.
Como? É tarde demais? Você assinou um contrato?
Nossa. Que bacana. Achei que tivéssemos um acordo amistoso e agora está me ameaçando.

---

* SE NÃO, VEJA CASS E MAX ERNESTO E O MISTÉRIO DO SPA SECRETO. TAMBÉM CHAMADO DE CASS E MAX ERNESTO E A MALDIÇÃO DA PIRÂMIDE NÃO TÃO ANTIGA. PODE SER QUE CONHEÇA COMO O NOME DESTE LIVRO É SEGREDO — UM TÍTULO TÃO CONFUSO QUE EU MESMO RARAMENTE USO.

Ah, claro. Sei como é. Quer rir das minhas piadas. Talvez derramar algumas lágrimas. Mas no que se refere a ter um pouco de solidariedade por uma alma apavorada como eu... esqueça, certo?

Leitores! São todos iguais. Mimados, todos vocês. Deitados aí, com os pés para cima, gritando para alguém trazer mais biscoitos (não me diga que têm gotas de chocolate, porque aí ficarei muito bravo!).

Sinto muito, não quis dizer isso... Essa história de escrever está me enlouquecendo.

Sejamos honestos: estou protelando.

Isto é: procrastinando. Adiando. Demorando.

Estou arraaaaaaaaasssssssssstaaaaaaannnnndoooo oooosssss péééééssss.

Tem razão: só vai tornar o meu trabalho ainda mais difícil no final.

Melhor mergulhar de uma vez.

Independentemente do quão fria esteja a água. Ou de quão fundo seja. Ou de quantos comedores de gente...

A única maneira de escrever é escrevendo e eu vou simplesmente...

Espere! Preciso de um segundo para me estabilizar.

Dois segundos.

Três.

Pronto. Estou na borda, com a caneta na mão, pronto para me lançar.

E lá vou...

Ei, você por acaso ME EMPURROU?

Bem, acho que tinha que acontecer.

A essa altura todos sabemos que não consigo guardar nenhum segredo — independentemente do quão perigoso ou contraindicado.

E a verdade é que...

SE VOCÊ ESTÁ LENDO ESTE LIVRO, É TARDE DEMAIS

CAPÍTULO TRINTA E TRÊS.*
UM SONHO RUIM

---

* Você vai notar que neste livro numerei os capítulos em ordem inversa. Como uma contagem regressiva para o lançamento de um foguete. Ou uma bomba. Com sorte, o livro vai explodir no fim e não terei que concluí-lo.

Um cemitério à noite.

Na encosta de uma montanha. Perto de um lago.

Nossa visão está borrada. A chuva cai difusa ao redor.

Tem água por todo lugar. Pingando. Pingando.

Uma música estranha começa a tocar. Parece distante, e ainda assim impossivelmente perto.

Como o canto de fadas ou silfos.

Como o soar de milhares de pequenas vozes nos nossos ouvidos.

Acima de nós, um corvo bate as asas contra a chuva e, grasnando, desaparece no escuro.

Um raio ilumina brevemente as lápides aos nossos pés, mas são tão antigas que não sobrou nenhum rastro de nome ou data. Não são mais lápides; apenas pedras.

O que há embaixo é um mistério.

Um rato corre apressado por entre as pedras, frenético. Como se estivesse tentando sair de um labirinto. De uma ratoeira mortal.

Logo recebe a companhia de outros de sua espécie. Nadam contra uma corrente de lama. Arranhando-se uns aos outros na tentativa desesperada de escapar.

Automaticamente, olhamos na direção da qual estão fugindo. Há um monte de túmulos com a lápide quebrada no topo. A beirada irregular formou uma silhueta quando um segundo raio caiu.

A música estranha e misteriosa flutua pelo vento — até ser afogada por um trovão.

Enquanto observamos, a pedra quebrada cai — e aterrissa com uma batida na lama, deixando um buraco no chão. Torrões de terra entram em erupção. Um vulcão de lama.

Primeiro uma mão, depois outra — ambas muito, muito grandes — surgem do buraco, agarrando a lama para se apoiar.

Em seguida: um nariz.

Pelo menos, achamos que é um nariz; poderia ser uma couve-flor...
— Cassandra...!
Olhamos para baixo. Um rato sozinho e encalhado está nos chamando — como que de longe.
— Levante-se, Cass, está tarde!
Ele soa estranhamente como a nossa mãe...

Tremendo, Cass levantou a cabeça do travesseiro.

Ela agora fazia parte de uma perigosa sociedade secreta, a Sociedade Terces, lembrou a si mesma. Ou faria em breve. Não podia permitir que um sonho qualquer a assustasse.

O que Pietro, o velho mágico, dissera na carta? Que uma vez que ela e Max Ernesto tivessem feito o Juramento de Terces, iriam "encarar os perigos e dificuldades". E que deveriam "obedecer a todas as ordens sem questionamentos"*.

Se não pudesse enfrentar os próprios sonhos, como poderia encarar inimigos reais, como o Dr. L e a Srta. Mauvais? Como os Mestres do Sol da Meia-Noite.

Mesmo assim, a estranha música permaneceu em sua mente, assombrando-a.

Novamente.

Cada noite um sonho diferente. Mas sempre a mesma melodia. Por quê?

— Cassandra!

A mãe chamava do andar de baixo. Cass não conseguia entender todas as palavras, mas sabia o que a mãe estava dizendo:

---

* SE NUNCA VIU A CARTA, RECOMENDO QUE LEIA. FOI ESCRITA EM CÓDIGO E ASSINADA P.B. PIETRO BERGAMO. CASS E SEU AMIGO, MAX ERNESTO, ENCONTRARAM-NA GRAVADA EM UMA JANELA EMBAÇADA. MAS VOCÊ A ENCONTRARÁ NO FIM DO ÚLTIMO CAPÍTULO DO MEU PRIMEIRO LIVRO, *CASS E MAX ERNESTO E O SEGREDO DO CHEIRO DE OVO PODRE*, OU SEJA QUAL FOR O NOME. SE VAI LER O LIVRO TODO ANTES (UMA ATITUDE HONROSA NESTE CASO) OU SIMPLESMENTE PULAR PARA A CARTA E DEPOIS DEVOLVER O LIVRO À ESTANTE (QUE É BASICAMENTE COMO ROUBAR), É UMA DECISÃO QUE CABE A VOCÊ.

— *Acorde* — *está tarde! Estou saindo para trabalhar (... ou para a ioga... ou para uma reunião). Tem mingau de aveia no fogão (... ou granola na bancada... ou um waffle na torradeira). Não se esqueça do teste de matemática (... ou do trabalho sobre aquele livro... ou da aula de oboé). Te amo!*
Ultimamente, a mãe de Cass terminava quase tudo que dizia com *Te amo!* — como uma pontuação ou um tique nervoso.
— Te amo!
Viu?
A porta da frente se fechou; a mãe tinha saído.
Sem vontade de levantar, Cass olhou para a parede diante da cama.
A Parede de Horrores de Cass, sua mãe chamava.
Centenas de artigos de revistas e jornais a cobriam — todos descrevendo desastres ou desastres em potencial:
Terremotos. Vulcões. Tsunamis. Tornados.
Havia fotos de aves marinhas escurecidas por derramamentos de óleo e de ursos polares famintos sobre icebergs que encolhiam.
Havia nuvens em forma de cogumelo e cogumelos venenosos, abelhas assassinas e mofo assassino.
Pôsteres e diagramas mostravam Como Tratar Geladura... **A Manobra de Heimlich...** TRÊS SINAIS DE QUE VOCÊ TEM UMA QUEIMADURA DE TERCEIRO GRAU... **O ABC da Ressuscitação cardiopulmonar...**
E no centro da parede havia um artigo sobre ursos aterrorizando campistas na montanha: **URSO OU PÉ GRANDE?**, dizia a manchete.
A maioria das pessoas — pessoas como a mãe de Cass — acharia uma parede como esta muito inquietante. Cass achava reconfortante.
Geralmente.

Como uma sobrevivóloga, ela gostava de estar preparada para o pior o tempo todo. Poderia enfrentar qualquer coisa, acreditava, se soubesse que estava vindo. Furacão? Coloque tábuas nas janelas. Seca? Economize água. Incêndio? Não entre em pânico, evite inalar fumaça, procure por uma saída segura.

No entanto estes eram desastres *naturais*. O que ela faria, não conseguia deixar de pensar agora, se enfrentasse um desastre *sobrenatural*?

Era isso que a incomodava em relação aos sonhos. Eram estranhos e irracionais. *Não faziam sentido*, como o amigo Max Ernesto diria (Max Ernesto falava compulsivamente, mas era *sempre* muito lógico). Um terremoto podia não ser totalmente previsível, mas pelo menos obedecia às leis da natureza.

A maioria dos sonhos envolvia uma criatura monstruosa e um velho cemitério assustador. Como se preparar para *algo assim*?

Não que Cass achasse que os sonhos se realizariam; não era supersticiosa. É que pareciam tão reais...

— Deve haver alguma coisa no cemitério que você quer — disse Max Ernesto quando ela finalmente contou sobre os sonhos.
— Um sonho é a realização de um desejo. É o que Sigmund Freud diz. Que tal?*

— Mas por que eu desejaria um monstro? — perguntara Cass. Os pais de Max Ernesto eram psicólogos, então ela concluiu que ele sabia do que estava falando.

---

* Freud foi o inventor do ato falho — que não é o mesmo que não passar de ano, é quando você pretende dizer uma coisa e acidentalmente diz outra que estava pensando. Então por horror — quero dizer, por favor — vá devagar com tudo que ele disse.

— Bem, não sei se significa que você desejou, exatamente. Acho que sonhos são coisas que você não pode admitir que quer porque se sente culpado, envergonhado ou coisa do tipo. Chama-se inconsciente — concluiu Max Ernesto. — É um pouco confuso.

Ainda na cama, Cass pensou no que ele dissera. Pôs a mão embaixo do travesseiro, puxando a pequena criatura de pelúcia que tinha escondido.

— Quem é você? O que é você?

O monstro de meia de Cass era uma coisa pequena feita de meias velhas e restos da loja de antiguidades dos avôs. Tinha costurado em uma espécie de frenesi um dia, obcecada pela criatura dos sonhos. Era verde, roxa, parecia um troglodita, o nariz era o calcanhar da meia, os olhos protuberantes tampas de garrafa e as orelhas moles feitas com linguetas de tênis. Cass gostava especialmente das orelhas — eram quase tão grandes, mas não tão pontudas quanto as de Cass.

Por ser cem por cento reciclado, o monstro de meia era um supersobrevivólogo, e Cass achava que se o segurasse com força absorveria os poderes de sobrevivência.

Às vezes.

Outras vezes, ele era apenas bom de apertar.*

Talvez, pensou Cass, seus sonhos ruins acabassem quando a nova vida — a vida secreta, a vida com a Sociedade Terces — começasse.

Como qualquer sobrevivóloga séria, Cass seguia uma rotina rigorosa todas as manhãs:

---

* Sim, concordo. Abraçar um brinquedo felpudo — mesmo um monstro de meia reciclado — não parece muito coisa de sobrevivóloga. Cass ficaria muito chateada por eu ter mencionado. Por favor, esqueça — assim como todas as outras coisas que eu contar, é claro.

Assim que se levantava, tirava a mochila que ficava embaixo da cama e verificava o conteúdo. Era um modelo feito sob medida que Pietro havia mandado; tinha capacidades secretas especiais, como se transformar em barraca ou paraquedas. Mesmo assim, Cass mantinha alguns dos antigos suprimentos de sobrevivência na mochila — como chiclete (pela qualidade de grude) e suco de uva (que ela gostava de utilizar como tinta).

Não sabia qual seria a primeira missão na Sociedade Terces — só o que sabia sobre a sociedade era que se dedicava a proteger o Segredo —, mas estaria pronta.

Em seguida, Cass examinava cada canto da casa para ver se alguém tinha entrado durante a noite — amigo ou inimigo.

Ela verificava:

1. Os pequenos pedaços de fio dental que amarrava nas maçanetas das gavetas da escrivaninha para saber se tinham sido abertas.
2. O corpo seco de abelha que havia encontrado um dia e deixava estrategicamente no parapeito da janela.
3. Todas as janelas, espelhos e portas para ver se alguém deixara mensagens em código com poeira, pasta de dente ou creme de barbear.
4. E alguns outros lugares que não vou denunciar, caso a pessoa errada leia isso.

Apenas após ter certeza de que nada havia mudado no andar de cima se permitia descer, onde a primeira parada era o armário da cozinha. Cass tinha o palpite de que poderia encontrar a próxima mensagem secreta da Sociedade Terces em uma velha caixa em particular de cereal no formato de letrinhas.

Mas naquela manhã, quando atravessou a porta da cozinha, Cass soltou uma exclamação de empolgação que nada tinha a ver com uma sobrevivóloga: os ímãs da geladeira haviam sido mexidos. Não estavam dispostos na ordem em que os deixara na noite anterior (por cor, e não por letra); da porta dava para perceber.

Atravessou a distância em dois pulos e parou sem fôlego diante da geladeira, pronta para decifrar uma mensagem codificada ou ler as orientações para um local secreto de reuniões, ou receber instruções sobre uma nova missão. Ou as três coisas ao mesmo tempo.

Mas Cass logo se decepcionou.

Os ímãs formavam: TE AMO

Sob eles havia um bilhete escrito à mão:

7h da manhã. Saí para trabalhar. Tem um waffle — integral — na torradeira. Não se esqueça do passeio para as piscinas naturais amanhã; sabe onde está seu casaco esporte? Não consigo encontrar.
M.

M de mamãe ou mãe. Mas também de Mel.

Mel de Melanie, o nome da mãe.

Nada de código secreto naquilo.

Cass amassou o bilhete com a mão, desanimada: *por que* a mãe tinha que ser tão mãe?

E *quando* a Sociedade Terces ia aparecer?

Capítulo trinta e dois
A mesa de miolos moles

Escola Xxxxxxxx. Cidade de Xxxxx Xxxxxx. Hora do almoço

Sinto muito — continuo sem poder revelar o nome da escola de Cass. Ou a localização. Ou a aparência. Ou qualquer outra coisa a respeito.

Claro, confio em *você*. Mas sempre existe a possibilidade de você, não por culpa sua, jogar o livro pela janela e ele cair nas mãos erradas.*

Posso dizer o seguinte: era uma escola com uma conduta severa.

Havia, em primeiro lugar, as regras da Sra. Johnson, a diretora, que eram rígidas o bastante, mas geralmente compreensíveis. Como não andar de skate nos corredores, por exemplo. Ou não vestir a roupa íntima por cima das roupas normais.

Mas também havia muitas outras regras não pronunciadas, feitas por ninguém em particular, e isso não fazia sentido algum.

Uma dessas regras despropositadas era a de almoçar na mesma mesa e com as mesmas pessoas todos os dias; mudar de mesa poderia significar que tinha brigado com alguém ou que algo realmente drástico tinha acontecido.

As mesas de almoço aglomeravam-se do lado de fora em uma parte do pátio da escola conhecida como Bosque (apesar de não haver nenhuma árvore por perto). Na mesa central ficavam Amber e as amigas; Amber, talvez se lembre, era a menina mais simpática do colégio e a terceira mais bonita. Ao menos era o que todos diziam.

---

* E JÁ QUE ESTOU NO ASSUNTO, SE LEMBRA DE QUE TODOS OS NOMES NO LIVRO SÃO INVENTADOS, NÃO LEMBRA? CASSANDRA. MAX ERNESTO. TODOS ELES. SIM, SOU INCONSEQUENTE E IRRESPONSÁVEL, MAS HÁ UM LIMITE — ATÉ PARA MIM. JAMAIS REVELARIA OS NOMES VERDADEIROS DOS MEUS PERSONAGENS. SE ALGUÉM QUE LESSE ESTE LIVRO — *ALGUÉM*, EU DISSE, NÃO VOCÊ — CONSEGUISSE LOCALIZAR ALGUM DELES... BEM, NÃO QUERO NEM PENSAR NAS CONSEQUÊNCIAS.

Outras mesas se espalhavam a partir dali — como planetas orbitando ao redor de um sol.

Cass e Max Ernesto, sinto dizer, faziam pouco para se rebelar contra esse sistema. Aliás, a mesa deles, localizada nas bordas do Bosque, era tão conhecida que tinha um nome: a Mesa dos Miolos Moles.

— O nome não faz o menor sentido — reclamava Max Ernesto quase diariamente. — Deveria ser a Mesa dos Sem Miolos, considerando que é para alunos com alergia a miolo de pão.

— Acredito que as pessoas acham que a Mesa dos Miolos Moles soa mais engraçado — disse Cass.

Mas parou antes de dar uma explicação completa: se Max Ernesto não entendia que os outros alunos achavam que as crianças na Mesa dos Miolos Moles eram, bem, crianças com miolos moles, então melhor para ele.

Cass não era alérgica; no entanto, tinha uma dieta restritiva. Como encarava o almoço como parte do treinamento de sobrevivóloga, tudo que comia deveria durar meses sem estragar, fosse em um bunker subterrâneo, fosse em um refúgio espacial. Portanto, frutas frescas eram proibidas, mas rolinhos de fruta eram permitidos. Sanduíches não, mas macarrão instantâneo sim.

Mix de frutas secas e grãos era a comida ideal: uma refeição completa em uma só.*

Nesse dia, no entanto, Cass hesitou antes de cair de boca no mix. Havia um bilhete escrito à mão em cima.

---

* Não se preocupe, como a própria Cass sempre dizia para os companheiros nervosos de mesa: não havia miolo no mix — apenas batatas de manteiga de amendoim e tinham sabor artificial. Para a receita patenteada do mix de frutas secas, castanhas, chocolates etc. de Cass, veja o Apêndice do primeiro livro.

Cass sorriu de irritação. Detestava quando a mãe punha bilhetes no almoço — era *tão* constrangedor. Sem falar que os bilhetes geralmente consistiam de listas de coisas não muito divertidas que Cass deveria fazer ou se lembrar.

Empurrou o bilhete novamente para o embrulho de almoço reutilizável e à prova d'água. Leria mais tarde. Talvez.

Ao contrário de Cass, Max Ernesto tinha muitas alergias a miolos de pão (a quais exatamente não sabia ao certo) assim como a diversos outros alimentos. Mas o mais notável era que ele sempre levava dois almoços para a escola: um feito pela mãe e um pelo pai; ele sempre tomava cuidado para comer a mesma quantidade de cada um. Os pais de Max Ernesto eram divorciados, e tudo na vida dele era dobrado ou dividido (na primeira vez em que Cass foi à casa dele, não conseguiu acreditar: era dividida ao meio, cada lado projetado e decorado distintamente, e nenhum dos pais pisava no lado do outro).

Hoje ele não parecia apressado para comer *nenhum* dos almoços.

— Então, aprendi um truque novo. Quer ver? — perguntou, já espalhando as cartas. — Chama-se Quatro Irmãos.

Há meses que Max Ernesto vinha lendo sobre mágica, não apenas livros de como fazer, mas também histórias e biografias de mágicos famosos. Cada vez que Cass o via ele tinha uma nova história sobre um engolidor de espadas indiano, ou um circo de pulgas do século dezenove, ou um ensaio sobre a primeira vez em que um mágico fez um elefante desaparecer.

Para o truque de hoje, Max Ernesto tirou os quatro valetes do baralho e os espalhou diante de Cass.

— Está vendo estes quatro valetes? São irmãos e não gostam de ficar separados.

Ele reuniu os valetes e os colocou em lugares diferentes no baralho, separando-os — ou parecendo separar. Depois cortou o bolo.

— Agora, observe como os valetes se reúnem...

Ele embaralhou as cartas e mostrou a ela como tinham se movimentado, reunindo-se — ou como haviam parecido fazê-lo.

— Que tal isso?

Ele estava melhorando, pensou Cass. Mas não tanto assim. Não ajudava o fato de que Max Ernesto estava como uma espinha enorme na ponta do nariz. Entre a espinha e os cabelos arrepiados — cada fio, como sempre, exatamente do mesmo comprimento — ele parecia mais um ouriço do que um mágico.

— Muito bom — disse Cass diplomaticamente. — Mas acho que já vi esse truque, só que com reis. E não eram irmãos, mas amigos.

— Isso não faz sentido. Quatro reis jamais seriam amigos, seriam rivais, brigando por reinos. E, mesmo que não estivessem brigando, duvido que tivessem muitos amigos. Não é muito realista...

Cass estava a ponto de dizer que às vezes irmãos podem ser rivais. Como Pietro e o Dr. L. Eram gêmeos e também inimigos mortais. Ao mesmo tempo, muitas pessoas tinham quatro amigos ou até mais. Amber, por exemplo. Amber se considerava amiga da escola inteira.

Mas Cass decidiu não dizer nada. Era preciso saber escolher as batalhas com Max Ernesto. Do contrário, passaria o dia discutindo.

Além disso, nenhum dos dois tinha muitos amigos; neste aspecto, ele tinha razão. Aliás, ela era a única amiga de Max Ernesto. E, por mais que detestasse admitir, ele também era o único amigo *dela* (a não ser que se levasse em conta o antigo colega de turma, Benjamin Blake. Mas os pais dele o colocaram em uma escola especial este ano. E ele também não falava tanto assim — ao menos não coisas que conseguissem entender).

— Bem, eu ainda preferia que você se concentrasse em treinar para a Sociedade Terces do que em truques de mágica — disse ela.

— Não sabemos nem para que estamos treinando! — disse Max Ernesto, um pouco exasperado. — Além disso, Pietro era mágico, não era?

— Você quer dizer ele *é*... Ainda está vivo, lembra?

— Não sabemos ao certo. Outra pessoa com as mesmas iniciais pode ter escrito a carta. Ou alguém fingindo ser ele. Ou talvez ele tenha morrido *depois* de escrever. Quero dizer, já se passaram quatro meses. Por que a Sociedade Terces não nos contatou novamente, se eles até...

Cass o fitou. Detestava quando ele sugeria que Pietro poderia estar morto. Ou que a Sociedade Terces poderia não existir. Tinha passado tempo demais se preparando para aceitar uma coisa daquelas.

— A carta dizia que Owen viria nos buscar, e ele virá! — disse, com mais confiança do que sentia.

Owen fora o homem que ajudara a resgatá-los do Sol da Meia-Noite. Cultivava o hábito de trocar de identidades, então durante meses Cass e Max Ernesto examinaram minuciosamente cada rosto que encontravam. Mas nunca detectaram um único bigode falso ou sotaque forjado. Ou qualquer acidente de carro suspeito (Owen era um péssimo motorista).

— Bem, talvez ele já tenha vindo — disse Max Ernesto, em tom conciliatório —, e tenha sido como um sequestro. Fizemos nossos juramentos sob hipnose, e agora estamos operando sob instruções secretas...

Cass riu. Pelo menos, Max Ernesto estava sempre disposto a considerar todas as possibilidades.

— Isso foi engraçado? — perguntou, surpreso.

Cass assentiu. Ele sorriu.

— Que tal isso?

(Para desgosto de Cass, as aspirações de Max Ernesto quanto a se tornar um mágico não haviam diminuído em nada seu desejo prévio, e ainda mais improvável: tornar-se um comediante).

— Isso é da sua mãe? — perguntou Max Ernesto, mudando de assunto. Estava olhando para o bilhete ainda para fora do saco do almoço.

Irritada, Cass o puxou. Eis o que dizia:

> Cass, seque a lista de compras para amanhã:
> CARNE — MAS SÓ SE ENCONTRAR DE PRIMEIRA
> PATO (3) — como aqueles que vimos quando o navio ancorou.
> 12 batatas, em purê p/molho.
> Pasta de amendoim em Barra.
> Mãe

Agora que estava olhando para o bilhete, parecia estranho para Cass por diversos motivos:

Primeiro, a mãe tinha ido ao mercado ontem.

Segundo, jamais tinham tido um pato na casa — quanto mais três. Nem nunca andaram de navio.

Terceiro, a mãe sempre comprava batatas inteiras, depois fazia o purê em casa. Cass nem sabia se dava para comprar purê pronto se quisesse.

Quarto, a mãe nunca assinava os bilhetes dizendo "Mãe". Geralmente assinava "M". Se estivesse se sentindo particularmente amorosa ou brincalhona, talvez escrevesse "Mamãe". Às vezes, quando queria mostrar para Cass que a estava tratando como adulta, assinava "Mel".

Mas *Mãe?* Não que Cass se lembrasse.

Uma leve sensação de excitação começou a formigar nos dedos dos pés de Cass, borbulhou pelo estômago, até sair pela boca:

— Ei, veja isso... — sussurrou ela para Max Ernesto. — É deles. Sei que é. Está em código. Consegue acreditar que conseguiram colocar na sacola do meu almoço? Só ficou no meu armário por uma hora! Acha que Owen está aqui agora?

Olhou em volta. A única pessoa que não reconhecia era um menino asiático sentado à mesa ao lado, ligando a guitarra em um amplificador portátil.

Max Ernesto franziu o cenho ao examinar o bilhete.

— O quê, você não acha que está em código? Tem que estar. Definitivamente não é da minha mãe.

— Não, concordo, parece estar em código. Só é um pouco estranho...

Discretamente, Max Ernesto puxou algo que parecia um videogame do bolso. Mandado por Pietro, o dispositivo manual era na verdade o ULTRA-Decodificador II. Feito especialmente para decifrar códigos, continha mais de mil línguas e ainda mais códigos secretos na memória.

Segurando a lista de compras sob a mesa, Max Ernesto apontou o Decodificador para o papel e examinou.

— Não sei, o Decodificador não está detectando nada — sussurrou. — Se estiver em código, não tem nenhum sistema...

Cass suspirou. Será que o bilhete poderia ser da mãe, afinal?

— As irmãs Skelton me deram como prêmio quando me juntei à Skelton Cem — disse uma voz familiar e adocicada.

Era Amber, passando com a amiga Verônica (a segunda mais bonita da escola, e nem mesmo a quarta ou quinta mais legal). Até onde Cass sabia, nenhuma das duas tinha treze anos ainda. Mas de algum jeito, durante o verão, tinham envelhecido vários anos. Era a maquiagem com glitter, decidiu Cass (não conseguia acreditar que a Sra. Johnson as deixava usar — sem falar nas mães). E as roupas apertadas.

Amber estava segurando um celular rosa brilhante decorado com um grande coração vermelho.

— O toque muda automaticamente para uma nova música das Irmãs Skelton toda vez! — se gabou, alto o suficiente para que todo o pátio da escola ouvisse. — Para eu saber todas as músicas quando for ao show. Se eu conseguir; já está quase esgotado.

(Romi e Montana Skelton eram gêmeas adolescentes que tinham atingido a fama na televisão e no vídeo, mas que agora comandavam um grande império comercial — twin♥hearts™ ltda — que produzia de tudo, desde mochilas rosas felpudas a brilhos labiais fedorentos. Cass nutria um ódio especial por elas — em parte porque Amber tinha um amor especial por elas).

— Aqui, ouça...

Amber começou a apertar botões no telefone, e, antes que pudesse fazê-lo tocar, o pátio da escola foi preenchido com um som de microfonia — e o uivo contorcido de uma guitarra. Era o aluno novo na mesa ao lado — incorporando Jimi Hendrix.*

Cass riu em voz alta. O momento foi perfeito: interrompeu Amber exatamente quando ela estava prestes a sujeitar todos a alguma péssima música das Irmãs Skelton.

Ela olhou para o jovem guitarrista. Ele estava tocando e olhando para o nada, como se estivesse sozinho em uma garagem, e não na escola com centenas de outras pessoas. Era alto para a idade e tinha uma cabeleira espessa negra que caía sobre os olhos. Usava tênis verde-limão e uma camiseta com os dizeres:

DOR DE OUVIDO ALIENÍGENA
Nosso rock é tão pesado que ouvem em Marte!

— Aposto que esse é aquele aluno novo, o do Japão — disse Cass a Max Ernesto. — Lembra que a Sra. Johnson fez aquele anúncio?

A risada de Cass, enquanto isso, não tinha passado despercebida por Amber.

— Oi, Cass... você está bem? — perguntou Amber, parando à mesa de Cass, mas não sem antes dar uma boa olhada no guitarrista.

— Hum, sim, acho que sim...

— Ah, ótimo! — disse Amber, docilmente. — Temi que talvez aquela guitarra tivesse machucado seus ouvidos...

---

* SE PERGUNTAR A SEUS PAIS, ELES PROVAVELMENTE DIRÃO QUE JIMI HENDRIX FOI O MAIOR GUITARRISTA DE ROCK DE TODOS OS TEMPOS. O QUE TALVEZ NÃO CONTEM É QUE ELE TAMBÉM GOSTAVA DE USAR PERUCAS. MICROFONIA, ALIÁS, É AQUELE SOM AGUDO BERRANTE QUE VOCÊ OUVE QUANDO UM MICROFONE CAPTA O SOM DE UM ALTO-FALANTE (UM SOM QUE, SE PARAR PARA PENSAR, VEIO ORIGINALMENTE DO MICROFONE!). ANTES DE HENDRIX, A MAIORIA DAS PESSOAS PENSAVA EM MICROFONIA COMO POLUIÇÃO SONORA. MAS ELE TRANSFORMOU EM MÚSICA.

— Não... — Cass não gostava do rumo que Amber estava tomando.

— Só achei que fossem supersensíveis porque são tão... você sabe.

— Não, não sabemos! — disse Max Ernesto furiosamente. — As orelhas dela são perfeitamente normais, Amber. Ela ouve as mesmas coisas que você.

Suas orelhas, como todos sabiam, eram um assunto sensível para Cass. Não só eram grandes e pontudas, como as de um elfo, mas também tinham uma tendência a ficarem vermelhas quando estava irritada, envergonhada ou chateada com alguma coisa.

Ou quando as pessoas falavam sobre elas.

No momento, estavam assumindo um tom escarlate violento.

— Ah, oi, Max Ernesto! — disse Amber, como se só o tivesse visto agora. — Super não disse isso como um insulto. Mas que gracinha o jeito como você a defende! Vocês são, tipo, um *casal* agora?

Max Ernesto se engasgou com os dois palitinhos de cenoura que estava comendo. Depois ficou completamente pálido.

Dissimulada, Amber olhou para o guitarrista, para ver se ele estava acompanhando a conversa. Não parecia.

— *Não somos* um casal — disse Cass, no tom mais calmo possível, considerando que havia tanto sangue correndo pelas orelhas que parecia uma tempestade de fogo (a diferença era que ela realmente tinha um cobertor de amianto para bloquear uma *verdadeira* tempestade de fogo).

— Ah, que pena. Vocês dois formam um casal tão fofo — disse Verônica. — Vamos, Am.

Reprimindo risadinhas, afastaram-se.

— Desculpe. Me esqueci de verificar o volume, yo! — disse o guitarrista, definitivamente não soando nem um pouco japonês.

Esticou o braço para desplugar o instrumento do amplificador e virou a cabeça para a Mesa dos Miolos Moles. — Ouvi dizer que aquela Amber era a menina mais legal da escola. Não pareceu.

— É, é um pouco e-e-engraçado, não — gaguejou Cass, tentando cobrir as orelhas com o cabelo (o que era muito difícil, pois estava usando tranças). — Seja como for, não se preocupe com isso. Achei sua música... — ela procurou a palavra — ... legal.

— Valeu — disse ele com um grande sorriso. — Sou Yoji. Você sabe, o aluno novo.

— É, nós meio que adivinhamos — disse Cass, torcendo desesperadamente para que as orelhas estivessem voltando ao normal.

— Podem me chamar de Yo-Yoji. Se quiserem. É como meus amigos me chamam...

— Ok. Ei, bem, Yo-Yoji, detesto ter que dizer isso, mas pode ser que tenha mais um pedido de desculpas para fazer...

Acenou com a cabeça para a diretora, que estava atravessando o pátio em direção a Yoji, o chapéu grande e amarelo balançando a cada passo.

Yoji fez uma careta exagerada de medo.

— Uh-oh... Bem, foi um prazer encontrá-los. Ou conhecê-los, ou... que seja.

— É, foi um prazer conhecê-lo também... Ah, esqueci, sou Cass. E este é Max Ernesto... Diga oi, Max Ernesto.

Ela puxou a manga do amigo.

— Oi, Max Ernesto — disse Max Ernesto, que estava em um silêncio atormentado desde que Amber perguntara se ele e Cass eram um casal.

Antes que Yo-Yoji pudesse responder, a Sra. Johnson chegou à mesa dele.

41

— Levante-se! — disse ela. — Agora marche... — Ela apontou na direção do escritório. Yo-Yoji deu de ombros e saiu, com a guitarra nas costas.

Cass o observou afastar-se, imaginando como este novo e inesperado elemento alteraria o ambiente social cuidadosamente controlado da escola: será que precisaria tomar precauções?

De repente, Max Ernesto endireitou a postura.

— Já sei!

— O quê? — perguntou Cass, distraída.

— Encontro. Olhe o bilhete. Veja como diz "Carne, mas só se <u>encontrar</u> de primeira". A palavra sublinhada é uma dica. Encontrar. Encontro.

— Então temos que nos encontrar em algum lugar? Sabia! — disse Cass, esquecendo-se de Amber, Yo-Yoji e até das orelhas vermelhas. — E a linha seguinte — "Pato (3)"

— "Como aqueles que vimos quando o <u>navio</u> ancorou" — concluiu Max Ernesto para ela. — Bem, tem alguma relação com navio, imagino. E ancorou. Onde o navio ancorou? Doca!

— Então é Encontro na Doca 3?

Max Ernesto assentiu.

— E o resto é fácil. "12 batatas, em purê p/molho". O número só pode ser um horário e é depois de meio-dia: PM! E Pasta de amendoim em Barra? Isso deve significar P.B. Só as palavras sublinhadas começam com letra maiúscula, são as iniciais de um nome.

— Pietro Bergamo!

— É isso aí — disse Max Ernesto. — Mas ainda acho que é estranho ele não ter usado um código mais normal. Não tem nem uma chave neste.

— E daí? Você descobriu, assim mesmo! Exatamente como eu sabia que faria.

Mas Ernesto assentiu, sorrindo, e escreveu a mensagem decodificada ao lado da lista de compras.

Contato Doca 3, 12 P.M., Pietro Bergamo

CAPÍTULO TRINTA E UM
ALGA DE PISCINA NATURAL

Doido! — disse Yo-Yoji.

Com os calcanhares imersos na água, ele cutucava gentilmente uma anêmona marinha com um graveto, e as gavinhas transparentes da anêmona se fechavam em reação.

Cass, Max Ernesto, Amber e alguns outros alunos que você provavelmente não reconheceria estavam sobre as pedras cobertas de musgo.

— *Doido?* Acho até legal — disse Max Ernesto. — Como um alienígena...

— Acho que ele quer dizer doido num bom sentido — disse Cass.

— Ah, sim — disse Max Ernesto, um pouco confuso.

— Bem, acho nojento, num mau sentido — disse Amber. — Parece bumbum de cachorro!

Cass sabia que era melhor não discutir, mas não conseguiu resistir.

— Não é nojento. É natural. Um mecanismo de defesa.

— Para falar a verdade, acho que ele pensa que o graveto é comida — disse Max Ernesto. — Os tentáculos são venenosos, e puxam um pouco de peixe e coisas para a boca.

— Na verdade, todos vocês estão certos, até Amber — disse o professor, o Sr. Needleman, aproximando-se deles. — Porque a boca de uma anêmona marinha é também o seu ânus. Ela come pelo traseiro.

— Eca! — disse Amber. — Eca! Eca! Eca!

— Muito bem-colocado — disse o Sr. Needleman. — Agora, Yoji, pare de cutucar, por favor. Cass, estou surpreso com você! Deixando seu novo colega torturar a vida marinha assim.

— Desculpe — disse Cass, apesar de não ter certeza quanto ao motivo de o professor estar fazendo-a se desculpar por outra pessoa. — Seja como for, não estava machucando, eu estava prestando atenção.

— Tudo bem, mas quero que todos vocês tenham mais cuidado. Estão vendo isso? — Ele apontou para as bolas roxas pontudas que se amontoavam nas pedras como vários porcos-espinhos. — São ouriços-do-mar. Por favor, não pisem neles. É muito doloroso. Para vocês *e* para o ouriço. — O Sr. Needleman deu uma risadinha. — Mas se esmagarem algum por engano, me avisem, dão um ótimo sushi.

As crianças gemeram.

O Sr. Needleman tinha uma barba vermelha como fogo e um temperamento explosivo para combinar.

Havia chegado da Nova Zelândia naquele outono, e Cass tinha ficado muito animada em conhecê-lo porque ciência ambiental era sua matéria preferida, e a Nova Zelândia, seu país preferido (nunca tinha estado lá, mas havia lido em um dos guias de viagem da mãe: florestas tropicais, geleiras e vulcões — tudo no mesmo lugar!). Mas, em vez de tratá-la como aluna preferida como gostaria e até mesmo esperava, desde o princípio o Sr. Needleman a havia escolhido para perseguir.

Cass não sabia exatamente por quê, exceto que suas perspectivas a respeito do mundo eram muito diferentes. O Sr. Needleman se considerava um "cético com orgulho" e um "desmistificador". Que até onde Cass entendia significava que ele fazia diversos comentários maliciosos sobre o aquecimento global ou, como ele chamava, "fanfarronada global".

— Vocês já viram algum meteorologista na televisão? — perguntava, sempre que surgia o assunto. — Aqueles tontos não conseguem prever o tempo para a semana que vem, como podem prever para daqui a cinquenta anos? Como você pode imaginar, isso enfurecia Cass, que se considerava especialista em todas as catástrofes climáticas.

Mas seria por *isso* que ele sempre chamava a atenção dela quando ela se distraía por um segundo na aula? Seria por *isso* que ele sempre alegava se decepcionar com os trabalhos de Cass? Max Ernesto dizia que o Sr. Needleman apenas tinha altas expectativas porque a respeitava, mas não era o que parecia.

Era um dia frio e úmido, e o mar estava muito agitado.

A essa altura, metade da turma já tinha escorregado nas pedras ou tropeçado em poças; a maioria dos outros tinha sido empurrada no oceano.

Cass e Max Ernesto haviam conseguido se manter secos — Cass por ser ótima saltadora de pedras, Max Ernesto porque se mantinha o mais longe possível da água (como Cass descobrira em um momento particularmente inconveniente durante as aventuras no Sol da Meia-Noite Spa e Sensorium, Max Ernesto não sabia nadar). Mas o motivo de sua irritação era outro.

Estavam caminhando por piscinas naturais há mais de meia hora e ainda não haviam encontrado meio de se afastar do grupo.

Cass tinha pensado em dizer que precisava ir ao banheiro; depois que saísse, Max Ernesto faria o mesmo. Mas o Sr. Needleman insistiu que o assistente do professor acompanhasse qualquer um que quisesse ir ao banheiro; com isso o plano foi descartado. Cass pensou em dizer que estava mareada e pedir para voltar para o ônibus, mas Max Ernesto, que era expert em todas as espécies de doença, destacou que só era possível se sentir mareada se estivessem em um barco — é uma espécie de enjoo que vem com movimentação — e não algo que se sentia na praia.

Agitada demais, Cass interrompeu o Sr. Needleman no meio de uma explicação sobre marés vermelhas e perguntou se a turma teria tempo livre para explorar.

— Você sempre nos diz para pensarmos com as próprias cabeças. Como faremos isso se estamos seguindo o senhor o tempo todo?

Poucos adultos levariam este argumento a sério. O Sr. Needleman, no entanto, pareceu mudar de opinião em relação a Cass.

— Sabe, está absolutamente certa — disse. Simplesmente assim.

Cass ficou tão surpresa que quase continuou discutindo.

O Sr. Needleman disse a todos que poderiam ter alguns minutos livres, desde que ficassem no campo visual e que ninguém cutucasse a vida marinha.

Cass olhou para o relógio. Faltavam dez minutos para o meio-dia.

Dez minutos para o horário em que deveriam encontrar Pietro Bergamo, o mágico perdido.

Dez minutos até que suas vidas como integrantes da Sociedade Terces começassem oficialmente.

Podiam ver um desembarcadouro — com três docas — no lado oposto da baía, separado das piscinas naturais por diversos afloramentos de pedras.

— Ande devagar e finja que só está olhando em volta — sussurrou Cass para Max Ernesto.

Ao se aproximarem das pedras, a maré recuou, deixando uma tira estreita de praia entre as pedras e a água agitada.

— Vamos! — disse Cass.

Max Ernest hesitou:

— Mas eu...

— Prefere nadar?

Quando a maré voltou, estavam sobre um pequeno pedaço de areia, cercados por pedras pontudas em todos os lados — salvos e secos, por enquanto.

Havia apenas um problema: Yo-Yoji os seguira.

— Yo, caras, onde estão indo? — perguntou, passando com dificuldade pela rebentação.

Max Ernesto olhou para Cass: e agora?

Cass olhou para o relógio: tinham seis minutos.

— Oi, Yo-Yoji. Sei que não nos conhece muito bem, mas... poderia nos fazer um favor enorme?

Yo-Yoji concordou em ficar vigiando, com uma condição: que contassem a ele aonde estavam indo.

— Tudo bem — disse Cass rapidamente. — Mas podemos contar depois?

Sem esperar uma resposta, Cass acenou para que Max Ernesto avançasse.

Yo-Yoji assistiu, irritado e intrigado ao mesmo tempo.

— Não se esqueçam da regra dos três pontos! — gritou.

— Que regra é essa? — perguntou Max Ernesto.

— Certifique-se sempre de que duas mãos e um pé, ou dois pés e uma mão, estejam tocando a pedra abaixo de você — disse Cass, sorrindo para Yo-Yoji. Achava que fosse a única pessoa que sabia disso!

Em seguida começou a subir as pedras.

Max Ernesto esperou apenas até a maré vir e tocar seus tornozelos.

Ao correrem pela praia do outro lado das pedras, descobriram o caminho bloqueado por uma cabana caindo aos pedaços — uma velha loja de equipamentos — decorada com uma boia salva-vidas que parecia ter sido mutilada por um tubarão. Uma placa pintada a mão dizia "Iscas vivas".

Cass e Max Ernesto franziram os narizes: o ar cheirava a peixe podre.

Andaram pela cabana o mais silenciosamente possível. Mas quando chegaram ao outro lado estava fechado com tábuas; ninguém à vista.

Até ouvirem um sotaque neozelandês familiar:

— Cassandra? Max Ernesto? Sei que vocês dois cabeças de kiwi estão aqui!

Os dois cabeças de kiwi só tiveram tempo de escorregar para baixo de um monte de redes de pesca antes de os tornozelos do Sr. Needleman aparecerem.

Moscas voavam ao redor de seus narizes e coisas rastejantes não identificadas começaram a investigar as pernas de ambos. Uma tortura.

— Saiam agora e ninguém ficará sabendo — gritou o Sr. Needleman. — Caso contrário, estou avisando, serão suspensos!

Como o Sr. Needleman soube que deveria procurá-los?, imaginou Cass. Se fosse culpa de Yo-Yoji, o faria pagar por isso!

O Sr. Needleman pegou uma lança de pesca que estava apoiada na cabana e a segurou no alto. Com a barba ruiva espessa, ele parecia quase um viking. Ou um deus marinho ameaçador.

Estava planejando suspendê-los ou empalá-los, ali mesmo?

Cass sentiu uma cutucada no ombro. Olhou para Max Ernesto irritada; por que ele arriscaria um movimento numa hora destas?

Ele a cutucou novamente. Três cutucadas curtas. Duas longas. Código Morse.

Cass sabia que três cutucadas curtas representavam um S (todo mundo sabe que SOS são três curtas, três longas, três curtas). Mas o que duas longas significavam?

Depois se lembrou de que ela e Max Ernesto já tinham aprendido código Morse para *código Morse*. Morse começava com duas longas.

Duas longas significava M.

SM.

Sol da Meia-Noite! Claro!, pensou Cass, sentindo uma onda de náusea dominá-la. Max Ernesto estava dizendo que o Sr. Needleman fazia parte do Sol da Meia-Noite.

Agora que Cass estava olhando para o professor (ou pelo menos para as pernas dele) nesta luz, parecia óbvio. O aparecimento repentino na escola. A maneira como a diferenciou dos outros.

Teria sido por *isso* que organizara o passeio de turma? Por *isso* tinha permitido tempo livre para exploração com tanta facilidade?

E agora planejava matá-los sem testemunhas.

Bem, se fosse o caso, não teria sucesso — ainda.

O Sr. Needleman deu mais uma olhada em volta e começou a se afastar.

Um portão baixo e enferrujado bloqueava a passagem para a Doca 3. Havia uma corrente frouxa, balançando ao vento e batendo incessantemente.

— Talvez devêssemos esperar aqui — disse Max Ernesto, nervoso.

— Onde o Sr. Needleman pode nos ver?

Cass abriu o portão, revelando uma escada apodrecida de madeira que parecia prestes a colidir se alguém pisasse nela.

Coisa que Cass se pôs a fazer sem pensar.

Cuidadosamente, Max Ernesto foi atrás.

A doca longa e estreita estava deserta — exceto por alguns barcos pequenos, cheios de percevejos. Exceto pelos gritos de gaivotas e alguns *splashes* quando a maré empurrava um barco no convés, o silêncio reinava.

Max Ernesto estremeceu.

— É como uma cidade fantasma. Só que com barcos. Acho que deveríamos ir...

— Quer ficar quieto um minuto? — sussurrou Cass. — Olhe para lá...

Um grande navio estava se aproximando do ancoradouro. Ela (você sempre se refere a um barco no feminino) tinha quatro mastros altos e uma dúzia de velas quadradas — como um antigo galeão espanhol em um filme de piratas.* Mas a embarcação brilhava como se fosse nova, o casco negro tão lustroso que refletia a água. Enquanto assistiam, o sol rompeu as nuvens, iluminando as velas e transformando a cor do navio em dourado brilhante.

O navio se aproximou, as velas foram abaixadas para que a velocidade diminuísse, e de repente deu para ver um homem perto da proa (caso alguém tenha tantos problemas de orientação quanto eu, a proa é a frente de um barco — ao contrário da popa, que é a traseira). Não conseguiam ver o rosto, mas parecia um iatista perfeito. Usava um chapéu, uma jaqueta marinha, e... estava olhando para eles?

---

* Na verdade, não era um galeão, mas uma escuna do século dezenove — um navio parecido, porém mais fino. Mas acho que a palavra galeão soa mais romântica e aventureira, não é?

Sim — melhor ainda, estava acenando para eles.

Cass olhou para o relógio. Meio-dia em ponto.

Ela sorriu. Poderia ser isto? Será que este navio fantástico tinha vindo por causa deles? Seria *assim* que encontrariam a Sociedade Terces? Que grandioso!

— Onde pensam que vão?!

Viraram para ver o Sr. Needleman se aproximando a passos largos e segurando a lança.

Cass agarrou Max Ernesto pela mão e começaram a correr pela doca.

Atrás deles, o Sr. Needleman acelerou.

Uma prancha de desembarque tinha sido abaixada para eles (larga, com corrimãos, não aquelas estreitas que se vê em filmes, apesar de que, concordo, teria sido mais dramático) e Cass e Max Ernesto subiram sem parar.

Até verem o homem no topo.

Então congelaram instantaneamente, como se ele tivesse alguma espécie de superpoder que transformasse vítimas em esculturas de gelo de um bufê de frutos do mar.

Era o último rosto do mundo que esperavam ver.

O último rosto do mundo que gostariam de ver.

Cass e Max Ernesto olharam para trás; correr de volta para o Sr. Needleman de repente parecia uma opção muito atraente. Mas ele não estava mais lá.

Pior, a prancha de desembarque estava começando a subir e os tripulantes já estavam fazendo a embarcação partir. Jamais conseguiriam saltar.

Viraram para ver esta nova versão lobo do mar do velho inimigo: Dr. L.

O homem riu, vendo as expressões dos dois.

— Por que o choque? Não se lembram que Luciano, o Dr. L e eu somos gêmeos? Sou Pietro. Bem-vindos a bordo!

Meio rindo, meio chorando de alívio, Cass e Max Ernesto apertaram a mão do sujeito, depois entraram no barco.

Estavam seguros!

CAPÍTULO TRINTA
NO MAR

— **A** sotavento!

O navio virou para a esquerda e se inclinou precipitadamente.

Cass e Max Ernesto agarraram um ao outro, rindo, enquanto um pouco de água os atingia no rosto.

Ao redor a tripulação içava e alçava. Velas batiam com o vento — até se firmarem e ficarem rijas. E por todos os lados o bronze do navio brilhava ao sol.

— Não se preocupem, este navio é seguro! — gritou o anfitrião, levando-os a um convés de madeira tão esfregado e polido que brilhava como vidro. — Ela pode ter duzentos anos, mas é armada com a tecnologia mais moderna!

— Não estamos preocupados! — gritou Cass de volta. Como poderiam estar? Era um navio glorioso.

No entanto, não podia deixar de notar, este homem era tão parecido com o Dr. L que dava nervoso. Tinha os mesmos cabelos prateados perfeitos que pareciam congelados em alguma espécie de vento eterno. A mesma pele bronzeada perfeita e dentes perfeitos que faziam com que parecesse mais uma foto do que uma pessoa. O mesmo sotaque caracteristicamente incaracterístico.

Como era possível que, na imaginação de Cass, Pietro não se parecesse em nada com o irmão? Geralmente imaginava uma barba longa e branca, olhos brilhantes e uma capa de mágico — ou, às vezes, um smoking e uma cartola. Ocasionalmente, imaginava um velho aventureiro com um capacete de cortiça. Mas nunca *ele*. Nunca *isso*.

Ela afastou o pensamento. Aqui, finalmente, estava a *sua* aventura. Aquela que esperava há tanto tempo. Aproveite, disse a si mesma.

— Cassandra, Max Ernesto, podem apertar esta linha para mim? — perguntou o anfitrião. — É um guincho. É só colocar por aqui...

Iniciou o trabalho para eles. Em seguida, disse:

— Preciso pegar uma coisa lá embaixo. Já volto. — E saiu.

Animadíssima por ter recebido uma tarefa, Cass jogou a mochila de lado e foi ajudar Max Ernesto. Juntos começaram a amarrar uma linha da vela traseira do navio.

Depois, de repente, a linha afrouxou.

Antes de saberem o que estava acontecendo, a corda os envolveu e eles foram levantados. Caíram juntos no convés de madeira e escorregaram pela superfície polida.

— Ei! — disse Cass.

— Ai! — disse Max Ernesto.

Violentamente, um marinheiro começou a amarrar Cass e Max Ernesto de costas um para o outro.

— O que você está fazendo?! — gritou Cass. — Pietro! Cadê você?

— Pare com isso! Está machucando! — protestou Max Ernesto.

— Não lutarão se souberem o que é melhor para vocês! — ameaçou o marinheiro. Amarrou as mãos dos dois por precaução, depois os largou, chocados, no convés.

— Acha que isso é um teste, para ver como agiríamos se fôssemos capturados? — perguntou Cass, engolindo as lágrimas.

— Talvez, a não ser que... Oh, não! Veja. — Max Ernesto acenou para cima com o nariz.

De onde estavam agora, podiam ver pela primeira vez a bandeira tremulando ao vento no topo do mastro mais alto da embarcação.

Gostaria de poder dizer a vocês que se tratava da bandeira da Sociedade Terces. Ou até mesmo a bandeira da Marinha Real ou da marinha mercante. Quem sabe até uma caveira com ossos cruzados embaixo — certamente um navio pirata seria preferível à realidade.

Mas essa não, a bandeira não era nada disso.

Tratava-se de um sol branco reluzindo em um fundo negro.

A bandeira do Sol da Meia-Noite.

Apesar de amarrados de costas um para o outro, e incapazes de se verem, Cass e Max Ernesto compartilhavam da expressão de desespero.

Eram prisioneiros. Mais uma vez.

E ninguém — nem mesmo a Sociedade Terces — sabia.

— O que são essas *coisas*?

Um minuto depois, duas meninas esqueléticas — gêmeas — aproximaram-se de Cass e Max Ernesto, observando os novos prisioneiros com uma curiosidade preguiçosa.

Afora os cabelos de cores diferentes (uma era loura com mechas cor-de-rosa, a outra castanha com mechas roxas) e os biquínis de cores diferentes (um era rosa com bolinhas roxas, e o outro roxo com bolinhas rosas), pareciam praticamente idênticas.

A julgar pelo rosto, talvez tivessem dezesseis ou dezessete anos, mas não tentaria adivinhar as verdadeiras idades. Faziam, afinal de contas, parte do Sol da Meia-Noite. Conforme Cass e Max Ernesto puderam perceber imediatamente pelas luvas nas mãos.

— Que coisas? — perguntou a mais roxa.

— *Eles* — disse a mais rosa, apontando com o dedão do pé. Movia-se de forma estranha, como se fosse uma marionete presa a uma corda.

— Ah, *eles* — disse a mais roxa.

— É, a Orelha de Elfos e o Cabelo Elétrico — disse a mais rosa.

Só neste momento que Cass e Max Ernesto perceberam que era deles que estavam falando.

— Sou a Cass. Este é o Max Ernesto — disse Cass, forçando-se a falar com coragem. — Ocorreu um grave erro. Por favor, será que poderiam...

— Elfo é uma Cass. Elétrico é um Max Ernesto — disse a mais roxa, ignorando Cass.

— Ah. Bem, o que é isso, então?

— Já disse, é uma Cass.

— Não, *aquilo*. Aquela *coisa*! — disse a mais rosa.

Apontou com o dedo do pé para o monstro de meia de Cass, pendurado na mochila, a alguns centímetros do alcance de Cass.

— Ah, *aquilo*. É tão fofo. Superquero!

— Bem, eu superquero mais!

— Mas você disse que não sabe o que é...

— Nem você!

— E daí?

— E daí que é isso.

— Ei, aquilo é meu monstro de meia, e vocês duas podem ficar com ele, *se* nos soltarem — disse Cass, desesperada. — Até faço mais um.

As meninas olharam para Cass como se ela tivesse acabado de levitar ou de se transformar em um sapo.

— Caramba! Acho que acabou de nos dizer para fazer alguma coisa! — disse a mais roxa.

— Caramba! Eu vou pegar aquela coisa só para dar uma boa lição nela.

— De jeito nenhum. *Eu* é que vou pegar.

As duas avançaram para cima do monstro de meia de Cass... mas deram um encontrão uma na outra. Os corpos ossudos caíram sobre o chão, bem em cima de Cass e Max Ernesto. As peles bronzeadas eram surpreendentemente pegajosas e frias — e por isso deixaram Cass e Max Ernesto com frio.

— É meu!

— Não, é meu!

Cada uma das meninas vampirescas puxou uma lingueta de tênis que formava uma orelha, tentando arrancar o monstro da outra.

— Ei, deixem a gente, quer dizer, eles, quer dizer, *ele*, em paz! — disse Max Ernesto, soando estranhamente corajoso e forte, apesar de um pouco confuso.

— Divertindo-se, crianças? — perguntou uma voz gelada que será inconfundível para os leitores do meu primeiro livro, mas que provocaria, imagino, calafrios nas espinhas de qualquer um que tivesse azar o bastante para ouvi-la.

Mesmo as duas irmãs pareciam sentir; afastaram-se de Cass e Max Ernesto, deixando o monstro de meia caído no convés.

Sim, temo que a voz pertencesse à Srta. Mauvais.

Em contraste com as irmãs barulhentas e espalhafatosas, ela caminhou em direção a Cass e Max Ernesto com uma calma quase sobrenatural.

Apesar de estar com roupas brancas brilhantes apropriadas para o mar, a Srta. Mauvais parecia carregar em si uma escuridão extra. Nada amiga do sol, quase não expunha pele nenhuma aos elementos. Para cobrir o rosto, usava um chapéu com uma aba tão larga que parecia ter asas. Para proteger os olhos, um par de óculos escuros espelhados tão grande que deixava a cabeça dela com uma aparência alienígena ou talvez de uma mosca gigante. E para cobrir as envelhecidas mãos em forma de garras, que Cass e Max Ernesto lembravam com tanto horror, vestia longas luvas brancas que deixavam os braços parecendo os membros de um louva-a-deus albino.

Da Srta. Mauvais só se via a boca — reconhecidamente uma boca lindíssima e jovem —, e mesmo isso ela cobria com um batom branco que brilhava com uma fosforescência artificial.

— Ah, Max Ernesto, querido! E minha estimada Cassandra — disse a Srta. Mauvais, rondando os prisioneiros de modo que pudesse olhar bem para os dois. — Um brinde a reencontros felizes! — Ergueu uma taça de coquetel, o gelo tilintando em consonância com sua voz.

Eu não chamaria desta forma, Cass pensou desanimada.

— Vejo que já conheceram Romi e Montana Skelton.

Então estas eram as famosas irmãs Skelton?, admirou-se Cass. Que piada de mau gosto! Max Ernesto teve razão quando se confundiu e por engano se referiu a elas como as Irmãs Esqueleto. Se Cass não estivesse amarrada em um navio inimigo em alto-mar, com a certeza de morrer a qualquer instante, teria rido.

— Temo que eu ainda não veja a semelhança familiar. — A Srta. Mauvais riu secamente.[*]

— Então, já lhe contaram onde ele está? — perguntou o Dr. L, surgindo do deck inferior do barco, pois, é claro, tinha sido ele a recepcioná-los no navio, e não Pietro.

---

[*] Acho que a Srta. Mauvais se referiu à vez em que Cass fingiu ser uma irmã Skelton para conseguir entrar no spa. Uma piada de mau gosto, se quer saber minha opinião.

— Ainda não, querido. Já estava entrando no assunto — respondeu a Srta. Mauvais.

Como podia ter permitido que este homem horroroso de plástico a convencesse de que era Pietro?, se perguntou Cass.

De fato, ele e Pietro eram gêmeos. Mas, conforme Cass e Max Ernesto bem sabiam, o Dr. L tinha percorrido distâncias longas, e até mesmo assassinas, para se manter tão jovem, tão bonito. Mesmo que não fosse o mago barbudo de suas fantasias, Pietro aparentaria ter muito mais idade a essa altura. Mais velho e mais sábio. Mais velho e mais gentil.

Pensando bem, será que uma embarcação da Sociedade Terces se parecia com este navio lustroso? Um navio Terces, de repente Cass teve certeza, seria menor e menos alinhado, adequado a missões secretas e aventuras perigosas. Este navio do Sol da Meia-Noite era mais apropriado para cruzeiros de férias.

Ou talvez um anúncio de televisão.

Estivera tão desesperada para se juntar à Sociedade Terces que se dispusera a acreditar em qualquer coisa.

A Srta. Mauvais voltou-se novamente para Cass e Max Ernesto.

— Então?

— Então o q-q-q-quê? — gaguejou Max Ernesto.

— Onde... e... e está? — perguntou a Srta. Mauvais, com o rosto de pedra.

— Onde quem está? — perguntou Cass, confusa. — Pietro?

— O homúnculo, tola!

— O hom... *o quê?* — perguntou Max Ernesto.

— O HOMÚNCULO! Estou avisando, não brinque comigo.

— Acredite em mim, jamais brincaria com você — disse Cass.

— Nem sabemos o que é um homúnculo — disse Max Ernesto. — Bem, eu não sei o que é. E se não sei, duvido que ela saiba. Não que ela não saiba coisas que não sei, mas este tipo de...

— Silêncio!

A Srta. Mauvais pegou o monstro de meia de Cass e o balançou na frente deles como se fosse um rato morto.

— Ora, e o que é isso?

— Meu monstro de meia, eu que fiz.

— Entendo. E *quem* foi a sua inspiração para criá-lo? Diga-me!

— Nenhuma. Ele só é feito de meia. — Cass certamente não diria que o baseara em uma criatura de seus sonhos.

— Espera que eu acredite que isto não é para ser um homúnculo? Deve me achar muito burra.

— Ei, dê isso aqui / É, dê isso para nós! — disseram Romi e Montana, que se ligaram assim que o monstro de meia foi mencionado.

A Srta. Mauvais encarou as meninas, irritada.

— Vocês não têm um show para o qual se preparar não?

Ela jogou o monstro de meia para elas, que foram atrás como dois cachorrinhos correndo para pegar uma bola. Cass assistiu com tristeza — agora nunca teria o monstro de volta.

— Não precisa se incomodar em fingir — disse o Dr. L. — Sabemos que fazem parte da Sociedade Terces agora. Ou se esqueceram de como os atraímos até aqui?

— Mas não estamos fingindo! — gritou Cass.

— Se nos disserem onde está o homúnculo, daremos uma boia salva-vidas quando os lançarmos ao mar, e existe uma chance, uma pequena chance, de que alguém os salve. Do contrário...

— Do contrário, nosso chef está doido para fazer sopa de barbatana de tubarão, mas até agora só conseguimos pescar atum — disse a Srta. Mauvais.*

Gesticulou para três marinheiros que lutavam contra um atum enorme. O peixe se debateu violentamente até um dos homens lhe rasgar a barriga com uma faca. Entranhas se espalharam pelo convés.

— Estamos procurando a isca certa — disse o Dr. L. — Se não nos contarem, nos certificaremos de que vocês dois estejam cobertos de sangue antes de os jogarmos no oceano.

Cass e Max Ernesto agarraram as mãos um do outro.

— Sabiam que tubarões sentem cheiro de sangue a mais de um quilômetro e meio de distância? — prosseguiu o Dr. L. — É uma característica evolutiva única.

— Também sentem eletricidade e movimentos — disse Max Ernesto, sem conseguir se conter. — Chamam de sentido de tubarão. Que tal isso?

— Muito bem — disse o Dr. L, sem parecer muito sincero. — Então tente não se movimentar muito quando cair na água.

— Infelizmente, não temos tempo para aulas de biologia marinha — disse a Srta. Mauvais. — O Sol da Meia-Noite espera há quinhentos anos pelo homúnculo. Não esperaremos mais.

Ela acenou para um dos marinheiros que cortava o atum.

— Você aí, leve estas crianças para baixo!

Depois se voltou novamente para Cass e Max Ernesto:

---

* Não me surpreende que o chef da Srta. Mauvais queira fazer sopa de barbatana de tubarão; é uma sopa para os sem coração. Para fazê-la, uma barbatana deve ser arrancada de um tubarão vivo — em seguida o tubarão é jogado de volta no mar. Sem conseguir nadar, se afoga — ou vira presa para outros peixes.

— Já destruíram nossas vidas uma vez — falou com a voz fria, nebulosa e artificial como gelo seco. — Mas com a ajuda de vocês viveremos eternamente.

Sem se incomodar em limpar as entranhas do peixe das mãos, o marinheiro agarrou Cass e Max Ernesto pelas orelhas e os arrastou para longe, passando pelas irmãs Skelton, que estavam deitadas ao sol sobre espreguiçadeiras, com o monstro de meia de Cass empoleirado entre elas.

CAPÍTULO VINTE E NOVE
UMA COCEIRA

ax Ernesto estava com uma coceira. Embaixo do dedo do pé.

Do segundo dedo; contando de fora para dentro, para ser exato. E Max Ernesto sempre era exato.

Não, espere, está errado.

A coceira era sob o dedo do meio. Sim, o dedo do meio. Isso mesmo.

Max Ernesto tentou balançar o dedo sem mexer os outros. Mas antes que conseguisse a coceira, oh, não!, tinha ido para o quarto...

Não, droga. Tinha se movido outra vez. Agora para cima. Para o topo do dedão. Não, topo do pé. Era, Max Ernesto precisava admitir, uma coceira *viajante*.

A pior espécie.

Seu cérebro instruía a mão a coçar o pé, mas por algum motivo ele não conseguia mexê-la. Estava com a mão presa atrás das costas.

Abriu os olhos. O lugar estava escuro, mas mesmo assim podia perceber que não estava em nenhum de seus dois quartos. O cheiro era diferente.

Um odor meio mofado, meio empoeirado. Mas também salgado. Como o mar.

Onde estava?

— Max Ernesto — sussurrou Cass. — Está acordado?

Ah, pensou, aliviado. Devia ter dormido na casa de Cass. Mas então, por que o quarto **parecia estar... balançando?**

— Que horas são? — disse ele. — Estou com uma coceira terrível. Parece que tem um inseto subindo na minha perna. Ou talvez esteja com uma alergia. Ou eczema. Mas normalmente não tenho eczema no pé, então...

— Shh! Esqueça eczema! Esqueceu que estamos em um navio no meio do oceano e vão nos jogar para...

— Ei, estamos amarrados!

— Dã! E pare de se mexer, está machucando as minhas mãos!

— Desculpe.

Agora que havia parado para pensar, Max Ernesto percebeu que as próprias mãos também estavam doendo. Aliás, o corpo todo. Não sabia o que era pior, a dor ou a coceira.

— Então o que acha que devemos fazer? — perguntou Cass.

— Eu? É sempre você que elabora os planos de fuga.

— Bem, não tenho nenhum agora. E minha mochila está ali no canto. Não posso alcançar nenhum dos meus suprimentos.

— Então simplesmente morreremos?

Ela não respondeu. Não precisava.

Ficaram parados um tempo em um silêncio amedrontado. Então Max Ernesto teve uma ideia...

— Já disse, pare de se mover!

— Eu sei, só estou procurando uma brecha. Estou lendo um livro do Houdini e...

— Houdini?

— É, Harry Houdini, o mestre da fuga. O mágico mais famoso de todos os tempos.

— Eu sei quem ele é!

— Bem, ele diz que o erro que as pessoas cometem ao amarrar alguém é que usam corda demais. Com isso sempre sobra uma brecha. Veja...

Ele puxou a corda para mostrar a ela.

— Agora, tire os sapatos...

— O quê? Como é?

— Você sabe, tire com os pés. Será mais fácil se soltar. Houdini sempre tirava os sapatos antes das fugas.

— Não posso acreditar que está tentando um truque de Houdini — murmurou Cass, mas tirou os sapatos como ele instruiu. Um pouco, só um pouquinho, impressionada.

Max Ernesto explicou que, nos números de fuga, Houdini nunca usava mágica ou ilusionismo; utilizava força — e alguns truques, como inflar o peito de um jeito especial. Geralmente, Houdini conseguia escapar em menos tempo do que levavam para prendê-lo.

Max Ernesto demorou muito mais do que Houdini demoraria — vinte e sete minutos. Para começar, não era um artista de fuga treinado. Além disso, Cass não parava de contraexecutar as execuções dele. Até que finalmente Max Ernesto disse a ela para ficar parada.

Exatamente quando a corda estava começando a soltar...

Passos.

Rapidamente se prenderam novamente e fingiram estar dormindo.

Um marinheiro acendeu uma lanterna sobre eles, da porta; depois, por sorte, se afastou.

Eventualmente, a corda caiu no chão. Ofegantes, levantaram-se cambaleando.

— Conseguimos. Que tal isso? — sussurrou Max Ernesto.

— *Você* conseguiu. Que tal *isso?* — disse Cass. — Acho que aqueles livros de mágica não foram tanta perda de tempo, afinal.

— Ela sorriu no escuro.

70

Max Ernesto retribuiu o sorriso. Cass admitira que estava errada.

Cass pegou a mochila e começou a reunir os suprimentos de sobrevivóloga que haviam sido espalhados pelo chão.

Quando a mão encontrou a lanterna, imediatamente a acendeu.

O recinto, agora podiam ver, era uma espécie de armazém de carga. Ao redor deles havia pilhas do que parecia tesouro saqueado — como se estivessem mesmo, no fim das contas, em um navio pirata.

Ali um arqueólogo talvez pudesse reconstruir a história do Sol da Meia-Noite:

Havia estatuetas egípcias com cabeças de chacal e grandes vasos gregos decorados com temáticas de batalhas. Capacetes medievais e armaduras. Pinturas góticas e cálices de cristal.

Em uma das paredes havia restos de um laboratório do século XVI: antigos tubos de ensaio e decantadores, pesos e balanças. E na parede oposta os restos de uma *biblioteca* do século XVIII: antigos mapas e globos, e pilhas de livros de todas as formas e tamanhos.

Muitos dos volumes estavam queimados nas pontas, como se tivessem sido resgatados de uma fogueira. E, de fato, era o caso: o incêndio no Sol da Meia-Noite Spa e Sensorium. Aquele que Cass e Max Ernesto iniciaram enquanto resgatavam o colega de escola Benjamin Blake.

— Temos que sair daqui, enquanto ainda está escuro lá fora — disse Cass.

— Eu sei, só me dê mais um pouco de luz por um instante.

Max Ernesto estava segurando um grande livro com capa de couro nas mãos. Verde-esmeralda e, em letras douradas, o título *O dicionário da Alquimia*.

Enquanto Cass iluminava as páginas, ele folheou e encontrou o artigo que estava procurando.

Veja...

Homúnculo

Para a maioria das pessoas, um homúnculo é apenas um homem pequeno ou um anão. Mas para um alquimista, a palavra tem um significado especial: um homem feito pelo homem.

Na idade média e mais tarde, muitos alquimistas acreditavam que — se encontrassem a receita certa — podiam criar um ser humano em miniatura em uma garrafa. Alguns alquimistas famosos até alegaram ter conseguido.

Relatórios variam quanto aos ingredientes que funcionam melhor. Mas um elemento comum era que a garrafa tinha que ser enterrada em lama ou esterco para o homúnculo crescer...

Nossos dois amigos encararam fixamente, embasbacados, a página diante deles.

Sem dúvida estavam pasmos por lerem sobre um homem em miniatura cultivado em uma garrafa. Mas não foi só a *definição* da palavra que os chocou; foi a *ilustração* que acompanhava a definição:

Era apenas um desenho preto e branco, pequeno o bastante para caber em uma caixa de fósforos. Mesmo assim, podiam ver os olhos esbugalhados e as orelhas grandes, o nariz grande e o corpo pequeno.

Não havia engano: o homúnculo era igual ao monstro de meia de Cass.

— Você já viu isso antes? — sussurrou Max Ernesto.

— Não, juro que não.

— Então como...?

— Não sei... Eu não entendo.

Era verdade — nunca tinha ouvido falar em homúnculo. Estava tão surpresa quanto ele.

Cass repassou os sonhos mentalmente: como era possível?

Estremeceu quando ouvi a música que vinha do cemitério.

Então, de repente: vozes.

Cass desligou a lanterna.

— *Tem tanta certeza de que precisamos capturar o homúnculo? Não existe outra maneira?*

Dr. L.

Parecia tão próximo — era como se estivessem no mesmo cômodo.

Cass e Max Ernesto se ajoelharam atrás de um baú grande, mal ousando respirar

— *Sim, tenho certeza. Alguma vez já errei?* — respondeu a Srta. Mauvais — com sua voz estridente.

— Onde estão? — sussurrou Max Ernesto no ouvido de Cass.

Cass pressionou a mão sobre a boca dele. Ele assentiu, tirando a mão dela: *entendi o recado.*

— *Você tinha certeza de que aquela coisa nos ajudaria a encontrá--lo, o Prisma do Som. E ajudou?*

— *Ninguém mais sabe onde fica o cemitério!* — disse a Srta. Mauvais, ignorando a pergunta. — *O homúnculo é a chave.*

Não podiam estar aqui, pensou Cass. Não tinham ouvido passos. Nem a porta se abrindo. E no entanto...

— *E aquelas crianças?*

Max Ernesto gesticulou na escuridão, apontando para o baú diante deles: a voz do Dr. L parecia vir de dentro!

Os dois encostaram as orelhas no baú.

— *O que tem eles?!* — sibilou a Srta. Mauvais. A voz dela também parecia vir de lá. — *Obviamente não sabem de nada...*

Tremendo, Cass ligou novamente a lanterna. Se fossem vistos, seria o fim. Mas ela precisava saber.

Não. Estavam sozinhos. Ela e Max Ernesto suspiraram, aliviados.

O baú era escuro, parecia pesado, e grande o bastante para comportar... bem, muitas coisas.

— Vá em frente — sussurrou Max Ernesto. — Abra.

— Não. Você... — disse Cass, reticente de um jeito que não era dela.

Max balançou vigorosamente a cabeça.

Cass deu de ombros — e abriu as fechaduras.

Não sei ao certo o que eles esperavam encontrar dentro do baú — o Dr. L e a Srta. Mauvais deitados como vampiros em um caixão? —, mas o que viram foi:

Nada. Ninguém.

Apenas uma bola sobre um cobertor. Ou pelo menos era o que parecia para eles. Você teria reconhecido como outra coisa.

(E, já que estou no assunto, pode, por favor, me parabenizar por ter escrito sobre o Prisma do Som, sem falar no Dr. L e na Srta. Mauvais, sem sequer piscar os olhos? Acho que fui muito corajoso, muito obrigado.)

As vozes continuaram mais altas:

— *Pelo menos nãos nos incomodarão mais... não é mesmo, meu querido doutor?*

Uma risada cruel.

— *Vamos nos certificar disso.*

Cass olhou atrás do baú; não havia sequer um rato, quanto mais um médico maldoso ou uma mulher assustadora que não envelhecia.

— Acha que tem algum sistema de ventilação que transporta as vozes deles? — perguntou Cass.

— Muito improvável. Isto é um navio, não um edifício comercial. E não vejo nenhuma abertura. Ou mesmo janelas. A não ser...

— Tem que ser a bola — disse Cass, inclinando-se mais para perto para olhar.

— Quer dizer, acha que é alguma espécie de dispositivo de escuta? Como uma babá eletrônica? Ou um walkie-talkie? Mas isso não faz o menor sentido, nem parece ter uma bateria. Parece apenas um monte de palha aglomerada...

Cass pegou a bola e a iluminou com a lanterna; era estranha, linda e diferente de tudo que já tinha visto.

— *Eu* acho que vem do mar.

— Como se fosse parte de um coral tropical ou coisa parecida? Acho que consigo visualizar — disse Max Ernesto. — Com centenas de pequenos peixes entrando e saindo desses buraquinhos.

Cass segurou a bola perto do ouvido e começou a girá-la com a mão. Como não podia deixar de ser, todos os tipos de som imediatamente inundaram seus sentidos: Max Ernesto respirando ao seu lado. A água batendo nas laterais da embarcação. Até uma baleia gritando ao longe no mar.

Era como um rádio captando diversas frequências que entravam e saíam de sintonia.

Seria a bola realmente um dispositivo de escuta? Parecia linda demais para ter um propósito tão criminoso.

— Ouça... — Ela segurou perto da orelha de Max Ernesto.

— O quê? É para ter barulho do mar? Só conchas fazem isso. Vem das entradas de ar que... Oh, espere, uau!

— Vou levar conosco — disse Cass, tirando-a dele.

— Mas isso é roubo!

— E daí? Eles nos sequestraram. São assassinos. Até onde sabemos, podemos estar salvando uma vida ao levá-la conosco.

Humm, não sei se faz sentido — disse Max Ernesto, mas não fez qualquer ameaça de tentar contê-la.

Saíram da carga do navio nas pontas dos pés e subiram as escadas cuidadosamente. Lá passaram por um corredor estreito com um carpete branco grosso e paredes brilhantes iluminadas por pequenas luminárias amarelas.

Ao passarem por uma fila de portas fechadas, Cass segurou a bola ao ouvido em busca dos roncos da tripulação. Silenciosamente, deu o sinal de OK a Max Ernesto.

O corredor desembocava em uma sala luxuosa, toda mobiliada de branco e construída ao redor de um círculo preto brilhante.

Olhando o próprio reflexo, Cass recordou-se de um terrível momento no Sol da Meia-Noite Spa e Sensorium. Estava se olhando no espelho quando a Srta. Mauvais entrou e fez comentários cruéis sobre suas orelhas, adivinhando que as orelhas da mãe de Cass eram mais bonitas.

De onde, Cass imaginou naquela hora, tinha vindo as dela? Do pai que nunca conhecera?

Max Ernesto a segurou pelo braço, retirando-a do devaneio: abaixo deles, uma água-viva longa e ondulante foi brevemente iluminada, nadando sob o casco do navio. O chão era de vidro.

Um gorgolejo alto os espantou. Seria a água-viva?

— Acho que alguém foi ao banheiro — sussurrou Cass, ouvindo com a bola um barulho de descarga.

Esperaram por um instante, tensos. Ouviram passos... que diminuíram. Ninguém apareceu.

Ainda nas pontas dos pés, foram para a escadaria em espiral que levava ao convés.

Era uma noite clara e estrelada. O barco ancorado balançava levemente.

Examinaram o horizonte; não havia terra à vista, tampouco qualquer outro navio. Cass girou a bola na mão, mas não captou nenhum som além de gaivotas gritando e ondas quebrando.

— Minha mochila boia, e é a prova d'água — sussurrou Cass enquanto colocava cuidadosamente a bola dentro dela. — Acha que podemos sobreviver até aparecer ajuda? Tenho um pouco de mix...

— Quer que eu entre na água? Esqueceu que não sei nadar!? E, além disso, não pensa em desidratação? E hipotermia! E aquela água-viva!

— Tudo bem, então o que faremos, Houdini?

— Não acha que tem um bote salva-vidas ou coisa do tipo por aqui?

O mais silenciosamente possível, percorreram o navio, procurando um bote.

Pararam no convés do capitão onde, como se movimentado por uma mão invisível, um leme girava para a frente e para trás no tempo do balanço da embarcação.

Atrás deles, uma luz se acendeu...

Era possível enxergar a silhueta da Srta. Mauvais.

— Quem está aí? Romi? Montana?

Cass e Max Ernesto se esticaram para as sombras. Em seguida, ficaram congelados pelo que pareceu uma eternidade, mas na verdade foi menos de um minuto... até a luz se apagar.

Soltaram o ar.

Voltaram sorrateiros para a outra lateral do navio, mas não viram um bote — ou sequer um colete.

— Veja — sussurrou Max Ernesto.

Cass seguiu o olhar — e estremeceu.

Havia duas largas mãos agarrando a lateral do barco — exatamente como no sonho! Poderia ser...?

Enquanto assistiam com um fascínio amedrontado, um homem ensopado subiu pela grade e aterrissou no convés.

— Sr. Needleman?! — exclamou Cass.

Ele assentiu, sorrindo maliciosamente sob a barba molhada.

— Vocês estão atrasando muito a aula.

— Mas como chegou aqui?

O Sr. Needleman colocou o dedo sobre os lábios.

— Mais tarde. Agora quero que se preparem para pular.

— Estamos encrencados? — perguntou Max Ernesto.

— Pulem! — comandou o Sr. Needleman, apontando para a lateral do navio. — Ou preferem esperar até que alguém os veja?

Olharam para a borda. O oceano estava escuro e agourento — e bem abaixo. A alguns metros do navio havia uma lancha vazia que balançava para a frente e para trás na água.

— Agora!

O Sr. Needleman agarrou cada um por um pulso e — antes que Max Ernesto pudesse explicar que tinha medo de altura, ou que pular fazia seu nariz sangrar, ou até mesmo que não sabia nadar — saltaram.

Cair com os pés na frente em um oceano negro e frio no meio da noite não era como mergulhar em uma piscina morna durante o dia.

Caso você achasse que fosse.

Max Ernesto, é claro, não tinha experimentado nem coisa nem outra. Jamais tinha estado embaixo d'água.

Achou que estivesse morto.

Não morrendo. Não se afogando. Morto.

Por que outra razão não saberia que direção era para cima? Por que outro motivo sentiria tanta pressão no peito e nos ouvidos? Em que outro estado teria que estar para ficar tão total e completamente gelado?

Ele nem se ligou que estivera seguro na mão do Sr. Needleman o tempo todo.

— Estou vivo! — gritou quando emergiram. — Estou vivo!!!

— Shh! — disse Cass, tossindo para recuperar o fôlego do outro lado do Sr. Needleman. — Quer que eles ouçam?

O pequeno barco quase virou ao subirem nele. Não era feito para passageiros.

— Obrigado, pessoal — disse quando todos conseguiram se sentar, com roupas encharcadas, dentes batendo, mas, como disse Max Ernesto de forma bem sucinta, vivos. — Não teríamos conseguido localizar o Sol da Meia-Noite sem vocês. Parabéns!

— P-pelo q-quê? — perguntou Cass, confusa. Tinha acabado de perceber que o Sr. Needleman havia perdido o sotaque neozelandês.

— Por completarem sua primeira missão Terces, é claro.

Enquanto Cass e Max Ernesto olhavam com espanto, o Sr. Needleman esticou a mão para o lado do rosto e arrancou a barba.

— Ai! — exclamou, franzindo o rosto.

Era Owen.

CAPÍTULO VINTE E OITO

OWEN?

Você esperava por essa?

Estava com a mão levantada — *eu sei, eu sei!* — morrendo de vontade de dizer quem era? Ou se surpreendeu quando ele arrancou a barba?

Não se sinta envergonhado. Eu mesmo quase me surpreendi, e sabia que o Sr. Needleman era na verdade um espião da Sociedade Terces o tempo todo.

Quanto a Cass e Max Ernesto, quase caíram do barco tamanho o choque.

No passado conheceram Owen como um gago tímido, um surfista convencido e um irlandês misterioso. Mas como professor de ciências? Que implicava com Cass?

Teriam enchido o ex Sr. Needleman de perguntas, mas a lancha fazia tanto barulho que ninguém conseguia ouvir nada. Dirigia tão rápido que o ventilador de água atrás deles se erguia a trinta metros da superfície — bem, três metros da superfície (como Max Ernesto estava lá, tenho medo de exagerar).

Graças às habilidades náuticas de Owen ou talvez à negligência dele, o *Sol da Meia-Noite* nunca os alcançou.

Mas a guarda costeira o fez. E isso era quase tão assustador quanto.

Menos de uma hora após escaparem do *Sol da Meia-Noite* e ainda a quilômetros da costa, um holofote os cegou.

— Você, aí! Pare!

Antes de reduzir a velocidade da lancha, Owen rapidamente jogou uma lona sobre Cass e Max Ernesto.

Eles esperaram. Amontoados como duas sardinhas da pesca do dia.

— Estamos em uma po-po-poça? — sussurrou Max Ernesto, trêmulo, para Cass.

— Não faz diferença quando suas roupas já estão mo-mo-lhadas.

— Mas e-e o perigo de hipotermia?

Cass tocou o próprio braço na escuridão.

Pensou um instante.

— Consegue tocar o mindinho com o polegar?

Ambos conseguiram.

Cass fez sinal de positivo para Max Ernesto. Seguros. Por enquanto.

Um oficial da guarda costeira explicou através de um megafone barulhento que dois estudantes chamados Cass e Max Ernesto haviam desaparecido. A escola estava com medo de que pudessem ter roubado algum barco do porto e se perdido no mar.

— Quando puser as mãos nestes dois, vou apertar os pescoços deles. Não dormi nada a noite inteira, graças a eles!

— Não conheço ninguém chamado Lass e Mack Sernesto — gritou Owen de volta. — Mas, se ainda estiverem por aqui, têm sorte de estarem vivos.

— Bem, se vir alguma coisa, nos chame pelo rádio!

Depois que o barco da guarda costeira desapareceu, Owen puxou a lona de cima dos jovens clandestinos.

— O Sol da Meia-Noite vai papar estes caras no jantar — disse ele, sorrindo.

— Que tipo de sotaque é esse? — perguntou Cass, destacando a mudança repentina em Owen.

— Boston. Não dá para perceber? Sou um pescador de lagostas.

Cass riu através de dentes que batiam de frio.

* * *

O dia já amanhecia quando chegaram a terra firme.

Owen jurou de pés juntos que jamais tinha tido qualquer intenção de que Cass e Max Ernesto embarcassem no navio do Sol da Meia-Noite, só queria que atraíssem a embarcação para o porto para que ele pudesse colocar um rastreador no casco. Mas caso o passeio fosse inesperadamente prolongado, tinha deixado o carro por perto.

Cass e Max Ernesto resmungaram quando viram o velho fusca: mais uma viagem emocionante a caminho.

Ao entrarem, Cass tirou o cinto que estava vestindo sobre a calça cargo, prendeu-se ao lado da porta e em seguida a Max Ernesto.

— Apenas uma precaução. A porcentagem de traumas cerebrais causados por acidentes é assustadora.

Max Ernesto sorriu; a sobrevivóloga voltara à ação.

— Segurem-se, Lass e Mack! — O carro ligou com uma explosão.

Lass e Mack quase regurgitaram o jantar que sequer haviam comido.

— Então, agora vai nos levar para encontrarmos Pietro? — gritou Cass sobre o ronco do motor. — Não devemos ir a uma reunião?

Owen olhou para trás.

— Primeira regra da Sociedade Terces: nada de reuniões. É chato demais!

— Sério? — perguntou Max Ernesto.

Owen riu.

— Não. Na verdade o motivo é que não gostamos de muitos integrantes da sociedade no mesmo lugar ao mesmo tempo. Menos chances de morrermos todos.

— Comermos?

— MORRERMOS!

— Ah. Certo. — Max Ernesto engoliu em seco.

Owen desacelerou o carro o suficiente para que pudessem escutar.

— Conhecerão Pietro em breve. Por enquanto, fiquem de olho um no outro. Se acharem que estão vendo o Sol da Meia-Noite se aproximando sorrateiramente, informem-nos de imediato.

— Mas e nossa próxima missão? — perguntou Cass. — E o Juramento de Terces?

— Mais tarde.

A sensação de Cass foi a de ter sido rebaixada, como uma detetive de polícia retirada da rua e colocada em um escritório.

Pior: Owen disse que não voltaria à escola com eles. Agora que o Sol da Meia-Noite o vira, precisaria de um novo disfarce; não havia mais Sr. Needleman.

— Provavelmente algum professor terrível vai substituí-lo — reclamou Cass quando estavam se aproximando de casa. — Alguém mau de verdade, e não só fingindo ser.

— Sinto muito, tenho outro trabalho agora. — Depois que fizesse um relato aos colegas Terces, contou Owen, iria voltar ao mar à procura do Sol da Meia-Noite.

— Eles roubaram uma coisa, e preciso recuperar. Por isso colocamos o rastreador no navio deles.

— O que eles roubaram? — perguntou Max Ernesto.

— O Prisma do Som. Um dos tesouros da Sociedade Terces... É... uma bola. Mais ou menos deste tamanho — disse ele demonstrando com um gesto.

Cass e Max Ernesto se entreolharam apreensivos; só podia estar falando da bola na mochila de Cass.

Max Ernesto cutucou Cass. Não era a deixa deles?

Cass balançou a cabeça imperceptivelmente.

Max Ernesto abriu a boca, mas Cass implorou com os olhos. Tiveram uma daquelas discussões silenciosas que fazem com que a pessoa pareça um macaco imitando gente no zoológico — até Max Ernesto dar de ombros e ceder. Não ia dizer nada, mas Cass podia perceber que não estava nada satisfeito com isso.

Fez uma anotação mental de agradecê-lo depois. Em um time sobrevivólogo eficiente era preciso ter um líder. Não era preciso concordar com esse líder o tempo todo. Mas não dava para chegar ao topo do Everest sem alguém na ponta da corda.

Owen insistiu em circular a vizinhança, e depois deixá-los a alguns quarteirões de casa — para a eventualidade de alguém estar cercando o território.

— Não temos tempo para despedidas melosas. Se houver alguma emergência, podem nos encontrar no Museu da Magia.

— Onde fica isso? — perguntou Cass.

— Não precisa saber.

Cass revirou os olhos.

O fusca se afastou, deixando-os sob um poste de telefone. Os dois começaram a falar ao mesmo tempo, era hora de discutir em voz alta o que tinham tratado silenciosamente no carro.

Não vou tentar descrever a conversa toda, mas o resumo é o seguinte: Cass não confiava em Owen.

— O Prisma do Som é tudo que temos — falou. — Já nos entregamos ao Dr. L achando que ele fosse Pietro. E Owen nos deixou cair na armadilha!

— Ainda acho que deveríamos ter lhe mostrado o Prisma do Som. Ele *salvou* nossas vidas — destacou Max Ernesto.

Cass hesitou, depois cedeu:

— Certo, tudo bem, daremos para eles. Mas só se eu puder entregar diretamente ao Pietro.

Max Ernesto, que estava faminto, exausto e morto de saudades de suas duas camas, concluiu que ela estava falando de um futuro meio distante. Mas não era o que Cass tinha em mente. Ela queria procurar Pietro imediatamente. Enquanto ainda podiam.

— Já estamos encrencados de qualquer jeito. Se ficarmos desaparecidos por mais algumas horas, qual vai ser a diferença?

— Mas nossos pais provavelmente acham que estamos mortos...

Cass assentiu.

— Por isso devemos ir agora; pessoas mortas têm mais liberdade!

Max Ernesto balançou a cabeça, logo quando achou que tivesse vencido uma discussão.

— Ótimo — disse Cass. — Agora só precisamos descobrir onde fica o Museu da Magia.

— Ah, isso é fácil. — Max Ernesto pegou uma coisa no bolso. — Achei isto no chão do carro de Owen... e, bem, tinha a palavra magia, e-e-então, enfim... — gaguejou ele, envergonhado.

Mostrou uma cartela de fósforo.

O endereço estava na parte de trás.
— Que tal isso?
Cass ficou séria.
— Max Ernesto, isso é roubo!
Ele ficou pálido.
— Estou brincando!
Ele riu. Mais ou menos.

CAPÍTULO VINTE E SETE

SINTO MUITO, MAS PERDI ESTE CAPÍTULO.

screvi em um guardanapo em uma lanchonete ontem à noite e...

Sabe como é — num minuto se está batendo em uma máquina de lanches quebrada, torcendo para que pelo menos uma vez na vida ela tenha pena de você, no seguinte se está andando pelo campo, procurando por qualquer lugar, por qualquer pessoa que ofereça um pedacinho de chocolate.

Tudo bem, *pedacinhos*.

Dormi no carro na metade da minha décima segunda barra de Hershey (por que nunca se consegue encontrar nenhum chocolate amargo importado decente no meio da noite?). Quando voltei ao restaurante, bem, o guardanapo estava pendurado no pescoço de qualquer outro, mas não estava mais comigo.

Não se preocupe, não está perdendo nada. O capítulo não tinha nada de importante.

Ah, exceto que eu finalmente tinha revelado o Segredo.

Será que tinha?

Na realidade, se quer saber a verdade, minha cabeça está um pouco embaçada no momento — sem falar um pouco maluca, considerando todo o chocolate preso em meu cabelo. Não lembro *o que* escrevi naquele guardanapo. Espero não ter escrito nada indevido, pois ele pode estar em qualquer lugar agora. E qualquer um pode estar lendo.

Bem, não há nada a se fazer. A coisa toda está fora das nossas mãos — não está nas minhas, pelo menos.

Por que não pula para o próximo capítulo? Volto em um instante.

Cha-ham...

Cof... Cof...

Se não se importa...

Talvez não tenha sido suficientemente claro:
   Vá em frente. Agora. Por favor.
   Preciso desesperadamente de um banho.

CAPÍTULO VINTE E SEIS

EXCLUSIVO PARA SÓCIOS

Foram necessários seis dólares, três ônibus, duas horas e um último pacote de mix para chegar lá.

Mas onde?

Cass tinha dito a si mesma para não esperar um castelo medieval. Mas um minishopping?

— Bem, pelo menos podemos tomar raspadinhas antes de voltar — disse Max Ernesto, olhando para a loja de conveniência localizada onde deveria estar o Museu da Magia. Havia também uma lavanderia e um salão de beleza para animais de estimação, chamado Shampoodle.

Inicialmente, acharam que estavam no lugar errado. Mas quando circularam a lateral do prédio perto dos banheiros viram uma escada que levava à porta de um porão.

Ao lado da entrada uma pequena placa:

MUSEU DA MAGIA
Exclusivo para Sócios

— Apenas para sócios? — Max Ernesto soou desconcertado.

— Bem, nós somos sócios, de certa forma. Sócios da Terces. Quase, pelo menos.

— Verdade — refletiu Max Ernesto. — E não diz que você tem que ser sócio do *museu*, pode ser sócio de qualquer coisa!

Cass tentou a maçaneta, e a porta abriu com uma facilidade surpreendente.

Encontraram-se em uma pequena sala de espera que parecia pertencer a uma mansão vitoriana e não a um minishopping. Tapetes persas empilhavam-se desordenadamente sobre o chão de madeira polida. Nas paredes, retratos de mágicos famosos — alguns com smokings, outros com túnicas e turbantes — penduravam-se de cordas de cetim. E no canto, sobre um poleiro, um pássaro verde iridescente alisava as penas diante de um espelho comprido.

Uma mulher bonita, porém reservada, com óculos de armação preta e um tailleur preto de cetim sentava-se atrás de uma escrivaninha abarrotada. Acima dela havia panfletos anunciando eventos do museu em um quadro de avisos:

OS MÍMICOS MÁGICOS
O show de mágica mais quieto da Terra

Mês que vem:
REUNIÃO DO CIRCO VIAJANTE DOS VELHOS TEMPOS

Ela sorriu friamente aos dois jovens a sua frente.

— Sinto muito, o museu está fechado ao público — disse.

— Exclusivo para sócios! Exclusivo para sócios! — grasniu o papagaio.

— Owen nos disse para vir — falou Cass, de repente consciente pela primeira vez de como deveria estar a aparência dos dois; as roupas cheias de lama e os cabelos lavados no oceano.

— E Owen tem um sobrenome? — perguntou a recepcionista, sem expressão no rosto, consultando o computador.

Cass balançou a cabeça hesitante.

— Bem, provavelmente tem — corrigiu Max Ernesto. — Apenas não sabemos. Sequer sabemos se Owen é o nome verdadeiro. Às vezes ele atende por Sr. Needleman.

— Sinto muito, esse nome também não soa familiar. Se quiserem voltar, oferecemos visitas guiadas no terceiro domingo de cada mês.

— E Pietro Bergamo? — perguntou Cass. — Ele é um mágico, não o conhece?

A mulher balançou a cabeça.

— Exclusivo para sócios! — repetiu o papagaio, como se falasse por ela.

Um homem relativamente jovem, com cabelos relativamente longos e cavanhaque relativamente curto entrou. Usava óculos redondos com armação metálica, e passou os olhos rapidamente pelas crianças antes de acenar para a recepcionista.

Em seguida olhou fixo para o papagaio.

— Senha, por favor — falou com um sotaque claramente inglês.

— Faça um feitiço. Mas não se empenhe demais — respondeu o pássaro.

O britânico pensou por um instante. Em seguida disse:

— Abraca-leve.

Os olhos do papagaio brilharam, vermelhos, e ele abriu as asas com o chiado de uma dobradiça.

— Achei que o papagaio fosse de verdade — sussurrou Cass.

— Acho que é, ou foi. É taxidermia — sussurrou Max Ernesto de volta.

Atrás do pássaro, o espelho comprido girou no eixo, revelando um corredor escuro. Sem mais uma palavra, o inglês atravessou a abertura. O espelho se fechou atrás.

— Bem, se não têm mais perguntas, está na hora do meu intervalo — disse a recepcionista, levantando-se. As crianças esperavam ser postas para fora, mas, em vez disso, a recepcionista sorriu para elas e saiu do recinto, deixando-os a sós do lado de dentro.

— Não posso acreditar que ela simplesmente nos tenha deixado assim — disse Max Ernesto.

— Acho que fez de propósito — disse Cass. — Não sei por quê. Tipo, ela sabe que não temos autorização, mas quer que entremos no museu assim mesmo... De qualquer forma, vamos tentar entrar depressa.

Cass foi até o papagaio e o olhou no olho.

— Abraca-leve! — Deu um passo em direção ao espelho, mas o papagaio não se moveu, e nem o espelho.

— Aposto que a senha muda o tempo todo — disse Max Ernesto. — Por isso ele teve que pedir uma pista.

Ele olhou para o papagaio e disse:

— Senha, por favor.

— Solicite entrada — disse a ave. — Mas não se esqueça de me alimentar.

— Que espécie de pista é essa?

— Acho que temos que juntar duas palavras, sabe tipo *sham-poodle* — disse Max Ernesto. — *Abraca-leve* é *abracadabra*, a parte do feitiço, mais *leve*, que significa não se empenhar demais.

Cass parecia incrédula.

— Então precisamos de uma palavra que signifique *solicitar entrada*, depois uma que queira dizer *comida para o papagaio*?

— É... talvez.

— Que tal "deixe-me entrar... comida de papagaio"?

Max Ernesto fez uma careta.

— Hum, a ideia é mais ou menos essa. Mas as palavras devem se encaixar.

— Abra. Pizza para um papagaio! — disse Cass.

— Não estamos pensando do jeito certo — disse Max Ernesto. — O que pássaros comem?

— Alpiste — disse Cass. — Que tal "abra, alpiste"?

— É isso, você matou a charada! — disse Max Ernesto animado.

— Matei...? — Olhou para o papagaio, mas o pássaro não piscou.

— Bem, não exatamente... mas agora sei como é.

Max Ernesto se colocou diante do papagaio e falou:

— Alpis-te Sésamo!

Os olhos do pássaro brilharam, vermelhos.

Os olhos deles demoraram um pouco para se ajustar à escuridão.

A única luminosidade no corredor vinha das luzes de exibição sobre os velhos pôsteres de shows de mágica que preenchiam as paredes:

Apresentando orgulhosamente
Monsieur Henri
A SALAMANDRA
HUMANA.
Ele passará uma barra de ferro
em brasa pelo meio da língua...

Vindo até você
Do exótico oriente
CHUNG CHOW
O MÁGICO CHINÊS
Veja bambu crescer dos dedos dele!

HURSTON
O Mestre do Mistério
DESAPARECE DIANTE DOS SEUS OLHOS

No fim do corredor, passaram sob uma placa que dizia **Mágica — a história dos desaparecimentos ou o desaparecimento da história?** e entraram em uma sala grande com diversas antiguidades mágicas.

Animado, Max Ernesto explicou para Cass o que estavam vendo agora — pelo menos as coisas que ele reconhecia dos livros. Gaiolas engenhosas feitas para prender pássaros antes que estes fossem soltos em um picadeiro... mesas dobráveis com buracos ocultos nos quais se escondiam coelhos... baralhos com marcações secretas e dados viciados...

— E esse é Houdini...

Max Ernesto apontou para uma foto preta e branca de um homem com o tórax nu que pendia de suas famosas trancas e correntes.

Cass não falou nada, mas achou que Houdini parecia pouco nobre, menos como um mágico famoso e mais como um baixinho vestido de Tarzan.

Como, ela imaginou, seria Pietro? Certamente não se parecia com o mago de barba branca que imaginava. Ou jamais o veria, afinal?

Max Ernesto a cutucou: no centro de todas as exposições havia um pedestal preto vazio com uma pequena placa metálica: *O Prisma do Som*. Alguns pequenos cacos de vidro que o aspirador não detectou sobravam no chão ao lado do pedestal.

A cena do crime.

Assustados, encararam o lugar por um tempo — por algum motivo, parecia que o Dr. L e a Srta. Mauvais estavam prestes a atacá-los —, depois seguiram em frente.

A sala seguinte era redonda e coberta por um tecido listrado — uma tenda de circo interna.

SHOW SECUNDÁRIO.......... SHOW SECUNDÁRIO.......... SHOW SECUNDÁRIO.......... piscava um letreiro feito com pequenas lâmpadas.

Aqui encontraram velhas fotos de gêmeas siamesas sorrindo. Dançarinas atrevidas. Evidentemente, mulheres barbadas. Comedores de fogo tatuados. E — "ai!", disse Max Ernesto — um faquir indiano em uma cama de pregos.

Eles pararam para examinar um pôster desbotado de circo em uma moldura dourada. Mostrava dois meninos idênticos vestidos de smoking; um vendado, sobre uma espécie de caldeirão em chamas.

Estavam envoltos em fumaça. "Os incríveis irmãos Bergamo e sua sinfonia de cheiros", dizia a legenda. Pietro e Luciano aos onze anos.

Nossos dois amigos se viraram e se encararam, os olhos brilhando: agora sabiam que estavam no lugar certo!

— Hã, Cass, o que faremos agora? — perguntou Max Ernesto um instante depois. Ele acenou com a cabeça em direção ao fim do corredor, onde um homem com um terno cinza sentava-se a uma pequena mesa, escrevendo um bilhete.

— Apenas aja como se devêssemos estar aqui... Com licença, senhor — disse Cass, levantando a voz. — Sabe onde podemos encontrar...

O homem não levantou o olhar, e quando se aproximaram puderam ver por quê: não era real, era mecânico. E o bilhete que estava escrevendo era simplesmente uma frase repetida muitas vezes com o movimento repetido da mão irregular, porém de escrita precisa:

BOCAS SOLTAS AFUNDAm NAVIOS. BOCAS SOLTAS AFUNDAm NAVIOS. BOCAS SOLTAS AFUNDAm NAVIOS...

— Um pouco assustador, não acha? — perguntou Cass.
— Nem tanto. Acho legal — disse Max Ernesto. — É um autômato. Uma espécie de robô antigo. Nos velhos tempos, mágicos se apresentavam com...

Antes que Max Ernesto pudesse completar:
Thwang! Thunk!

As duas crianças pularam simultaneamente: uma flecha passou assobiando sobre suas cabeças e parou pertinho, em meio a dúzias de flechas em um alvo grande.

— Ei, poderia ter nos matado! — gritou Cass.

Mas quando viraram para ver quem tinha atirado neles, só viram outro autômato: este segurando um arco, uma aljava cheia de flechas no chão ao lado.

Enquanto olhavam ao redor do recinto, viram outros autômatos jogando cartas ou xadrez; regando plantas falsas; lendo sortes em bolas de cristal. Havia também animais mecânicos: coelhos, macacos, pássaros. Uma coleção e tanto. A maioria dos autômatos parecia velha, e alguns deles rangiam muito alto ou pareciam inteiramente quebrados.

Além das pessoas mecânicas, não parecia haver uma alma ali. Pensaram ter ouvido alguém tocando piano — mas quando seguiram a música até a origem, viram um velho piano mecânico, sem ninguém, humano ou não, diante dele, as teclas descendo e subindo, aparentemente por conta própria.

— Acha que simplesmente não estão aqui? Devemos voltar? — perguntou Max Ernesto. — Para onde foi aquele cara de óculos?

Antes que Cass pudesse responder, um gato magricelo passou correndo na frente deles. Em seguida começou a se esfregar contra o que parecia um armário ou uma cabine com uma espécie de abertura coberta por uma cortina.

— Ei, essa não é...

— A gata de Pietro? — Cass concluiu o pensamento de Max Ernesto (tinham conhecido, ou ao menos visto, o felino tímido do mágico quando visitaram a casa na última investigação). — É, pode ser. É tão magra quanto, e tem a mesma cor, ou cores, como se chama?

— Chita.

Assim que Max Ernesto pronunciou a palavra, a gata entrou na cabine e pareceu literalmente desaparecer diante de seus olhos.

— Ei, aonde ela foi?! — exclamou Cass.

Enquanto Max Ernesto olhava, Cass entrou na cabine atrás da gata — e desapareceu com a mesma rapidez.

Foi então que o menino percebeu o letreiro brilhante acima da cabine:

PORTAL PARA O INVISÍVEL

— Cass? Está aí? — Max Ernesto deu um passo cauteloso em direção à cabine onde Cass desaparecera.

— Sim, estou bem aqui! Não está me vendo?

— Não, está tudo preto. Deve ser uma ilusão, você sabe, para uma apresentação — disse Max Ernesto, tentando soar confiante. — Tem espelhos aí dentro?

— Uhm, tem, mas não consigo... Espere, acho que tem uma espécie de porta, está no chão... tudo bem, vou descer só para olhar...

— Espere, não vá sem mim! — disse Max Ernesto.

Mas quando ele entrou na cabine, ela não estava mais lá — e havia uma luz subindo até ele da escotilha no chão.

CAPÍTULO VINTE E CINCO

O HOMEM INVISÍVEL

O porão do Museu da Magia era ocupado por uma grande oficina que, em grande parte, parecia poder pertencer a qualquer lugar do mundo: martelos normais, chaves e serras penduradas em ganchos nas paredes. Raspas normais de madeira e metal no chão. Um cheiro normal de serragem e cola preenchia o ar.

Mas, ao passo que em uma oficina normal você poderia encontrar alguém fabricando um baú para guardar cobertores, os baús daqui eram feitos para serem serrados ao meio — com alguém dentro. E enquanto em uma oficina normal você poderia encontrar um guarda-roupa destinado a casacos, aqui os armários eram feitos para fazer tigres desaparecerem.

Em resumo, era a oficina de um mágico.

Quando Cass e Max Ernesto entraram, viram um senhor atrás de uma bancada. Olhou rapidamente para eles, depois voltou ao grande vaso prateado que tinha na mão. Tinha duas alças e parecia uma espécie de taça. Ele parecia estar consertando a base com uma chave de fenda.

Não vestia capa de veludo — apenas velhas roupas de trabalho e um avental de couro. Não tinha barba longa e branca — apenas cabelos grisalhos e ondulados e um bigode volumoso do qual chovia serragem a cada vez que ele se mexia. E se lembrasse um homem de um conto de fadas, não seria o nobre mago que Cass imaginara, mas o humilde marceneiro italiano, pai de Pinóquio, Gepetto.

Mesmo assim, Cass soube imediatamente quem era. Como se sempre o tivesse conhecido

— Hum, com licença, você é Pietro? — perguntou, o coração acelerado no peito. — Ou senhor Bergamo, quero dizer — corrigiu-se, lembrando-se de que ainda não haviam se conhecido.

— Pietro serve — disse ele, em tom de resposta, sem levantar os olhos do trabalho. A voz tinha um timbre semelhante ao do Dr. L. Mas Pietro conservara mais do sotaque italiano nativo. E mais da humanidade nativa.

A semelhança com o irmão era inquietante, mas não da maneira como sempre acontecia com gêmeos. Era mais como ver o velho retrato do ancestral de um amigo — um retrato que se parece exatamente com a pessoa que você conhece, mas em outra era e com outra idade.

Diferentemente da face macia e jovem do Dr. L (se bem que *fachada* seria uma palavra melhor), o rosto de Pietro carregava todas as marcas do tempo: cicatrizes e manchas, rugas e veias. Tudo imbuído com o inefável senso de história, de vida vivida e experiência adquirida, que apenas os melhores e mais velhos rostos possuem.

Poderia ter sido pai do Dr. L, até mesmo avô. Talvez um tio. Qualquer coisa menos um irmão gêmeo.

— Nós... Quero dizer, eu sou Cassandra — gaguejou. — Este é Max Ernesto.

Pietro permaneceu em silêncio. Max Ernesto sentiu-se compelido a entrar na conversa:

— Fomos nós que salvamos Benjamin Blake do spa no ano passado. Os que Owen...

— Sim. Eu sei — disse Pietro gentilmente.

Enfim, Pietro acabou de fazer o que estava fazendo com o vaso e olhou para os intrusos.

— Então. Encontraram-me trabalhando no meu novo palco.

— Que palco? — perguntou Max Ernesto, confuso.

— Meu palco preferido: os bastidores.

Pietro sorriu para mostrar que estava fazendo uma piada.

— Quero dizer que me aposentei da profissão de mágico. Nunca fui o grande artista, quem fazia isso era meu irmão. Então, atualmente, só crio a mágica, não a executo mais. Aqui...

Ele colocou o vaso sobre a mesa à frente deles.

— Cada um de vocês pegue gentilmente uma alça e puxe. Mas com cuidado! É muito antigo, e não quero ter que consertar outra vez.

Puxaram, e por um instante nada aconteceu.

Então uma pequena folha de prata brotou sobre a boca do vaso. O caule cresceu e cresceu, como se puxado para cima por um sol invisível. Logo, outros galhos cresciam a partir do caule central, folhas brotando em cada um deles. Até uma pequena árvore prateada encontrar-se entre eles.

Uma a uma, delicadas flores douradas nasceram e se desenvolveram pelos galhos.

— Uau! — disse Cass.

— Duplo uau! — disse Max Ernesto. — Nunca vi um desses antes. Nem em livros.

— Pode imaginar o que as pessoas pensavam há cento e cinquenta anos, antes dos filmes, computadores e efeitos especiais.

Enquanto falavam, um canário dourado brilhante emergiu do florescimento no topo da árvore e começou a cantar uma adorável...

Guincho!

Antes que o canário pudesse emitir uma segunda nota, a voz se tornou um gemido agudo, e a árvore toda começou a soltar fumaça.

— Era para acontecer isso mesmo? — perguntou Cass, nervosa.

Pietro riu.

— De jeito nenhum. Ele devia cantar uma melodia de Mozart. Agora, se eu estivesse no palco, teria que fingir que a fumaça fora o objetivo o tempo todo.

Gesticulou para engrenagens soltas e autômatos semirrestaurados ao redor.

— O que quis dizer sobre fazer a mágica foi que eu crio as ilusões. As desenvolvo e construo, mas não as uso mais com tanta frequência. Agora podem ver por quê.

— Uau, então você é um... bem, como se chama? Nunca ouvi falar nisso — disse Max Ernesto, como se aquilo tornasse tal função impossível.

— Não existe nome, porque ninguém deve saber do que é feito. Gostamos que a mágica seja um mistério, certo? Não quer saber que tem alguém atrás da cortina, criando ilusões. Estraga a diversão.

— Nós o chamamos de o Homem Invisível — disse uma voz de trás.

Um homem alto e magro com uma caneta atrás da orelha caminhou em direção a eles.

— William Wilton Wallace III, contador público, ao seu dispor — disse, entregando a cada um dos recém-chegados um cartão.

— O senhor Wallace é contador durante o dia, mas é o arquivista da Sociedade Terces à noite — explicou Pietro.

— Prazer em conhecê-lo — disse Cass.

— Ah, já nos conhecemos, quando você ainda usava fraldas — disse o Sr. Wallace com uma expressão de desgosto, como se ainda pudesse sentir o cheiro das fraldas em questão. — Cuidava das contas da loja dos seus avós até desistir deles. Muito desorganizados. Completamente perdidos, aqueles dois. Mas imagino que você tenha a mesma impressão?

— Não, bem, eu... — Cass calou-se, querendo defender os avós, mas sem desejar começar uma briga.

— E esta é Lily Wei. Acho que a conheceram lá em cima. — Pietro assentiu enquanto a bela mulher de tailleur preto entrava no recinto. — Claro, ela não é apenas nossa recepcionista, é uma mestra da música chinesa.*

Lily deu um sorriso modesto.

— Mestra é uma palavra relativa.

— Tocaria para eles? — perguntou Pietro, indicando a coleção de instrumentos exóticos pendurada na parede.

Lily inclinou a cabeça, assentindo. Depois pegou um instrumento estranho, que parecia um violino com uma cabeça de cavalo entalhada na ponta do braço, onde deveria haver uma voluta.

— Este é o morin khur. Da Mongólia. Fechem os olhos.

Cass e Max Ernesto obedeceram e, de repente, ouviram o ruído de um cavalo galopando. O cavalo relinchou, depois parou ao lado deles.

O efeito foi tão espantoso que abriram os olhos.

Lily riu, suavemente, ainda tocando.

— Antigamente faziam o morin khur com o crânio de um cavalo. Dizem que ainda se pode ouvir o fantasma do animal.

A música se tornou bela e fúnebre, e depois...

---

* LEITORES DO MEU PRÉVIO ESFORÇO LITERÁRIO TALVEZ SE LEMBREM DE UMA JOVEM CHINESA MENCIONADA NO CADERNO DE PIETRO. UMA MENINA PRODÍGIO DO VIOLINO, SEQUESTRADA PELA SRTA. MAUVAIS APÓS UM CONCERTO. SIM, LILY WEI É A MESMA MENINA, AGORA CRESCIDA. COMO PODEM IMAGINAR, SEUS ANOS COM O SOL DA MEIA-NOITE FORAM LANCINANTES, E A FUGA DE LÁ EMOCIONANTE — MAS ISSO, SINTO DIZER, É UMA HISTÓRIA PARA OUTRA HORA.

Ela se moveu com tanta rapidez que nem chegaram a vê-la puxar a espada longa e pontiaguda do arco do violino. Quando perceberam o que estava se passando, a espada estava cutucando a garganta de Max Ernesto.

— O qu...! — engasgou-se ele.

Lily derrubou a espada com a mesma rapidez.

Cass encarou, pálida.

— Esqueci de dizer a vocês, Lily também é mestre na arte da defesa — disse Pietro, curtindo a reação —, nosso... qual é o termo? *Músculo*.

As crianças pareciam devidamente impressionadas.

— Sempre estarão seguros enquanto eu estiver por perto — disse a recepcionista acanhada, guardando novamente a espada no arco.

— Então... você sabia o tempo todo que éramos nós? — perguntou Max Ernesto, ainda trêmulo com o choque.

— Suspeitei. Mas pedi que Owen desse uma olhada em vocês assim mesmo.

— Owen? Ele está aqui? — Cass olhou em volta, surpresa.

— Bem aqui.

Todos viraram para ver o inglês de cavanhaque sentado quieto em uma cadeira perto da parede. Ele tirou os óculos.

As crianças resmungaram. Como não adivinharam?

— A pergunta é: por que *vocês* estão aqui? — disse o Owen britânico. — Lembro-me de tê-los deixado em casa.

— Dê um segundo a eles. Vão nos contar em um instante — disse Pietro.

— Como você fica tão diferente toda vez? — perguntou Max Ernesto. — Este é o seu nariz, pelo menos?

— Claro, é meu! — disse Owen, ofendido.
Ele puxou o nariz, que esticou como massinha.
— Paguei por ele!
Todos riram. E Cass sentiu uma onda repentina de felicidade.
Os membros da Sociedade Terces podiam não ser os Cavaleiros da Távola Redonda mais do que Pietro era Merlin, mas, no momento, não os trocaria por nada. Nem mesmo Owen.

— Então, quer dizer, estes são... todos? — perguntou.
Com isso, o senhor Wallace tossiu e olhou para Pietro, as sobrancelhas erguidas.

— Vão aparecer quando precisarmos deles, você verá — disse Pietro em tom de desafio.

— Tenho certeza de que oferecerão um show fabuloso. — O arquivista fungou. Obviamente não acreditava que eles fossem aparecer, quem quer que fossem *eles*.

— A Sociedade Terces tem muitos amigos — disse Pietro, voltando-se para Cass e Max Ernesto. — Mas é bom que não conheçamos todos... Por falar nisso, desvendaram nosso nome?

— Max Ernesto desvendou durante o verão, ele é muito bom em coisas deste tipo — disse Cass, caso alguém não soubesse.

— É *secret* ao contrário, não é? — perguntou Max Ernesto.

— Exatamente — disse o senhor Wallace, soando levemente desapontado. — Os primeiros integrantes descobriram que sempre que se dizia a palavra *segredo* muito interesse era despertado. Passaram a se chamar de Sociedade Terces para que a ralé ficasse longe. — Olhou fixamente para os jovens convidados.

Cass e Max Ernesto deram um passo involuntário para trás.

Tinham milhares de perguntas sobre a Sociedade Terces, mas sentiram que talvez não fosse hora de fazê-las.

— E agora, talvez seja melhor nos contarem por que estão aqui — disse Pietro. — Correram um grande risco.

Cass olhou para Max Ernesto, que assentiu. Ela tirou a mochila das costas e silenciosamente abriu o zíper, retirando o Prisma do Som.

Os olhos de Pietro cintilaram.

— Ah, sabia que teriam boas razões para vir. — Ele lançou um olhar ao senhor Wallace, como se quisesse dizer "*não falei*"!

Owen riu e balançou a cabeça lugubremente.

— Seus danados! Nem falaram nada no carro!

— Deram uma lição em você, hein, Owen? — perguntou Lily, astuciosa.

Cass e Max Ernesto se entreolharam, sem conseguir conter os sorrisos orgulhosos.

— Ouvimos falar que isto tinha sido roubado — disse Cass.

— E foi, de fato — respondeu Pietro. — Fizeram uma ótima coisa e quem sabe? Devem ter evitado uma grande tragédia.

Cass estava prestes a entregar-lhe o Prisma do Som, mas ele levantou a mão, impedindo-a.

— E agora... como dizem na televisão? Tenho uma missão para vocês, se escolherem aceitá-la.

Assentiram, ansiosos. Cass apertou o Prisma do Som com animação.

— Ótimo. Acho que talvez tenham ouvido falar no homúnculo.

— Ouvimos, mas ele não pode ser real — disse Max Ernesto, confiante. — Não dá para cultivar um homem em uma garrafa. É impossível.

— O Sol da Meia-Noite acha que é possível — disse Pietro.

— É, mas... você, não... certo?

111

O velho mágico deixou a pergunta no ar. Em uma sala como esta, com ilusões semiconstruídas por todos os lados, quem poderia dizer o que era possível?

— E é por isso que o querem? — perguntou Cass, após um momento. — Por que acham que ele é um desses caras fabricados por mãos humanas? E querem fazer outro?

— Achamos que eles querem alguma coisa dele — disse Pietro. — Alguma coisa que ele tenha ou saiba onde encontrar.

— Como o quê? — perguntou Max Ernesto. Ainda não estava pronto para acreditar que o homúnculo existia, quanto mais que sabia alguma coisa.

— O túmulo! — disse Cass, lembrando-se da conversa que tinha ouvido no navio.

Pietro assentiu.

— Seria o túmulo do Lorde Faraó. O alquimista que fez o homúnculo, ele se referia a si mesmo como Lorde Faraó. Presumindo que esta coisa exista — acrescentou, por Max Ernesto.

Pietro riu.

— Excessivo, sim. E vaidoso. Mas estes não foram seus piores crimes. No Sol da Meia-Noite acreditam que ele conhecia o Segredo.

Max Ernesto e Cass se calaram, tratando a informação com a seriedade que merecia. Pietro colocou uma mão calorosa e calejada no ombro de cada um.

— Vocês devem encontrar o homúnculo antes do Sol da Meia-Noite. É importantíssimo que o façam.

Max Ernesto gaguejou em surpresa.

— Nós? Mas...

— Mas são apenas crianças! — protestou Lily.

— Realmente parece perigoso — disse Owen. — Não que eu esteja me candidatando...

— Pietro, isto é uma loucura, até mesmo vindo de você! — disse o senhor Wallace, enrubescido.

— É, não é? — Ele lançou um sorriso largo para Cass e Max Ernesto.

Cass tentou retribuir e mostrar que era corajosa. Queria fazer mais perguntas sobre o homúnculo e sobre a razão pela qual estavam recebendo a missão. Mas tudo o que conseguiu falar foi:

— Como...?

— Com isso. — Pietro apontou para o Prisma do Som. — Afinal de contas, pertence a você.

Antes que ela pudesse perguntar por quê, ele continuou:

— É a única ferramenta que temos. E você, Cassandra, é a única que pode usar.

Cass olhou para a bola na mão, como se nunca a tivesse visto antes.

Como se fosse um estranho encarando-a de volta.

CAPÍTULO VINTE E QUATRO
CASSTIIIGO

Um lago no alvorecer. Está muito frio.

Uma música misteriosa familiar começa a tocar.

Nuvens de fumaça mantêm-se na superfície da água. Mal podemos enxergar através do ar, de tão molhado e pegajoso.

Árvores escuras e pesadas entram e saem do campo de visão como caçadores sombrios perseguindo uma presa. Ao fundo, picos denticulados de montanhas erguem-se da bruma como mandíbulas gigantes prontas para abocanhar todo o cenário.

Um ponto brilhante solitário interrompe as trevas. É um triângulo laranja que, de longe, parece com um daqueles cones de segurança utilizados para desviar o tráfego.

Olhando de perto, vemos que este triângulo não é um cone, mas uma barraca de camping solitária na costa do lago que, exceto pela tenda, está vazia.

Dois meninos conversam e as vozes podem ser ouvidas do outro lado do lago — apesar de, estranhamente, não estarem gritando. Pelo som, têm talvez onze ou doze anos de idade, treze no máximo.

— Ai, cara! Mas que fedor! — diz um deles.

O outro menino ri.

— Relaxa, cara. Todo mundo faz!

— De novo não! — diz o primeiro. — Se você não sair da barraca agora, vou te matar!

Algumas folhas de grama bloqueiam nossa vista do lago enquanto ouvimos os meninos na tenda, notando sua presença, mas sem emitir qualquer ruído.

Somos como um crocodilo ou uma cobra. Um predador esperando.

Um menino — o flatulento, imaginamos — sai da tenda.

— Ei, onde está o Tommy? — pergunta ele.

— *Fazendo trilha com os meus pais* — *responde o menino dentro da barraca.*
— *Mas seu pai mandou você ficar de olho nele...*
— *Mandou?!*
De repente, levantamos a cabeça e desaparecemos no feixe de luz. Escuridão.

Que sonho bizarro, pensou Cass. Era quase como se ela fosse o homúnculo. Esperando.

Mas pelo quê? Não para comer aquelas crianças?!

Automaticamente, esticou a mão para pegar o monstro de meia. Então se lembrou que a Srta. Mauvais o tinha jogado para as Irmãs Skelton. Suspiro.

Por que o homúnculo vinha até ela nos sonhos se ela não fazia ideia de onde encontrá-lo na vida real?

— Esta é sua missão e não podem fracassar. Seria... uma catástrofe — repetira Pietro antes de se despedir.

Precisou reunir toda a coragem que tinha para perguntar por que era a única que poderia usar o Prisma do Som.

— Você vai ver — foi a resposta misteriosa de Pietro.

E não foi mais prestativo quando ela perguntou como utilizá-lo.

— Ah, gostaria de poder dizer. Mas não sei.

Claro, mesmo que ela soubesse exatamente onde encontrar o homúnculo ou como utilizar o Prisma do Som, não teria ajudado muito. Não podia sair de casa.

Com que frequência os membros da Sociedade Terces ficavam de castigo?, imaginou com amargura. Aposto que Pietro não pensou *nisso* quando nos deu a missão.

Castigo.
Que
   Palavra
      Mais
         Pesada.
            Casssssstiiiiigo.
Diga em voz alta.
Soa quase onomatopaico, não?*

No passado, Cass experimentara a palavra como uma ameaça. Ficar de castigo era algo que acontecia com as outras crianças, crianças *más*, não com ela. Mesmo quando Cass e Max Ernesto haviam fugido para o Spa do Sol da Meia-Noite, a mãe dela tinha ficado tão aliviada por a filha ter voltado segura para a casa que mal a castigara. Concluíra que Cass tinha aprendido a lição.

Mas evidentemente Cass *não* tinha aprendido a lição.

— Sabe quem aprendeu a lição? Eu! — dissera a mãe, que agora não estava mais preocupada com Cass perdida no mar, mas inteiramente furiosa.

"Não sei quem você pensa que é, que pode ficar fugindo desse jeito, mas desta vez não vai escapar tão fácil. Não quero saber se é algum apelo por ajuda, ou uma rebeldia adolescente prematura, ou se está tentando revidar por algum mal que tenha te causado, ou se simplesmente gosta muito de barcos. Você, mocinha, está de castigo até o fim do ano!"

Além de não poder sair da própria casa, ficar de castigo normalmente significa perder diversos privilégios. O problema para a mãe de Cass era que a filha não se importava em ter coisas confis-

---

* SE NÃO SABE O QUE ONOMATOPAICO SIGNIFICA, BEM — DING-DONG-CLICK-CLACK-BUZZ-QUACK! — PESQUISE.

cadas. Ou pelo menos não deixava transparecer, se ligasse (Cass sabia que seria punida; concluiu que deveria apenas sorrir e suportar).

Estavam na cozinha quando a mãe transmitiu as regras — Cass comendo cereal na bancada, a mãe abrindo e batendo as portas do armário a esmo.

A conversa seguiu um rumo mais ou menos assim:

Mãe: e não haverá nenhuma espécie de atividades extracurriculares! (Porta batendo.)

Cass: Tudo bem.

Mãe: Vou tirar seu celular!

Cass: Tudo bem.

Mãe: E nada de televisão!

Cass: Tudo bem.

Mãe: Nada de internet!

Cass: Tudo bem.

Mãe: Nenhum divertimento!

Cass: Tudo bem.

Mãe: Nada de sobremesa!

Cass: Tudo bem.

Mãe: Nada de comida tailandesa, nem mesmo macarrão tailandês!

Cass: Tudo bem.

Mãe: Tudo bem, então, nada de jantar nenhum!

Cass: Tudo bem.

Mãe: Só vai ganhar sopa de aveia!

Cass: Tudo bem.

Mãe: Vou tirar a sua cama!

Cass: Tudo bem.

Mãe: Vai dormir no chão, acorrentada!

Cass: Tudo bem.
Mãe: Tudo bem!
Cass: Tudo bem.
Mãe: Tudo bem! Tudo bem! Tudo bem! É só isso que sabe dizer? Tudo bem, então quer saber, pode sair desta casa agora! E não volte!
Cass: Então não estou de castigo?
Mãe: Ah, está de castigo, sim! Não pode acreditar no quanto está de castigo! Não vai sair desta casa nunca!

A transição de briga aos berros ao silêncio desconfortável entre mãe e filha foi quase instantânea. Uma quietude implacável caiu sobre a casa como um terrível feitiço do tempo. E parecia que jamais terminaria.

As duas procuravam distrações em qualquer coisa... qualquer coisa para vencer o tédio que havia tomado conta da casa.

Antes de Cass ser castigada, quando vendedores telefonavam, a mãe de Cass sempre desligava ou dava alguns gritos ao telefone; agora conversava longamente com eles sobre o tempo na Índia, nas Filipinas ou em Macau, enquanto Cass tentava ouvir ou captar informações sobre o mundo sem deixar sua expressão demonstrar qualquer interesse.

Em um esforço para tornar o tempo mais produtivo, Cass fingia que estar de castigo fazia parte de um exercício de treinamento para sobrevivóloga da Sociedade Terces.

Apesar de a mãe nunca ter cumprido a ameaça de tirar a cama, Cass dormia no chão assim mesmo. O que comia, comia de pé — e com as mãos. E no tempo livre aprendeu todo o alfabeto em código Morse: não queria ser pega desprevenida na próxima vez em que Max Ernesto a cutucasse com alguma mensagem de emergência.

Aliás, tinha se especializado tanto em código Morse que decidiu que, a partir daquele momento, todas as comunicações em Morse com Max Ernesto deveriam acontecer ao contrário: *código Esrom*, era como iam chamar.

Isto é, se algum dia voltasse a se comunicar com Max Ernesto.

Uma noite após o jantar, não muito tempo depois que o castigo começou, Cass disse à mãe — e era verdade — que ia subir para estudar. O que não revelou foi que pretendia era *estudar o Prisma do Som*.

Sentou-se na cama e o girou na mão, traçando a faixa prateada com o dedo e espiando nas centenas de buraquinhos. Como aquela bola de som poderia ajudá-la a encontrar o homúnculo? Seria só ficar ouvindo até escutá-lo? E como reconheceria a voz do homúnculo quando a ouvisse?

Se é que ele tinha voz.

De repente, ela ouviu a mãe falando. As paredes na casa eram bem espessas, e normalmente quaisquer sons vindos do andar de baixo eram abafados e ininteligíveis. Mas Cass conseguiu ouvi-la com tanta clareza quanto se elas estivessem no mesmo cômodo:

— *Sempre quis contar para ela* — dizia a mãe —, *mas nunca pareceu o momento certo. E agora ela está crescendo, e tenho tanto medo de perdê-la... Sei que ela é uma menina esperta que vai acabar descobrindo, e depois?!*

A mãe soava inquieta.

Vovô Larry, pensou Cass. Está ao telefone com vovô Larry.

E quase ao mesmo tempo pensou: meu pai! Está falando sobre meu pai! O que mais poderia ser?

— Mas já consigo ouvir os ruídos de uma adolescente rebelde — protestou a mãe. — Só posso imaginar como ela será no ano que vem, sabe como as filhas ficam com as mães. E, se eu contar para ela, só servirá como mais uma desculpa para me odiar... Claro, ela me ama AGORA, acha que nada pode mudar isso?

Alguma coisa *poderia* mudar isso?, imaginou Cass. Qual seria o segredo da mãe? Será que o amor pela mãe era tão grande que poderia sobreviver a tudo?

E se seu pai fosse um serial killer e estivesse em prisão perpétua?

Ou e se... e se a mãe tivesse matado o pai? Poderiam ter tido uma briga e ter sido em legítima defesa. Ou talvez apenas um acidente. De qualquer forma, a mãe não queria que soubesse.

Encaixa-se com os fatos — é preciso admitir.

Não, ela estava sendo ridícula: a mãe não era uma assassina. E, até onde sabia, o segredo não tinha nada a ver com o pai.

Apreensiva, Cass olhou para o Prisma do Som. Teria que tomar mais cuidado com o que ouvisse no futuro; era melhor não escutar certas coisas.

Mais tarde naquela noite, quando tinha certeza de que a mãe estava dormindo, Cass saiu pelos fundos da casa.

O ar noturno estava surpreendentemente quente para aquela época do ano, e ela curtiu a sensação de liberdade ao passar ao lado da grade alta de madeira até um certo pedaço de terra atrás dos restos de uma velha casa de cachorro.

Há anos não visitava este lugar, mas quando era mais nova costumava ser um esconderijo frequente. Chamava-o de cemitério de Barbies, pois uma noite quando tinha nove anos fez uma ceri-

121

mônia de enterro para todas as suas bonecas. Marcara o local com uma torradeira derretida de Barbie.

— Todas morreram em um incêndio elétrico — contou sombriamente para a mãe. — Não consegui salvá-las.

No dia seguinte se declarou uma sobrevivóloga.

Agora, ela tinha mais uma coisa para enterrar.

Ocorreu-lhe que o Prisma do Som talvez não estivesse seguro no quarto. E se o Sol da Meia-Noite invadisse enquanto ela dormia e não desse tempo de escondê-lo?

Jogou o Prisma para frente e para trás nas mãos enquanto procurava pelo melhor lugar para escondê-lo. Primeiro, mal escutou o ruído que o Prisma do Som emitia. Mas, quando o deixava parado, o ruído cessava.

Jogou o Prisma entre as mãos outra vez. E voltou a ouvir o ruído. Como uma cantoria. Por que era tão familiar?

Animando-se, Cass jogou o Prisma do Som para o alto...

Ao girar, o Prisma do Som emitiu uma espécie estranha e maravilhosa de música — que soava impossivelmente próxima e ao mesmo tempo parecia vir de muito, muito longe.

Como o canto de fadas ou silfos.

Como o zunido de milhares de pequeninas vozes no seu ouvido.

Assim que o Prisma do Som caiu de volta em sua mão, Cass o jogou novamente no ar.

Olhou fixamente, ouvindo.

Era a música de seus sonhos.

CAPÍTULO VINTE E TRÊS
INEVITAVELMENTE DETIDOS

Um bilhete de um professor pode livrá-lo de uma miríade de dificuldades — atrasos, digamos, ou educação física.

Infelizmente, quando se trata de um crime sério, tipo fugir de um passeio, um bilhete só ajuda se o absolver do crime; não adianta muito se o *culpa* por ele.

O bilhete que o Sr. Needleman (também conhecido como Owen) enviou à Sra. Johnson não os desculpou pela desventura no oceano. Ao contrário, explicava que Cass e Max Ernesto tinham se aproveitado de sua boa índole para se afastarem da turma.

O Sr. Needleman alegou ter sofrido "grave trauma emocional" enquanto perseguia os alunos "inconsequentes". Estava dando entrada em um estabelecimento para cuidar de sua saúde mental; portanto, infelizmente, não voltaria antes do fim do semestre.

Concluiu dizendo que pensava em processar a escola por negligência criminal e também os pais de Cass e Max Ernesto por criarem criminosos.

Cass ficou horrorizada. Não podia acreditar que Owen escreveria uma carta daquelas. Provavelmente seriam suspensos. Ou até mesmo expulsos! Tiveram razão em não confiar nele, afinal; falou para Max Ernesto.

Mas Max Ernesto destacou que Owen só fizera o que tinha que fazer.

— Se só falasse em como somos ótimos, a Sra. Johnson acharia que tínhamos feito uma falsificação. E de que adiantaria?

No fim das contas, a Sra. Johnson não suspendeu os delinquentes juvenis outrora conhecidos como os heróis desta história.

— O castigo tem de estar de acordo com o crime, esse é meu lema — disse ela, encarando-os imperiosamente sob um novo chapéu azul; os dois contra a parede no escritório como prisioneiros esperando um batalhão de fuzilamento. — Por que liberá-los da escola por fugirem da escola? Isso faz algum sentido para vocês?

Em vez disso, a Sra. Johnson optou por algo bem menos agradável: detenção.

Até o fim do ano.

— Isso significa o ano inteiro ou só o ano escolar? — perguntou Max Ernesto. — Além disso, teremos que dormir aqui ou podemos ir para casa à noite?

A Sra. Johnson não se dignou a responder.

Cass tentou esconder o sorriso.

Detenção.

Era exatamente como ficar de castigo. Só que na escola.

Cass e Max Ernesto tinham detenção no almoço, no tempo livre e até no recreio. Não havia mais discussões sobre as investigações na Mesa dos Miolos Moles. Nem escapadelas para compartilhar segredos atrás do ginásio.

Até a aula de ciência ambiental parecia detenção agora, pois a Sra. Johnson decidiu economizar substituindo o Sr. Needleman por ela mesma.

— Afinal de contas, gerenciar esta escola é exatamente como conduzir um zoológico, e zoologia é parte importante das ciências ambientais — disse, como se isso a qualificasse para ensinar a matéria.

Apesar da paixão professada pela zoologia, a Sra. Johnson removeu todos os animais da sala do Sr. Needleman assim que a assumiu. Com isso, Cass e Max Ernesto não tinham nenhum hamster ou sapo para entretê-los, apenas gaiolas e terrários vazios.

No primeiro dia de Cadeia Johnson, como chamavam a detenção, a Sra. Johnson os fez limpar os chicletes grudados embaixo das carteiras (os duros eram fáceis de remover; os grudentos é que eram difíceis). No segundo, os fez lamber envelopes.

Os envelopes continham cópias do bilhete do Sr. Needleman, além de uma segunda carta da Sra. Johnson, transmitindo duplamente o recado de que Cass e Max Ernesto, e não a diretora, eram culpados pela "tragédia nas piscinas naturais".

Havia um envelope para cada aluno (exceto no caso de irmãos e pais divorciados) — que, Max Ernesto calculou, somavam 312 lambidas.

— Por que não manda e-mails? — perguntou Cass à Sra. Johnson. — Todo esse papel é matar árvores sem motivo. Pensei que fosse uma diretora com princípios.

— Sou. E um dos meus princípios é que alunos nunca respondem à diretora — respondeu de maneira previsível.

Quando a Sra. Johnson finalmente os deixou sozinhos, Max Ernesto disse a Cass que não se importava em lamber todos os envelopes. Gostava do gosto.

— Ótimo! — Cass entregou a ele a pilha, e ele imediatamente começou, tentando lamber o máximo possível de envelopes por minuto.*

— É tão frustrante. Sei que a música significa alguma coisa, só não sei o quê — disse Cass, voltando a uma conversa que tinham iniciado no ônibus naquela manhã. — É como um canto, mas sem letra. Pelo menos não em inglês ou em qualquer outra língua.

---

* Deixarei que você, leitor, decida se Cass tomou a atitude certa ao permitir que Max Ernesto executasse todo o trabalho ou se — possivelmente — estava se escondendo atrás das próprias sensibilidades ambientais para evitar uma tarefa que de início não queria realizar.

— 'ode ser 'guma 'pécie de 'ódigo 'usical 'alvez — disse Max Ernesto, sem parar de lamber.

— Quê? Tira isso da boca.

— Estou tentando lamber por nós dois, então tenho que ser duas vezes mais rápido — disse Max Ernesto, repousando o envelope. — Eu disse que pode ser alguma espécie de código musical... Está aí com você?

— O Prisma do Som? Enterrei no quintal de casa. Por quê? Você pode usar o Decodificador para entender?

Max Ernesto balançou a cabeça.

— Não tem nenhum software de reconhecimento musical. Mas talvez se conseguíssemos descobrir as notas...

Antes que pudesse concluir o pensamento, foram interrompidos pelo reaparecimento da Sra. Johnson e pelas palavras "Yo, e aí, galera?"

Por um segundo, parecia que tinha sido a diretora que os cumprimentara daquele jeito. Até que Yo-Yoji emergiu de trás da Sra. Johnson.

— Sinto informar que terão companhia — disse a diretora. — Seu colega estava baixando música na biblioteca, apesar de as regras sobre uso de internet estarem bem claras em um aviso sobre os computadores. Talvez seja preciso traduzi-las para o japonês...

— Não leio kanji — murmurou Yo-Yoji, sentando-se em frente a Cass e Max Ernesto.

A Sra. Johnson colocou uma pilha novinha de envelopes sobre a mesa.

— Percebi um erro de digitação. Teremos que recomeçar — falou, e saiu sem mais uma palavra.

Max Ernesto olhou carrancudo para a pilha, não tão ansioso por lamber quanto antes.

— Então, o que aconteceu nas piscinas naturais? — perguntou Yo-Yoji. — É melhor me contarem, vocês me devem isso.

— Como assim devemos a você? Nós nos encrencamos muito por sua causa — disse Cass.

— Eu não falei nada, juro.

— Então como o Sr. Needleman soube para onde fomos?

Max Ernesto olhou confuso para Cass.

— Do que você está falando? O Sr. Needleman estava nos seguindo.

Cass lançou um olhar de alerta a Max Ernesto.

— Por que ele nos seguiria? É só um professor.

— Ah, acho que tem razão — disse Max Ernesto, recuando imediatamente. — Não é como se ele fosse um espião, nem nada!

— Cara, por que vocês estão tão estranhos? — perguntou Yo-Yoji. — Sabia que estavam escondendo alguma coisa!

— E o que poderíamos esconder? Fomos praticar escalada — disse Cass.

— É. Aí nos perdemos — disse Max Ernesto. — Só isso. Quero dizer, não é como se estivéssemos procurando alguma coisa, alguém, ou, tipo, tentando encontrar alguém, quero dizer, quem seria? Integrantes de alguma sociedade secreta? Isso seria ridículo!

— Vocês mentem muito mal — disse Yo-Yoji. — Vamos, o que tinha atrás das pedras?

— Nada. / Não podemos falar.

— Bem, qual dos dois: é segredo ou não tinha nada lá?

— Os dois. / Nenhum.

Yo-Yoji riu.

— Ainda bem que não são realmente parte de alguma sociedade secreta, não durariam um minuto, yo.

— Oi, Yo-Yoji!

Enquanto conversavam, Verônica entrara na sala. Sorriu para Yo-Yoji, ignorando os outros.

— Tenho um recado da Amber. Ela está esperando lá fora e quer saber se você quer montar uma banda com ela. Sabe, para o show de talentos? Porque você é ótimo com música.

— Uhm... eu meio que já tenho uma banda com uns caras no Japão. — Yo-Yoji voltou-se para Cass e Max Ernesto: — Estamos tentando manter pela internet. Por isso eu estava baixando música mais cedo...

— Quer dizer que não quer montar uma banda com Amber? — Verônica estava tão espantada que nem se incomodou em esconder.

Yo-Yoji deu de ombros como quem pede desculpas.

— É. Quero dizer, na verdade não.

Verônica saiu para transmitir a Amber a notícia chocante — e voltou em menos de um minuto com outro recado para Yo-Yoji:

— A Amber disse que estava de olho e sabe que você veio parar na detenção de propósito — disse sem fôlego. — Porque você gosta da Cass!

As orelhas de Cass ficaram vermelhas instantaneamente.

Max Ernesto parecia ter sido atingido por um caminhão.

— Isso não é verdade! E, quero dizer, não foi por isso que quis pegar detenção — disse Yo-Yoji, enrubescendo. — Só queria perguntar sobre as piscinas naturais — sussurrou para os outros.

A Sra. Johnson colocou a cabeça, ou pelo menos o chapéu, pela porta; não parecia satisfeita.

129

— Verônica, para fora, agora! E quanto a vocês, isso aqui é detenção ou recreação?

Verônica saiu, parecendo extremamente contente consigo mesma.

Cass, Max Ernesto e Yo-Yoji se sentaram, em choque, tão calados quanto as jaulas vazias ao redor.

— Sabe, você não soa como se fosse japonês — disse Max Ernesto finalmente. O jeito como falou foi como se estivesse acusando Yo-Yoji de assassinato. Ou no mínimo de ter roubado sua mesada.

— Não sou. Só passamos um ano lá...

— O que foi fazer no Japão? — perguntou Cass, ainda se recuperando da notícia inesperada, indesejada e aparentemente falsa.

— Meu pai estava estudando a poluição no Monte Fuji.

Os olhos de Cass se acenderam.

— Que tipo de poluição? — Por mais agitada que Cass estivesse, o assunto não deixava de interessá-la.

Max Ernesto, por outro lado, parecia tão interessado em falar sobre poluição quanto em respirá-la. Pelo menos se quem estivesse falando fosse Yo-Yoji.

— Todos os tipos. Ele faz testes na neve. A gente sempre faz mochilão para ele recolher amostras.

— Uau, seu pai parece muito legal — disse Cass.

— Ele é, acho. Às vezes é chato ter que ir para as montanhas o tempo todo porque meus pais têm algumas regras sobre não levar aparelhos eletrônicos. Para que você possa ficar em comunhão com a natureza ou coisa do tipo. Você faz mochilão?

— Está brincando? Minha mãe detesta natureza.

— E você, Max Ernesto?

— Meus pais não são casados — respondeu, sem olhar para Yo-Yoji.
— E daí?
— São divorciados. Não fazemos coisas assim.
— Ah. Tudo bem. Certo. Entendi — disse Yo-Yoji, mas estava óbvio que não tinha entendido.

Em vez de oferecer qualquer esclarecimento, Max Ernesto começou a lamber novamente os envelopes, acalmando-se com o gosto satisfatório.

Contra a vontade, Cass se viu pensando no que Verônica havia dito. Certamente, Amber só estava furiosa porque Yo-Yoji não queria montar uma banda com ela... certo?

Cass dispensou o pensamento. Havia uma pergunta mais importante a ser respondida:

— Ei, Yo-Yoji, você sabe ler partitura de música e tal?
— Hum, sei sim.
— Acha que se eu cantarolar algumas notas você consegue identificá-las?

Max Ernesto olhou alarmado para Cass.
— Cass, você não pode...
— Qual é o problema? É só uma música... Então, consegue? — perguntou a Yo-Yoji.
— Bem, posso tentar... Inclusive, a professora do coral na minha antiga escola disse que meu tom era perfeito...
— Sabe, não existem tantas pessoas que realmente têm tom perfeito — disse Max Ernesto. — É muito raro.
— Deixe ele tentar pelo menos!

Max Ernesto deu de ombros. Não aprovava, mas sabia que Cass não poderia ser contida.

— Então, que música é essa? — perguntou Yo-Yoji. — Espere, não me diga, é segredo!

Cass assentiu.

Yo-Yoji riu.

— Tá, que seja. Vá em frente...

— Tudo bem. Minha voz não é muito boa, mas espero que dê para entender...

Cass começou a cantarolar a música do Prisma do Som — fez o melhor que conseguia, pelo menos.

Yo-Yoji a fez repetir a música. Em seguida se concentrou, cantarolando para si mesmo.

— É um pouco difícil, porque tem uns sustenidos e bemóis... mas acho que as notas são C-A-B-B-A-G-E-F-A-C-E.

CABBAGE FACE, tipo cara de repolho em inglês? — falou Max Ernesto. — Está dizendo que as notas da música formam "cara de repolho"?

— Se está tentando me insultar, já ouvi coisas piores, insultos melhores, quero dizer — disse Cass, as orelhas ruborizando novamente.

Bem, uma coisa estava clara: ele não gostava dela. Isso deixava a vida mais simples, pelo menos. Mas ela ainda precisava saber o que as notas significavam.

— Por que a insultaria? Nem percebi o que as notas formavam.

Cass examinou o rosto dele para ver se estava falando a verdade.

— Bem, então, obrigada, eu acho. Só é um pouco estranho...

— O que tem de errado com Cara de Repolho? Acho que seria um ótimo nome de banda! É muito difícil achar um bom nome para uma banda. A minha se chama Dor de Ouvido Alienígena. Sugestão minha, bem a parte da dor de ouvido, pelo menos.

Será que poderia ser isso que a música estava dizendo?, imaginou Cass. Todas aquelas noites. Todos aqueles sonhos. E o tempo todo a música a chamava, de maneira tão bonita, de *Cara de Repolho*?

Perdida nos pensamentos, não notou a expressão no rosto ao lado do dela: o olhar de Max Ernesto bastaria para fazer qualquer repolho murchar.

CAPÍTULO VINTE E DOIS
NO ÔNIBUS
SAÍDA

Ainda não consigo acreditar que os ônibus escolares não tenham cintos de segurança — Cass falou naquela tarde, sentando-se no lugar de sempre ao lado de Max Ernesto (décima primeira fila, lado esquerdo). — Acho que devemos boicotar até começarem a seguir os códigos de segurança. De que adianta educação se você sofrer morte cerebral por ter sido lançado pelo para-brisa?

— Estamos no fundo do ônibus. Duvido que chegássemos tão longe — respondeu Max Ernesto. Ele estava sentado com as pernas cruzadas contra as costas do assento verde de vinil na frente deles, e não parecia que iria voar para lugar nenhum. — Aposto que nem quebraríamos um braço...

— Você entendeu o que eu quis dizer! Por que precisa ser tão... lógico?

— Porque tenho um cérebro e o uso. Achei que não quisesse que tivéssemos morte cerebral...

— Tudo bem. Tem razão — disse Cass, que estava se sentindo bem alegre apesar dos pensamentos mórbidos.

O ônibus partiu — e Cass e Max Ernesto balançaram perigosamente nos respectivos assentos, as tranças de Cass oscilando. Mas Cass não falou nada.

— Ei, eu estava pensando que deveríamos ter algum sinal para emergências — ela, diminuindo o tom de voz para que os outros alunos no ônibus não escutassem. — Sabe, porque a minha mãe tirou meu celular. Talvez você pudesse ligar para a minha casa, deixar tocar uma vez, desligar rapidamente, ligar outra vez, deixar tocar duas vezes. Pois seria uma curta e duas longas, que significaria *E M* em código Esrom, *M E* em código Morse. Indicando Max Ernesto, entendeu? Aí saberei que tenho que encontrá-lo no meu quintal à meia-noite.

Cass não sabia dizer se ele tinha gostado da ideia ou não.

— Esse é o nosso sinal então, tudo bem?

Ele assentiu. Sem muita determinação.

— Então, foi bem legal, o jeito que Yo-Yoji conseguiu interpretar as notas do Prisma do Som — disse Cass.

— É, foi massa.

A maneira pouco impressionada e solene como Max Ernesto disse aquilo... foi como se tivesse dito "o gato caça" ou "estou segurando uma passa".

— *Massa?* — repetiu Cass com uma risada.

— Significa, tipo, legal, certo? Não foi isso que disse?

— É, foi só que... deixa para lá. — Não podia acreditar que Max Ernesto tinha usado uma palavra parecida com as que Yo-Yoji costumava usar. Se fosse qualquer outra pessoa, ela teria achado que era sarcasmo.

— Bem, tinha certeza que o Prisma do Som estava dizendo alguma coisa, mas... Cara de Repolho? Parece alguma coisa que alguém te chamaria na escola...

— *Me* chamaria? — perguntou Max Ernesto. — Por que me chamariam disso?

— Não, dã. Qualquer um. Parece um xingamento... Acha que é outro nome para o Prisma do Som? Porque ele é redondo como um repolho?

Max Ernesto balançou a cabeça.

— Nesse caso seria *Cabeça de Repolho*, ou simplesmente *O Repolho*.

— É, você provavelmente tem razão — disse Cass em tom de concordância. — Além disso, o Prisma do Som é bonito demais para ter um nome desses.

Ela tirou um caderno da mochila e o abriu em uma página na qual havia escrito PISTAS — CABBAGE FACE em letras maiúsculas.

— Que tal uma espécie de profecia de alerta? — perguntou Cass.

— Tipo "se não tomar cuidado, vai ficar com cara de repolho"? Isso não parece muito um alerta... *yo* — acrescentou. Com a insipidez de um "preciso desenrolar meu ioiô" ou "agora vou cantar meu solo".

— *Ah, não, yo também, não!*, resmungou Cass para si mesma.

— Max Ernesto, posso falar uma coisa, como sua amiga? Não diga *yo*. Nem *massa*.

— Mas Yo-Yoji diz...

— É diferente. Ele é... Yo-Yoji. Você... soa bobo.

Geralmente, porque Max Ernesto era ruim com emoções, era possível dizer coisas deste tipo para ele sem se preocupar em magoá-lo (pelo menos era o que Cass dizia a si mesma), mas ele pareceu tão abalado que ela imediatamente acrescentou:

— Quero dizer, Yo-Yoji também parece meio bobo.

— Mas você disse que ele não parecia! Foi o que quis dizer, pelo menos. — Max Ernesto virou-se de costas para Cass e encarou a janela.

Cass examinou a parte de trás da cabeça arrepiada de Max Ernesto. Qual era o problema dele hoje?

— Então, já tentou colocar Cabbage Face no decodificador? — perguntou.

Max Ernesto balançou a cabeça, ainda sem olhar para ela.

— Não achei que quisesse. Yo-Yoji já desvendou, não foi?

— Só as notas, mas e as palavras? Já tentei anagramas diferentes, mas acho que nenhum deles funciona.

Cass cutucou Max Ernesto no ombro e ele olhou brevemente para o caderno.

> Cabbage Café
> Gabe à beça
> Faça a beca G
> Cabe faca bege

— Bem, acho que então não precisa de mim, Yo-Yoji fez isso com você?

— Não, eu fiz sozinha! A última vez em que vi Yo-Yoji foi junto com você.

— Não importa, nenhum deles está certo.

— É, não achei que estivessem. Só estava mostrando.

— Max Ernesto assentiu e começou a olhar pela janela outra vez. O que havia de tão fascinante lá? Certamente não era a lavanderia pela qual estavam passando. Cass não conseguia se lembrar dele tão quieto.

— Então, é quarta feira, você vai até a casa dos meus avôs? — perguntou. — Minha mãe disse que eu podia ir, mesmo de castigo, se levasse Sebastian para passear. Porque assim seria uma espécie de tarefa.

— Não, tenho coisas para fazer.

— Ah. — Ela não perguntou que coisas.

Estavam brigados? Certamente parecia que estavam, mas com Max Ernesto era difícil dizer.

— Além disso, por que você não chama Yo-Yoji para ir?

— O que quer dizer?

— Bem, vocês são um casal agora, não são?

— Do que você está falando?

Ele virou para olhar para ela.

— Não são?

— Não! — Cass nunca tinha enunciado uma palavra com tanta força antes. Mas Max Ernesto não pareceu ouvir.

— Bem, de qualquer forma, estive pensando, talvez vocês dois devessem ser colaboradores, em vez de nós dois. Ele sabe tudo sobre a regra dos três pontos, mochilões e tudo mais. Aposto que Pietro o aceita na Sociedade Terces, se você pedir. Até dou meu Decodificador para vocês, se quiserem. Quer?

— Não.

— Tudo bem, fica comigo então. Pode ser que ajude com o dever de casa, imagino.

— Max Ernesto, por que você está agindo assim? — Cass achou que soubesse a resposta. Só que era tão surpreendente que era difícil acreditar.

— Assim como?

— Assim... bizarro. Você está bravo comigo?

— Como assim? É você que está com as orelhas todas vermelhas — disse Max Ernesto.

— Ótimo. Muito obrigada por avisar — disse Cass. Ao contrário de Max Ernesto, ela sabia ser sarcástica quando queria.

O que não sabia era como consertar as coisas. Um Max Ernesto ciumento era um desastre — se era natural ou sobrenatural, ela não tinha certeza — para o qual estava completamente despreparada.

CAPÍTULO VINTE E UM
DE CABEÇA PARA BAIXO

Desde que os conhecia (que era desde que existia), o vovô Larry e o vovô Wayne moravam em um velho quartel de bombeiros, mas Cass jamais havia visto um caminhão de bombeiros lá. Isso não é tão surpreendente quanto parece, porque o lugar não opera mais desse jeito; em vez de bombeiro, só abrigava os avôs de Cass, a loja de antiguidades, a Loja de Fogo.

Mas naquela tarde, quando chegou para levar Sebastian para um passeio, Cass não só viu um grande caminhão vermelho de bombeiros, como também paramédicos, policiais e todo tipo de profissionais de emergência. Falavam em rádios. Tiravam fotos. Pronunciavam frases que normalmente se ouvia na televisão, como "cercando o perímetro" e "conversando com testemunhas".

Normalmente, ver tanta atividade de emergência em uma rua quieta e repleta de árvores assim teria animado Cass, e ela teria enchido os paramédicos com perguntas sobre técnicas de ressuscitação cardiopulmonar ou pelo menos reclamaria com os bombeiros sobre a situação dos cintos de segurança no ônibus escolar.

Mas era diferente sabendo que os avôs estavam ali dentro.

Será que alguém tinha se machucado? Será que o lugar tinha pegado fogo? Cass olhou em volta, com o coração batendo forte no peito. O céu estava claro. Ela não estava sentindo cheiro de fumaça.

Cass subiu a escada e encontrou o vovô Larry bem na entrada, conversando com uma policial uniformizada.

Na verdade, nada de terrível havia se passado — exceto por um pequeno roubo. A razão para todos os veículos de emergência era o fato de que Larry estava tão estressado quando ligou para a polícia que não conseguiu falar nada, e a pessoa que o atendeu presumiu que ele estivesse engasgando ou coisa pior.

— Simplesmente viraram o lugar de cabeça para baixo! — dizia Larry agora.

— Sim, estou vendo — disse a policial sem qualquer expressão no rosto, olhando para as pilhas de lixo no chão.

Havia coisas por todos os lados: parecia que a loja tinha estourado. A única coisa que destoava do caos era um poste metálico que desaparecia em um buraco no andar de cima.

— Ah, não... estas pilhas são de quando começamos um inventário há três anos. Grave erro! — Larry balançou a cabeça, recordando-se.

— Entendo... Então, e aquelas prateleiras? — A policial assentiu para as prateleiras: livros, louças, velhas máquinas e enfeites, todos jogados das prateleiras, como se alguém os tivesse vasculhado.

— Está brincando? — Bufou Larry. — Organizamos essas prateleiras no mês passado! Demoramos dias. Nunca estiveram tão arrumadas.

— Certo... Então, o que exatamente...?

— Bem, aquelas gavetas, é claro! E os armários ali! Não dá para perceber? Os miseráveis estragaram tudo! — Larry apontou para o outro lado do recinto.

— Ã-hã — disse a policial, com o rosto sério. Não havia como saber o que tinha sido bagunçado e o que não tinha. — Mas não levaram nada?

— Essa é a pior parte: como ousam não levar nada?! Não conseguiram encontrar nada que quisessem? Aqueles laptops, por exemplo, perfeitamente utilizáveis. E as porcelanas. Uma laca aqui e ali, talvez, mas belíssimas ainda assim...

— Pode ser alguém com raiva de você. Ou uma brincadeira. A não ser que seja brincadeira sua comigo...? — Olhou afiadamente para ele.

— Não. Não. Eu nunca... Ah, Cass, não a vi! — disse Larry, agitado. — Querida, poderia me fazer um favor e levar Sebastian para passear? Essa loucura o está deixando... louco.

Larry apontou para o basset hound cego, deitado a alguns centímetros deles. Sebastian, diga-se de passagem, parecia muito mais calmo que Larry. Mas Cass não discutiu.

O vovô Larry podia não saber o que os ladrões queriam, mas ela sabia. Bem, desconfiava. Até onde Cass sabia, só havia uma coisa pela qual poderiam estar procurando. E não estava no Corpo de Bombeiros, mas na casa *dela*.

— Hum, não... eu levo. Agora! — ela agarrou a coleira de Sebastian, que começou a deslizar...

É isso mesmo. *Deslizar*.

Veja bem, nos últimos meses, Sebastian tinha perdido a capacidade de andar. Ah, ele podia se mexer um pouco. Mas suas costas tinham ficado tão doloridas, e a barriga estava tão baixa que ele não conseguia se mover mais de alguns passos sem se exaurir ao extremo.

Às vezes, ele se parecia mais com um tapete do que com um cachorro; aliás, mais de um cliente havia entrado na loja dos avós e pisado nele apenas para se surpreender pelo grito mais alto que já ouviram.

Vovô Wayne (como sabe se tiver lido meu primeiro livro e, se não leu, o que posso dizer, há riscos para tudo) era um mecânico aposentado e um constante reparador. Sua maneira de lidar com o problema de Sebastian foi ajustar um velho skate para uso do cachorro. O skate era equipado com um cinto (para evitar que Sebastian caísse) e uma coleira (utilizada para puxar o skate). Todos ficaram satisfeitos com a engenhoca, inclusive Sebastian, até um obstáculo se tornar aparente: como Sebastian iria "se aliviar" se estava amarrado a um skate?

Com isso os avôs de Cass passaram a enrolar Sebastian com uma toalha — ora, vamos chamar pelo verdadeiro nome, uma fralda — com um buraco cortado para o rabo.

Se você nunca viu um cachorro de fralda, deixe-me dizer que há poucas coisas mais tristes. A não ser a visão de um cachorro cego, quase surdo, e virtualmente paralisado usando fralda.

— Ainda bem que ele não consegue se ver. — Foi tudo que Cass conseguiu dizer na primeira vez em que viu Sebastian desse jeito.

Por mais corajosa que Cass fosse, devo admitir que às vezes ela se envergonhava em andar com Sebastian naquelas condições. Hoje, no entanto, não parou para pensar na aparência dele.

Desceu a rua com Sebastian quase voando atrás.

Quando chegaram à casa dela, Cass não parou — e desceu mais um quarteirão.

Em parte para procurar por atividades suspeitas. Em parte para ganhar coragem.

Quando voltaram, ela não entrou — foi para os fundos.

Com Sebastian montando guarda (ou *deitando* guarda, pelo menos) ela cavou até conseguir verificar que o Prisma do Som ainda estava lá, enrolado no cobertor espacial, exatamente como tinha deixado. Em seguida, aliviada, o enterrou novamente.

Ela entrou na sala tão silenciosamente quanto possível, considerando que estava puxando um cachorro em um skate atrás. Dentro, a casa estava quieta; aparentemente intocada. Os sofás não tinham sido rasgados. Prateleiras de livros e gavetas não tinham sido reviradas. Os armários não tinham sido saqueados.

Poderia estar errada? Seria possível que os ladrões que atacaram a casa dos avôs não estivessem procurando pelo Prisma do Som, afinal? Seria possível que o Sol da Meia-Noite jamais houvesse estado no Corpo de Bombeiros? Não teriam verificado antes a casa dela?

Estava quase decepcionada. Tivera tanta certeza.

Cass puxou a coleira de Sebastian. Ele estava ansioso desde que chegaram na casa. Mas agora ele estava se contorcendo no skate e latindo sem parar.

— Qual é o problema, Sebastian? Acho bom que não seja a fralda, pois eu não vou trocar!

Talvez ele só queira descer do skate por um instante, pensou.

Assim que Cass o desamarrou, o cachorro cego, quase surdo, e fisicamente limitado saltou do skate, lançando-o para trás. Em seguida correu para a escada com a energia de um cachorro com metade da sua idade.

Espantada, Cass seguiu Sebastian até o andar de cima, onde ele correu sem hesitar para a porta fechada do quarto dela.

Que ele começou a arranhar furiosamente.

Quando Cass abriu, ele entrou no quarto e, tremendo de excitação e exaustão, caiu pesadamente na frente da cama dela.

Cass encarou o cachorro:

— O que houve com você? Está... tentando me dizer alguma coisa?

Cass sabia por experiência própria que Sebastian tinha um excelente olfato — e noção de perigo. Não era à toa que o chamavam de "Sebastian, o cão-guia para quem não tem olfato". Tinha que haver um motivo para aquele comportamento tão peculiar.

Nervosa, Cass fez as verificações de sempre.

Inicialmente não percebeu nada estranho, mas quando olhou para o parapeito, congelou: a abelha morta não estava mais lá.

Olhou para baixo: lá estava, no chão, a mais ou menos trinta centímetros da parede.

Alguém tinha aberto a janela.

Quando verificou as gavetas uma segunda vez, reparou que o fio dental havia sido recolocado no lugar de forma bastante desleixada.

Alguém havia olhado as gavetas.

Alguém tinha estado no quarto.

Foi então que o viu, em cima da cama. Seu monstro de meia. O que um dia fora seu monstro de meia, ao menos.

Tinha sido despedaçado e agora formava uma pilha de restos:

Algumas meias rasgadas
Alguns fios soltos
Tampas de garrafa e linguetas de tênis
Algodão solto e reciclado

Então o Sol da Meia-Noite havia vindo, afinal.

Tinham até deixado algo para trás. Um aviso.

É claro, agora que tinha verificado que estava certa, Cass não estava tão animada assim.

Aliás, estava bem assustada.

CAPÍTULO VINTE
MAX ERNESTO, O MAGNÍFICO

Depois que o ônibus o deixou naquela tarde, Max Ernesto foi para casa — ou, como às vezes pensava, foi para *casas*.

Talvez eu deva explicar:

Como talvez se lembre, os pais de Max Ernesto se divorciaram assim que ele nasceu praticamente. Mas continuaram morando juntos para que Max Ernesto pudesse crescer com ambos os pais em casa.

Em tese, poderia ter sido uma boa ideia. Na prática, no entanto, era muito estressante para todos — principalmente porque os pais de Max Ernesto insistiam em viver vidas bem distintas, cada um se mantendo na própria metade da casa e sem nunca se falar.

Recentemente, por sorte, os pais de Max Ernesto haviam tomado a sensata decisão de se separar.

— Não é o que sempre quis? — perguntou a mãe. — Uma família normal, divorciada?

— Agora podemos ser como todas as famílias divorciadas do bairro — disse o pai. — Não gostaria disso?

(Os pais de Max Ernesto tinham o hábito irritante de repetir as palavras um do outro sem reconhecer o que o outro tinha falado.)

A separação dos dois era bem real; literalmente cortaram a casa em dois. Com serras elétricas. A metade da mãe de Max Ernesto (a de estilo modernista) ficou onde estava, enquanto o pai levou a metade dele (a mais aconchegante, de madeira) para um terreno vazio do outro lado da rua.

Certamente não preciso dizer como as casas pela metade eram estranhas. Contudo, ambas as partes da casa eram fechadas com tábuas nas laterais onde tinham sido serradas, então os interiores não ficavam expostos à natureza, e era possível morar nelas de forma relativamente "normal".*

Na nova onda do acordo mútuo, os pais de Max Ernesto montaram um pacto de custódia do filho que fazia de ambos parceiros iguais em relação à criação do menino. Chamavam o acordo de "meio a meio".

A primeira meia hora de cada hora, Max Ernesto passaria na metade da casa da mãe, a segunda, na do pai. Exceções incluíam refeições, que eram divididas em segmentos de quinze minutos, para que Max Ernesto jamais perdesse uma refeição com um dos pais, e horas de sono, que eram passadas em casas alternadas a cada noite.

A essa altura, Max Ernesto já estava acostumado ao acordo; ousaria até mesmo dizer que já o dominara. Seu relógio era programado para apitar a cada meia hora, mas tinha chegado ao ponto em que a própria noção do tempo era tão precisa quanto o relógio, e geralmente já estava entrando na meia-casa da mãe ou do pai (fosse de quem fosse a vez) quando o relógio apitava.

Hoje tinha sido diferente.

O ônibus o deixou em um horário estranho, 3:47, e ele não conseguiu se lembrar se deveria ir primeiro para a casa da mãe ou do pai e se deveria ficar com o primeiro até as 4:00 (roubando-o assim em dezessete minutos) ou 4:30 (desta forma roubando o segundo em treze). Não importava que nenhum dos pais estaria em casa a essa hora; era uma questão de honra cumprir com o acordo mesmo na ausência deles.

---

* Só para deixar claro: uma meia-casa não tem nada a ver com uma meia-vida, que é uma maneira de medir resíduos radioativos e outras coisas que desaparecem com o tempo. E uma meia-casa também não é como uma casa de transição, que é um lugar onde as pessoas ficam depois de terem passado um tempo na prisão. Até onde eu sei, nenhum dos pais de Max Ernesto fora criminoso. Quanto ao próprio, não posso responder por ações futuras, mas até agora, ele tem a ficha limpa!

Enquanto ficava no meio da rua decidindo para onde ir, sua mente voltou para a conversa que tivera com Cass no ônibus. As perguntas que havia feito, achava, tinham sido muito sensatas: se Yo-Yoji gostava de Cass, por que *não seriam* um casal? Se Yo-Yoji era bom em escaladas, por que *não deveriam* ser colaboradores? E mesmo assim, por algum motivo, seus sentimentos não faziam muito sentido.

Guiiiiiiiiiiiiinchoooooo!

Um caminhão freou, buzinando loucamente; Max Ernesto pulou para sair da frente e acabou na meia entrada da mãe.

A meia-casa da mãe era muito forte, quase vazia por dentro. Mesmo assim, às vezes era difícil se movimentar por causa do local onde tinha sido cortada da metade do pai. Geralmente, Max Ernesto subia as escadas correndo até o quarto sem problemas, o corpo se lembrando exatamente quando e onde tinha que desviar para o lado para evitar uma colisão contra a parede de fórmica que dividia a escada.

Desta vez, ele bateu na parede duas vezes, arranhando um ombro e um cotovelo.

Será que estava bravo com Cass, como ela disse? Por isso que ele estava tão esquisito?

Era estranho perder uma amiga. Tão estranho quanto tinha sido fazer uma amiga. Mas muito pior. Quase desejou jamais ter feito uma.

Uma vez a salvo no quarto, tentou jogar algumas coisas pelo quarto para testar; era o que ele imaginava que alguém com raiva faria. Yo-Yoji, por exemplo. *Ele* provavelmente quebraria alguma coisa. Como uma guitarra.

Mas não adiantou nada. A maquete de foguete não voou mais longe do que quando ele tentou fazer um lançamento adequado.

O frisbee bateu na parede, depois o atingiu no rosto. Nem conseguiu jogar as pedras da coleção.

Não devo estar muito bravo, pensou. Ou talvez não seja bom nisso.

Depois notou o pacote de papel pardo em cima da escrivaninha. Max Ernesto já tinha recebido pacotes pelo correio antes — kits para construir aviões e espaçonaves, normalmente, e caixas de livros —, mas só quando os comprava. Aquilo era uma surpresa. Assim como o nome escrito nele:

"Max Ernesto, o Magnífico".

Repetindo o nome, um pouco maravilhado, sentou-se no chão e abriu o pacote, revelando uma grande caixa de papelão. A caixa estava decorada com uma cartola e uma varinha mágica, e com as palavras **Show De Mágica Caseiro do Museu da Magia**.

Ao levantar a tampa da caixa, Max Ernesto viu um kit de mágica clássico preso a um molde de plástico. Havia uma varinha. Um baralho. Uma corda para truques de corda. Um copo e uma bola parecidos com os que havia mostrado para Cass. E algumas outras coisas que não vou revelar para não arruinar o show de mágica de ninguém.

Agora só preciso de uma cartola, que tal isso?, pensou Max Ernesto.

Um pequeno cartão estava preso ao manual:

Tente o truque do cone.
É um bom lugar para começar.
P.B.

Seguindo as instruções do manual, Max Ernesto fez um cone com papel-cartão preto. O cone era feito de modo a parecer vazio quando se abria para o público, mas tinha um compartimento secreto do qual se podia puxar um lenço. A ideia era fazer parecer que o lenço estava sendo puxado do nada.

A primeira ideia de Max Ernesto foi praticar o truque do lenço algumas vezes, depois tentar mostrá-lo a Cass no dia seguinte. Depois se lembrou de que era possível que nunca mais falasse com ela. Talvez pudesse tentar o truque com a mãe e o pai (separadamente, é claro). Se desse certo, poderia integrar no número de magia e comédia para o show de talentos.

Afinal de contas, Cass não era a única pessoa no mundo, apenas a única amiga que tinha. Pelo menos, tinha sido.

O manual sugeria praticar na frente de um espelho. Então ele pegou o cone de papel no banheiro com uma bandana que ainda tinha de quando fez parte de um grupo de escoteiros há quatro anos.

— Senhoras e senhores — declarou, dirigindo-se ao espelho. — Eu, Max Ernesto, o Magnífico, tenho em mãos um pedaço de papel normal dobrado em um cone. Vejam, está totalmente vazio e...

Max Ernesto estava certo de que tinha feito o cone corretamente, mas na medida em que os minutos passavam ficava cada vez mais frustrado. Independentemente do quanto tentasse, não conseguia fazer o cone parecer vazio; não deixava de ver o canto da bandana saindo. Decidiu olhar novamente o manual; talvez tivesse perdido alguma coisa mais cedo.*

Ao acompanhar o texto com o polegar, notou que uma passagem em particular estava sublinhada em vermelho.

---

* Particularmente, acho que o problema era ele estar usando uma bandana grossa em vez de um lenço de mágico apropriado. Se quiser fazer seu próprio cone mágico, pode encontrar instruções no apêndice. E por favor, tente com uma "seda", como os mágicos chamam seus lenços, e não com uma bandana.

A passagem explicava que distrações ajudavam na preparação dos truques:

<u>Por exemplo, você pode segurar sua varinha e dizer "observem bem minha varinha — garanto que não há nenhum truque ou magia nela" antes de cutucar o cone mágico com a varinha. Desta forma, a plateia pensará que o truque está na varinha, e não no cone.</u>

Estranho, pensou Max Ernesto. Era quase como se as palavras tivessem sido sublinhadas especialmente para ele.

Tirou a varinha do kit de mágica e tentou o truque do cone na frente do espelho mais uma vez. Mas estava tão frustrado com os fracassos anteriores — e, desconfio, tão irritado com Cass — que, em vez de tocar gentilmente o cone, jogou a varinha pelo quarto.

Quase como se tivesse talento para ficar bravo, afinal.

Quando a varinha atingiu a parede, a ponta branca voou — e um bloco de folhas bem-enroladas escorregou. Max Ernesto o pegou e desenrolou, sentindo-se agitado e nervoso.

Na primeira página, havia um bilhete escrito a lápis:

Queridos Cassandra e Max Ernesto:

Convenci o senhor Wallace de que, como estão com o Prisma do Som, deveriam ficar também com este arquivo. Não compartilhem estas páginas com ninguém. E por favor devolvam-nas quando tiverem completado a missão. Ou terei sérios problemas com o senhor Wallace!

*Saudações,
P.B.*

A primeira página também tinha uma etiqueta cuidadosamente digitada:

**PRISMA DO SOM:
Notas, histórias, memorando
1500 — dias atuais**

Antigamente, quando ele e Cass eram colaboradores, Max Ernesto teria ligado na mesma hora para Cass. Talvez até tivesse feito o sinal de emergência. Não teria lido uma única página sem ela.

Mas o que fazer agora? Deveria ler as folhas sozinho? Rasgá-las sem ler?

Enquanto lutava contra os sentimentos, o alarme no relógio começou a tocar: estava atrasado para ir à casa do pai. Pela primeira vez na vida.

Enfiou as folhas no bolso, desceu as escadas voando e correu para o outro lado da rua. Quando chegou à meia-casa do pai, havia tomado uma decisão.

Ou meia decisão, pelo menos.

CAPÍTULO DEZENOVE
NADA DE SEGREDOS NESTA CASA

Você já conhece em detalhes o ritual matutino de Cass. Mas ela tinha um ritual noturno também.

Temo que ela talvez não ficasse por eu compartilhar *este* ritual — porque não necessariamente reflete a imagem durona que ela gosta de projetar. Não fazia parte do treinamento de sobrevivóloga; era mais, digamos, filial.

Toda noite, quando Cass estava pronta para a cama, a mãe batia na porta (sempre batia antes de entrar; era uma regra), depois espiava dentro do quarto.

— Por favor, posso te colocar para dormir hoje? — perguntava a mãe. — Só mais uma vez. Do contrário não vou conseguir dormir.

Cass resmungava:

— Você é uma bebezona! Precisa mesmo? — Depois deixava a mãe colocá-la para dormir ainda assim. As duas sabiam que Cass gostava tanto quanto a mãe, mas era mais divertido pensar em Cass como a adulta e a mãe como a criança.

Ao menos, este fora o ritual até o castigo de Cass. Nas últimas noites, Cass tinha ido para a cama sozinha.

Hoje, no entanto, após uma reconstrução trabalhosa do monstro de meia, mas ainda sem ter recomposto a coragem, bateu à porta do quarto da mãe.

— Mãe, será que você pode... hum... me botar para dormir?

A mãe sorriu como se tivesse recebido o maior elogio da vida.

— Claro, querida — disse. — Sabe como sinto falta disso.

Mais tarde, quando a mãe de Cass lhe dava um último beijo excessivamente carinhoso, o telefone tocou. Uma vez.

— Deve ter sido engano — disse a mãe de Cass, levantando-se para sair.

Cass assentiu, sem se preocupar com o assunto.

Então o telefone tocou de novo. Duas vezes. O sinal!

Por um segundo, os olhos de Cass brilharam animados. Coisa que repreendeu rapidamente.

— O que foi? — perguntou a mãe da entrada. — Sabe quem era?

— Não, não é nada!

— Cass...?

— Deve ser engano, como você disse.

— Cass, você ainda não é adulta. Não é para receber ligações secretas de quem não conheço.

— Tudo bem. Era Max Ernesto. Significa que tenho que ligar para ele, mas não estou com vontade. A gente se fala amanhã. Pronto, satisfeita?

A mãe assentiu.

— Obrigada. Você sabe que não gosto de segredos nesta casa.

Cass (resmungando): Que seja.

Mãe: Você está resmungando?

(Oops. Agora tinha estragado tudo.)

Cass: O quê?

Mãe: Que seja, resmungo e o quê?

Cass: Do que está falando?

Mãe: Não diga "que seja" e resmungue para mim.

Cass: Não fiz isso.

Mãe: Não fez "o quê"? Diga o que ia dizer!

Cass: Não quer que eu diga. Não quer conversar a respeito.

Mãe: Agora é bom que diga...

Cass: Tudo bem — que seja, *você sequer me diz quem é meu pai*! Pronto.

Em um filme, seria um grande momento. Haveria uma dramatização, ou na televisão, um intervalo comercial para anúncios de fralda, ou óleo de motor, ou cuecas. Mas, em simples conversas sem comerciais, uma frase desconfortável destas era seguida por outra frase desconfortável.

A mãe a encarou, surpresa.

— Cass, que ideia é essa? Você... você não me pergunta sobre isso... há anos.

— Deixa pra lá — disse Cass, arrependendo-se imediatamente das palavras. — Desculpe. Não devia ter tocado no assunto. Não é assunto meu...

— Claro que é assunto seu — disse a mãe, voltando para perto da cama de Cass. — Eu só... não estava esperando a pergunta, apenas isso. Bem, esperava em algum momento, só não... — interrompeu-se.

Fez-se silêncio por um momento, mãe e filha esperando que a outra falasse. Cass não se lembrava de já ter experimentado um momento mais desconfortável com a mãe. Claro, já tinham tido brigas de gritos e até jogado coisas — um controle remoto, um oboé, uma lasanha —, mas de algum jeito aquilo era pior.

— De qualquer forma — disse Cass, querendo desesperadamente que o momento se encerrasse —, quem quer que ele seja, não é meu pai de verdade. Quero dizer, não me criou. Então não importa.

A mãe a olhou, estudando-a.

— Tem certeza, Cass? É assim mesmo que se sente?

Cass assentiu vigorosamente. Sabia que mais tarde não se perdoaria por não ter feito a mãe falar mais, mas agora, por algum motivo — por centenas de motivos —, era a última coisa que queria.

— Ótimo — disse a mãe, dando um rápido abraço em Cass.
— Você e eu, é o que importa, certo?
Saiu do quarto, mas não sem gritar "Te amo!" mais uma vez.

Exatamente à meia-noite, Cass encontrou Max Ernesto esperando por ela no cemitério das Barbies. Com as mãos nos bolsos, ele estava se balançando para espantar o frio.

Antes que Cass pudesse se pronunciar, ele começou com uma longa torrente de palavras, ligando uma ideia à outra sem parar, quase como antigamente. A respiração formava lufadas no ar enquanto falava.

— ... não li nada porque não achei que seria justo ler sem você, e... de qualquer forma, não tinha certeza se deveria ler ou não. Talvez deva apenas te entregar, certo? Quero dizer, se não ou mais seu colaborador... quer dizer, sou?... e isso significa que também não sou parte da Sociedade Terces? Mas o pacote veio para mim e estava endereçado a "Max Ernesto, o Magnífico"! Que tal isso? E tenho um truque novo. Na verdade, alguns. Bem, um que consigo executar muito bem agora. Mas de qualquer forma, meu nome estava no bilhete, também. Então talvez deva ler. Sabe, se quiser...

Passaram-se uns bons três minutos antes que Cass conseguisse falar. Finalmente, teve que agarrá-lo pelos ombros.

— Max Ernesto, ouça. Claro, você deve ler. E claro, ainda é meu colaborador. E claro, ainda faz parte da Sociedade Terces. Só está sendo um pouco maluco, só porque Yo-Yoji conseguiu identificar aquelas notas para nós, o que é totalmente ridículo, e seja como for, mal o conheço! E tenho um milhão de coisas para te contar.

Max Ernesto a olhou em silêncio por um instante, absorvendo.

— Tudo bem. O que foi?

Contou para ele sobre o arrombamento à loja dos avôs e o monstro de meia despedaçado na cama.

— Isso não é um milhão de coisas. Foram duas.

— Max Ernesto...!

— Tudo bem, certo, acho que é melhor você, quero dizer, nós encontrarmos o homúnculo depressa, antes que voltem! Talvez aqui tenha a resposta. — Segurou as páginas enroladas do arquivo sobre o Prisma do Som. — Quero dizer, se o homúnculo existir. Coisa de que ainda duvido...

— Acha que vai dizer por que o Prisma do Som pertence a mim, sabe, como Pietro disse?

Max Ernesto arregalou os olhos.

— Não sei, vamos ver.

Juntos, sentaram-se no chão e se inclinaram para trás contra os restos da velha casa de cachorro. Enquanto Max Ernesto segurava a lanterna para ela, Cass começou a ler o arquivo em voz alta.

Apesar de estarem tremendo, não pareciam notar o frio. Às vezes só de ter um amigo fazendo companhia, a noite gelada parece, bem, um pouco menos gelada.

CAPÍTULO DEZOITO
O ARQUIVO

Considerando que os documentos no arquivo do Prisma do Som tinham quinhentos anos de existência, não havia muita coisa.

O mais velho era um pedaço de pergaminho enrugado, coberto por uma escrita caligráfica elaborada.

15 de agosto de 1817

Para o Senhor Gilbert, em seu décimo terceiro aniversário — o dia em que o Menino se torna o Homem!

Esta bola musical conhecida como Prisma do Som pertencia ao seu falecido pai. E ao pai dele antes. E ao dele. Espero que valorize esta herança de família, mas atenção: a bola não é para brincar...

Além disso, o pergaminho estava borrado demais para ser legível.

Cass colocou de lado, imaginando como seria não só saber quem era o próprio pai, como quem era o pai do pai do pai.

A carta seguinte era muito mais recente. Enquanto Max Ernesto a iluminava com a lanterna, Cass engasgou.

— Veja esta, é do vovô Larry! Que estranho...

— Não é tão estranho. Lembra, o senhor Wallace disse que foi contador deles, certo?

— É, mas mesmo assim...

14 de setembro, XXXX

Caro Sr. Wallace,

Confesso que fiquei surpreso quando me pediu para examinar este seu "Prisma do Som". Um objeto tão excêntrico, de um homem tão sério!

Não posso dizer muita coisa sem ter permissão de tocar (o que exatamente o senhor teme?). Mas acredito que seja feito de alabastro e tenha cerca de 600 anos. O acabamento parece austríaco, mas a linha prateada é mais tipicamente inglesa. Seria um acréscimo posterior?

Com que ferramentas o interior foi feito não posso adivinhar. À sua própria maneira, o Prisma do Som é um feito da engenharia capaz de rivalizar com os aquedutos romanos.

E isso é tudo que tenho a relatar. Exceto por uma estranha coincidência... Imagine meu choque ontem quando uma moça entrou perguntando se eu já tinha encontrado uma pedra "Bola de Som".

E que moça! Tão linda! Mas muito fria. Perguntei se ela venderia alguma das belas joias de ouro que tinha, e ela simplesmente riu.

Naturalmente, não falei nada sobre o senhor.

Nos vemos na época dos impostos. Como sempre, nossas contas estão uma bagunça!

Saudações,
Larry

— Uau, então meu avô viu o Prisma do Som — disse Cass, repousando a corda. — Será que devemos perguntar para ele a respeito...
— Então acha que eles sabem...?
— Sobre a Sociedade Terces? — Cass balançou a cabeça. — Não parecia que... — Cass hesitou, em seguida descartou a ideia, dando de ombros. — Impossível!

Um velho manuscrito amarelado tomava conta das outras páginas. Quando viram o título, ambos se animaram.

Max Ernesto ainda estava segurando a lanterna, Cass sentou-se e começou a ler com o mesmo prazer na antecipação que sente quando está prestes a ler, não sei, digamos, a sequência de um livro favorito.

A Lenda do Cabeça de repolho
Um Conto Gótico

Nota: esta história é baseada nos contos narrados e nas entrevistas com antigos integrantes da Sociedade Terces. Acredito ser verdadeira na essência, mas não totalmente nos fatos. Como todo conhecimento da Sociedade, deve ser encarado como uma confiança sagrada e jamais compartilhada com ninguém de fora.

Assinado Xxxxxxx Xx Xxxx, 1898

Parte Primeira

á quatrocentos anos, na cidade de Basel, no país atualmente conhecido como Suíça, vivia um grande médico.

Muito jovem, o médico chegou ao auge da profissão, tratando pacientes agradecidos de todo o país e dando aulas na universidade a muitos alunos que o adoravam.

E no entanto era infeliz. Sentia-se sufocado pela vida na Europa e pela mente fechada dos médicos ao redor.

Medicina naqueles dias não era muito distante da magia, mas ele tinha a ambição de trabalhar de maneiras que mesmo naquela época eram consideradas obscuras e perigosas. Sem conhecimento de seus pares, o médico era devoto daquela prática oculta às vezes chamada Ciência Secreta ou alquimia.

Então, com pouco mais de vinte anos, ele fechou o consultório e saiu em uma busca pela descoberta de todos os segredos do leste. Viajou extensivamente, consultando astrólogos da Arábia, metalúrgicos do Egito e as bibliotecas de Constantinopla, até poder alegar com fundamento que sabia mais sobre as artes da alquimia do que qualquer homem no mundo.

E mesmo assim não estava satisfeito.

Pois não era do objetivo comum da alquimia que ele estava atrás — transformar chumbo em ouro —, mas de algo muito mais complexo: o poder sobre a vida em si.

Quando finalmente, após anos e anos de pesquisa, voltou para casa, embarcou logo em outra jornada: uma jornada da mente.

Apesar de ter passado tanto tempo viajando, ele agora ficava em casa, trancado no laboratório do porão sem jamais emergir, exceto para reunir ingredientes ainda mais estranhos e exóticos para experiências. Pós moídos de insetos secos. Raízes de árvores milenares. Líquidos destilados do sangue de animais desconhecidos das selvas mais remotas. Pacotes curiosos e agitados que a empregada não ousava espiar.

Inicialmente, a empregada perguntara sobre o trabalho, mas logo aprendeu a não questionar. Quando jovem, o médico adorava discutir os mistérios da medicina. Fora gentil e generoso. Agora, era cruel e recolhido.

Interessava-se apenas por si próprio. E no entanto já não era ele mesmo.

* * *

Finalmente, o momento se aproximava. O alquimista estava prestes a terminar seu maior trabalho.

A fornalha em ação projetava um brilho vermelho sobre o laboratório frio e cavernoso.

Mas era um fogo mais profundo, mais interno — mais *infernal* —, que refletia nos olhos do homem andando de um lado para o outro no chão de pedra.

Um fogo de ambição tão intenso que se transformara em loucura.

De cobiça tão insaciável que se transformara em um monstro.

Sem parar, ele verificava os potes, provetas e decantadores, media temperaturas, misturava líquidos e derramava pós — a impaciência mais febril a cada instante.

Uma porta rangeu e abriu, e um feixe empoeirado de luz de repente iluminou o laboratório.

— Feche a porta Fräulein! Agora! — sibilou o alquimista.

A porta bateu, mas não antes de a luz aterrissar em uma banheira de cobre no canto. Havia lama borbulhando dentro dela.

— O que já falei sobre me interromper enquanto estou trabalhando? É burra ou meramente obstinada?

A mulher referida desta forma amigável, a empregada, ficou com as costas para a porta fechada, a mão no nariz.

— Sinto muito, Herr Doutor — respondeu, nervosa. — Mas o cheiro... os vizinhos estão reclamando...

— Está com cheiro? Não reparei — respondeu friamente o alquimista.

— É sufocante! Temo por sua saúde, Doutor.

O alquimista gargalhou, como se fosse uma grande piada.

— Ah, não tenho qualquer medo a este respeito. Nunca me senti melhor, Fräulein. Nunca melhor.

— Mas todo esse... esse esterco de cavalo... fermentando há meses! Nem os cavalos poderiam suportar. Por favor, permita-me limpar. O que pode querer com...

— Basta! Esqueça os vizinhos. Logo irão me idolatrar e me temer, e não falarão mais nada.

— Mas, se tinha o amor deles, por que agora quer o temor?

— Silêncio, Fräulein! Sem mais perguntas. Cuide de seu serviço.

— Muito bem, Doutor — disse a empregada, visivelmente insatisfeita.

Ao se virar para ir, um grito sufocado ecoou no quarto de pedra.

— Isso foi... parecia um animal — disse, espiando na escuridão. — Ou talvez um...

— Talvez o cheiro *esteja* forte demais aqui — disse o alquimista. — Parece estar afetando sua imaginação. Agora saia!

A empregada abriu a porta, e desta vez o feixe de luz caiu sobre o alquimista.

— Mais uma coisa, Fräulein: não sou mais um simples doutor — disse, o rosto flutuando como uma terrível aparição entre partículas giratórias de poeira. — Aprendi segredos há tempos enterrados sob pirâmides. Poderes conhecidos apenas por reis do Egito antigo. De agora em diante, me chamará de *Faraó*. Não... *Lorde* Faraó.

— Sim, Lorde Faraó — disse a empregada, saindo apressada.

Quando a porta se fechou, o recém-coroado Lorde Faraó pairou sobre a banheira no canto do quarto. Um grande frasco estava semi-imerso na lama, o topo de vidro brilhava à luz do fogo.

Ruídos falhos e gorgolejantes saíam do frasco.

— Sim, minha pequena, bela e monstruosa criatura, seu tempo chegou — disse o alquimista, retirando da banheira o frasco que pingava e segurando-o sobre a cabeça. — Oh, milagre da natureza. Oh, milagre do homem. Oh, milagre das minhas próprias mãos! — proclamou. — O mundo o tomará com espanto e diante de mim se curvarão!

O frasco tinha um pescoço longo e estreito, e uma base arredondada. À luz fraca, pouco do conteúdo podia ser visto, exceto por um pé pequeno curvado sob uma perninha e um nariz surpreendentemente grande pressionado contra o vidro.

Quando Cass leu a última linha, Max Ernesto teve um breve sobressalto.

Cass olhou para ele.

— Assustado?

— Apenas continue lendo...! — Max Ernesto espiou sobre o ombro da amiga para ver o que vinha em seguida.

— Posso respirar? — disse Cass. — Além disso, achei que não acreditasse no homúnculo.

— É, mas continua sendo uma boa história.

— Mesmo que ache que não seja verdade? Então por que sempre diz que só gosta do que não é ficção? — Cass sorriu. Estava se divertindo com aquilo.

— Apenas leia!

— Toma, você lê, eu seguro a lanterna.

Parte Segunda

D ez anos depois...

A bola brilhante girou no ar, reproduzindo uma música estranha e maravilhosa. Parecia incorporar todos os sons e vozes da natureza, e ao mesmo tempo vir de outro mundo.

Assistindo e ouvindo da ponta oposta da sala do trono do rei havia uma criatura não menos fantástica, mas muito mais terrestre.

Normalmente, esta criatura — apesar de chamada por muitos nomes, não tinha um para chamar de seu — detestava multidões. Sempre encaravam, apontavam e jogavam coisas. Mas descobriu que quando conseguia se concentrar no instrumento maravilhoso e giratório, se é que era um instrumento, quase podia ignorar os rostos dos cortesãos alinhados a cada um dos lados.

Sentiu um puxão na coleira de ferro, seguido pelo estalo de um chicote no ombro. O mestre o estava chamando para a frente.

— Vossa Majestade, Lorde Faraó e seu homúnculo! — anunciou um guarda real com um floreio.

O homúnculo, era ele a criatura descrita, cambaleou para a frente, o ombro ainda aflito de dor.

— Lorde Faraó, isso mesmo? — perguntou um monarca pesado no trono.* — E quem lhe concedeu este título?

— Imploro vosso perdão, Majestade. Loucura de um mágico de vila, só isso — disse o Lorde Faraó, fazendo uma reverência desconfortável e um servilismo claramente falso.

O rei assentiu com impaciência.

— Então esta é a criação miraculosa da qual ouvimos falar, certo? A maravilha da Baviera. Não parece grande coisa, apenas outro anão carnívoro.

O Lorde Faraó chutou o homúnculo por trás; se para provar o que o rei estava dizendo ou empurrá-lo não ficou claro.

— Por favor, Vossa Majestade, a questão não é tanto sobre a aparência dele, mas sobre como foi feito...

— É verdade que foi feito de esterco? — perguntou a rainha enfeitada de joias ao lado do rei.

— Não *de* esterco, Vossa Majestade. *Em* esterco — corrigiu o Lorde Faraó. — Foi incubado em uma lama fértil que confesso que não era inteiramente livre de maus cheiros.

---

* SE O PERÍODO ANOTADO PELO AUTOR DESTA HISTÓRIA ESTIVER CORRETO, ENTÃO O MONARCA MENCIONADO AQUI SERIA HENRIQUE VIII DA INGLATERRA — UM REI FAMOSO POR, ENTRE OUTRAS COISAS, TER TIDO SEIS ESPOSAS, DUAS DAS QUAIS DECAPITOU.

— Repugnante! Ele é um monstro! — disse uma mulher que estava por perto, a dama de companhia da rainha. — E tão... pequeno!

— Então qual é a receita para este ano de esterco? — perguntou o rei, calando a dama de companhia com um olhar. — Dizem que você descobriu o segredo da Pedra Filosofal.

— Ah, mil perdões, mas não posso revelar, Vossa Majestade. Creio que eu seja o único a conhecer segredos outrora limitados apenas aos Antigos. Mas tal poder, se caísse em mãos erradas...

— Tem certeza de que suas mãos são as certas? — perguntou o rei, teimosamente.

Assim, o rosto do mestre ficou vermelho, então observou o homúnculo. Sabia que pagaria por isso mais tarde, mas não pôde deixar se agradar com o embaraço do mestre.

— Está brincando, Vossa Majestade — disse o Lorde Faraó, sorrindo para esconder a fúria.

— Nunca brinco, isto é função dele —, disse o rei, e apontou para um homem pequeno e magro que agora segurava a estranha bola musical que tanto fascinara o homúnculo.

— Sim, Vossa Majestade não é o bobo, eu sou — disse o homem, sacudindo os sinos que se penduravam de seu chapéu para demonstrar.

Jogou a bola no ar, pontuando a piada com algumas notas musicais. Em seguida gargalhou, como se tivessem feito muitas cócegas e ele não conseguisse se conter.

— E o que mais tem a sua criatura? Ele não fala? — perguntou o rei, ignorando o bobo.

— Não, Majestade — respondeu o Lorde Faraó objetivamente.

Este era um assunto sensível para o alquimista. O homúnculo sabia que iria apanhar mais só porque o rei havia mencionado.

O Lorde Faraó sabia — ou tinha fortes suspeitas — que sua criação sabia falar. Uma vez, quando o homúnculo acreditava que o mestre estava fora, cometeu o erro de praticar a fala em um nível um pouco mais alto do que o sussurro de sempre. A língua grande e carnuda dificultava a enunciação, e ele tinha acabado de conseguir dizer as palavras "Eu sou Car..." quando a porta da masmorra se abriu e o mestre entrou.

Animado pelo prospecto de fama e riqueza que um homúnculo falante traria, o Lorde Faraó exigiu que ele repetisse as palavras. Mas o homúnculo nunca mais pronunciou nenhuma sílaba — nem quando estava sozinho. A vontade de agradar o mestre era tão pouca que ele preferia suportar anos de surras para evitar fazer o que o mestre desejava.

O bobo estudou as reações da criatura enquanto o mestre falava sobre ele.

— Sério? A sensação do carnaval... não tem sensação? — perguntou o bobo. — Ele tem o nariz de um elefante e as orelhas também. Quanto aos olhos, não podemos deixar de ver que ele vê. A grande língua... só sente gostos e nunca fala...?

— Silêncio, bobo! Não gostamos de sua aparência, *Lorde Faraó* — disse o rei, pronunciando o nome com desdém. — Mas achamos que talvez estejamos mais seguros com você na corte do que sem. Será nosso convidado pelo tempo em que quiser permanecer no Reino.

— Obrigado, Vossa Majestade — disse o Lorde Faraó, fazendo uma reverência com toda a humildade que conseguiu reunir.

Um guarda real deu um passo para a frente para escoltá-los.

— Onde dorme o homúnculo, com os serviçais? — perguntou o guarda.

— Com o gado — disse o Lorde Faraó, encarando o homúnculo com seriedade. — É burro como um animal, então vai se deitar como um.

— Creio que ele não seja burro como um animal qualquer, mas esperto como uma raposa — disse o bobo com um brilho no olho. — Se meu pensamento for correto, ele não é mais bobo do que eu!

— Mas você *é* bobo, bobo! — disse o Rei, rindo. — E está sendo cruel com a pobre criatura.

— Não tão cruel quanto o mestre dele. Só imponho brincadeiras; ele impõe castigos — disse o bobo.

— Cuide dos seus assuntos, idiota intrometido! — sibilou o Lorde Faraó, a máscara da educação escorregando.

— Mas ser bobo é que faço melhor — disse o bobo, jogando a bola no ar.

O homúnculo encarou a bola quando ela começou a cantar mais uma vez.

Max Ernesto virou as páginas.

— Não consigo ler se você não iluminar em cima...

— Desculpe, só queria ver o Prisma do Som outra vez — disse Cass, desenrolando o objeto que acabara de cavar do chão. Brilhava no escuro. — É definitivamente a bola da história. Tem que ser. — Olhou para Max Ernesto, esperando que a contradissesse.

— O quê? Eu concordo. É a bola da história...

Cass assentiu com satisfação e direcionou a luz para o manuscrito outra vez.

— Mas não quer dizer que o resto da história seja verdade.

— Por que você tira a diversão de tudo? É como quando está lendo um livro, e está gostando muito, e no final o autor diz que foi tudo um sonho... detesto isso!

— Eu não disse que era um sonho.

Cass suspirou.

— Deixe para lá. Apenas leia.

Ela pôs na página certa para ele e apontou para onde tinham parado.

Parte Terceira

Talvez ele não fosse dormir muito, mas, pelo menos não seria uma noite fria, o homúnculo pensou.

O chiqueiro não era nada além de quente. Os porcos ficavam tão próximos uns dos outros que mal se viravam. Vapor subia a cada ronco, chute ou evacuação.

Ora, quente não significava confortável. Estes porcos não eram criaturas fofinhas. Em vez disso, estavam cobertos de lama e fezes, tinham cascos duros, bocas famintas e presas afiadas.

Em resumo, eram porcos. Suínos.

O homúnculo se acovardou no canto do chiqueiro, esperando que os porcos percebessem que não era um deles e que possivelmente tinha sido deixado ali para que fosse devorado. E, ainda assim, não nutria ressentimento por eles. Sentia uma afinidade afetuosa em relação àquelas feras — e não apenas porque seus focinhos se pareciam um pouco com o seu. Eram, também, prisioneiros desamparados condenados a se alimentarem de restos, nunca satisfeitos, eternamente famintos.

Ah, fome.

Fome era sua primeira lembrança, única lembrança. Antes do brilho vermelho da fornalha havia fome. Antes das paredes frias de pedra da masmorra havia fome. Antes dos golpes dolorosos do mestre havia fome. Antes das multidões que caçoavam havia fome. Este vazio enorme nele. Um machucado que jamais se curava.

O mestre nunca o alimentava com mais do que o mínimo necessário para mantê-lo vivo — e às vezes nem isso. Frequentemente, tinha que comer baratas que entravam no quarto da masmorra. Se tivesse muita, muita sorte, e a empregada sentisse pena dele, conseguiria um osso para roer às vezes. Osso era sua comida favorita. Ele sugava a medula rica e amanteigada como se a vida dependesse de extrair até a última gota.

Se ao menos pudesse comer um pouco de medula agora! Olhou para os porcos ao redor, pesando as possibilidades: se atacasse primeiro, comeria ou seria comido?

Perdido no devaneio sanguinário, não notou a canção tocando no celeiro do lado de fora do chiqueiro até que estivesse muito próxima. Mas a atenção finalmente se desviou para a música impalpável, tão extremamente destoante dos entornos repletos de lama e grunhidos que parecia vir de outro plano de existência.

— Onde estás, meu pequeno 'Munculus?

O homúnculo viu o rosto do bobo espiando o chiqueiro antes de o bobo vê-lo. Instintivamente se recolheu. Ninguém jamais o procurara exceto para lhe atirar pedras ou pior.

— Ah, aí está, uma perda entre os porcos! — proclamou o bobo com uma risada. — Aqui, trouxe jantar. E da mesa do rei!

Jogou uma perna de peru no chiqueiro. O homúnculo a pegou com a mão grande e imediatamente devorou, osso e tudo.

— O quê? Nem um obrigado? — provocou o bobo. — Não passas de um porco, afinal?

O homúnculo não respondeu, mas levantou os olhos o suficiente para encontrar os do bobo.

— Fale, Menino-esterco! Prove que não és porco e sim gente!

Sendo referido tão diretamente, o homúnculo tremeu, descontrolado. Não sabia como reagir.

— Não temas teu mestre. Ele não está por perto. Estamos a sós entre animais. E a não ser que também falem, seu segredo está salvo — disse o bobo, mais gentilmente. E então acrescentou:

— Ora, vamos, não somos semelhantes, você e eu?

O bobo tirou o chapéu, revelando as orelhas pela primeira vez, eram incomumente grandes e pontudas.

— Podes falar? Se pudesse, eu falaria com você.

O homúnculo não saberia dizer por que respondeu ao bobo, quando durante anos havia se recusado a falar. Gentileza era algo tão estranho que não sabia reconhecer; no entanto respondeu como um gatinho diante da primeira vasilha de leite.

— P-posso — sussurrou.

— Como? Não ouvi.

— Posso — disse o homúnculo, mais alto. — *Posso* falar.

— Muito bem! — disse o bobo, sorrindo.

Ouvindo pela primeira vez palavras de elogio, o peito do homúnculo inchou com uma sensação que outros poderiam reconhecer como orgulho. E algo estranho se passou, algo que jamais havia acontecido, independentemente de quanta fome estivesse sentindo ou do quanto o mestre o surrara: chorou.

— Ah, falar não é tão ruim assim — disse o bobo. — É verdade, a maioria das pessoas diz apenas coisas tolas quando fala. Mas é mais fácil ignorá-las se você mesmo estiver dizendo coisas tolas.

O homúnculo o encarou, sem entender.

O bobo riu.

— Então ele fala mas não reconhece uma piada. De que adianta? Mas talvez eu possa ensiná-lo a rir. Imagine isso, um bobo como professor! Já dá uma piada!

Infelizmente a fala inesperada do homúnculo havia acordado os porcos, e agora eles se fechavam em torno dele com uma desconfiança faminta.

— Aqui, espante-os com isto — disse o bobo, lançando um bastão de madeira no chiqueiro. — Temos que agir depressa se você quiser escapar. Acho mais fácil fugir dos porcos que dos cachorros do rei.

Assim que o homúnculo saiu do chiqueiro, o bobo o parou com a mão.

— Espere, meu amigo. Como se chama? Não posso resgatar um homem sem saber o seu nome!

— Mas eu... não tenho nome — gaguejou o homúnculo.

— Não tem nome? Impossível. Devem chamá-lo de alguma coisa.

— Só de coisas ruins. Coisas horríveis. Exceto às vezes... — hesitou o homúnculo.

— Sim?

— Às vezes a empregada, quando meu mestre não está por perto, ela... ela me chama de "seu pequeno Cara de Repolho".

— O homúnculo cobriu o rosto com a mão grande; anos de escárnio o deixaram imune à maioria dos embaraços, mas esta era outra história.

— Cara de Repolho, é? — O bobo riu. — Combina perfeitamente com você!

O bobo jogou a bola, pensativo.

— Seu mestre o fez um monstro. Seu nome o tornará um homem.

— Então Cara de Repolho é o nome do homúnculo! — exclamou Cass.

— Que tal isso? Não acredito que não pensamos nisso — disse Max Ernesto. — Ou pensamos? Agora não consigo lembrar...

— Acha que é verdade, que o nome faz quem a pessoa é?

— Não. Isso é tolice. Se seu nome for Dakota, você não se transforma em um estado.* Tenho dois nomes e não sou duas pessoas.

Sim, mas frequentemente reagia como se fosse duas pessoas, Cass queria dizer. Em vez disso, perguntou:

---

* N da T. Dakota do Sul e Dakota do Norte são estados americanos.

— Por que acha que o Lorde Faraó não deu um nome ao homúnculo? Sabe, tipo Frankenstein ou coisa do tipo.

— Na verdade, Frankenstein não era o nome do Frankenstein. Ele era apenas um monstro, Frankenstein foi o homem que o criou. Sabe, Dr. Frankenstein. Então seria como chamar o homúnculo de Lorde Faraó. O que seria um pouco engraçado considerando a maneira como o tratava. Digo, na história, não que ele realmente...

— Tá, eu saquei! — disse Cass. — Deixe-me ler a última parte.

Parte Final

Dizem que o homúnculo deve servir o criador, pois esta é a natureza de um homúnculo.

Mas diz-se também que se o criador tirar vantagem do servo, e tratá-lo demais como um escravo, então o homúnculo se vingará do criador e fugirá, pois esta também é a natureza do homúnculo.

O homúnculo chamado Cara de Repolho correu para longe, muito longe do mestre, o Lorde Faraó. Sem descansar, atravessou oceanos e desertos, montanhas e cidades. Até o dia em que o Lorde Faraó o alcançou, e o homúnculo finalmente confrontou o homem que deveria ter sido um pai, mas em vez disso foi um inimigo mortal.

Quando o homúnculo derrotou o mestre, enterrou os restos longe dos olhos daqueles que os conheciam. De modo que nunca mais outra pessoa — por ganância, glória ou ciência — repetisse os erros do mestre, o homúnculo o enterrou com os meios de fabricação dele: as anotações secretas e os diários do alquimista, as receitas e ingredientes, e os restos dos terríveis experimentos.

Em seguida, o homúnculo se deitou diante do túmulo do Lorde Faraó. Dali em diante, protegeria a sepultura do mundo e, o mais importante: o mundo da sepultura.

Contudo, em todos estes anos, e para sempre depois, o homúnculo nunca se esqueceu do bobo que o libertara. Antes de fugir, fez um juramento solene àquele homem engraçado: que quando a Bola chamasse, ele viria.

E sempre ia. Sempre foi.

𝔉im

Cass tirou os olhos da última página maravilhada.

— Então você acha que o Prisma do Som realmente tem o poder de chamar o homúnculo? — perguntou.

— Bem, seria um pouco louco se tivesse. E um tanto assustador. Mas parece que o Sr. Wallace acha que é tudo inventado...

Iluminou a parte de trás da última página, onde havia um bilhete escrito à mão:

A Lenda do Cara de Repolho, de fato!

É bem sabido que o autor desta história, o antecessor do antecessor do meu antecessor, se julgava um grande escritor e romancista. Aqui, temo, ele deixou suas ambições literárias — e imaginação — saírem do controle.

O fato de que o bobo parece ser realmente um bobo prova que esta "lenda" é apenas isso. Um chapéu com sinos? Ridículo! Se sabemos alguma coisa, sabemos que nosso nobre fundador era um homem da ciência, e não um tolo!

E um homúnculo falante? Baboseira sentimentalista! Se uma criatura destas algum dia existiu, deve ter sido um monstro, incapaz de pensar ou de sentir.

> *Mesmo assim, sabemos que os Mestres do Sol da Meia-Noite procuram até hoje pela sepultura do Lorde Faraó. Então talvez haja aqui alguma verdade, afinal.*
> *Merece estudo mais aprofundado. — W.W.W. III*

— O senhor Wallace é um rabugento! — disse Cass quando acabou de ler.

— Vamos, diga a verdade, você não acredita de verdade que algum alquimista fez um homenzinho com... cocô de cavalo... há quinhentos anos, acredita?

— *Em* cocô. Não *com* cocô.

— E que ele ainda está vivo? E até fala?

— Não sei. Só o que sei é que prometemos encontrá-lo, independentemente de ele falar ou não. Vai ajudar ou não vai?

Cass o olhou com expectativa. Precisava de Max Ernesto em forma para a luta. Ou de o que quer que fosse a versão de Max Ernesto em forma para luta. Não podia se dar ao luxo de ter um parceiro tão tagarela e emocional.

Max Ernesto assentiu e estendeu o braço.

Isso era assunto sério e ambos sabiam. Quem quer ou o que quer que fosse ou não fosse o homúnculo, o Dr. L e a Srta. Mauvais estavam procurando por ele — e isso por si só já fazia com que o trabalho fosse extremamente importante.

E extremamente perigoso.

Apertaram as mãos, ambos começando a sentir o frio.

CAPÍTULO DEZESSETE
UM CAPÍTULO CURTO SOBRE UM ASSUNTO PEQUENO

Depois que Max Ernesto se foi, Cass ficou parada um instante no cemitério de Barbies contemplando o que tinham lido.

Estranho que o bobo tivesse orelhas pontudas... Ficou imaginando se Max Ernesto teria reparado.

Uma brisa voou pelo quintal, sacudindo as folhas de outono. E um pequeno pedaço de papel flutuou pelo ar, aterrissando no pé de Cass.

Deve ter escorregado da varinha, pensou Cass.

Acendeu a lanterna sobre o papel ou pegá-lo do chão. Era um documento razoavelmente formal:

DEPARTAMENTO DE SAÚDE
Divisão de estatísticas vitais
Certidão de nascimento

Sinto muito, mas não posso lhe contar o nome da menina listada na certidão de nascimento. Ou quem eram seus pais. Ou em que cidade nasceu. Mas pouco importa; a própria Cass não reconheceu os nomes.

E, mesmo assim, alguma coisa na certidão de nascimento a incomodava; o quê?

Claro, a data de nascimento! Era a mesma que a dela. Que coincidência estranha. Quase como descobrir uma irmã gêmea perdida.

Por que a certidão de nascimento estava no arquivo do Prisma do Som?

Uma constatação pavorosa a atingiu: a Sociedade Terces havia cometido um erro. Achavam que ela era esta outra menina.

Era a outra menina, e não Cass, que deveria estar com o Prisma do Som. Era a outra menina, e não Cass, que deveria buscar o homúnculo.

Cass sabia que deveria contar para Pietro de uma vez.

Mas e se ele tirasse dela a missão? Não podia suportar esta ideia.

E que bem isso faria, afinal?

Obviamente, ele não sabia onde estava a outra menina, ou teria dado para ela o Prisma do Som.

Por outro lado, se Cass encontrasse o homúnculo, a Sociedade Terces ficaria tão agradecida que não importaria quem ela era.

Sufocando os protestos de sua consciência, Cass colocou a certidão de nascimento no bolso e voltou para a casa.

CAPÍTULO DEZESSEIS
CARA DE TRAMBOLHO

—T ommy! Tommy!

Os gritos do irmão mais velho de Tommy ecoam em nossos ouvidos, bloqueando a música do Prisma do Som.

Estamos no lago outra vez. Mas do outro lado.

Aqui podemos ver um garotinho, de talvez dois ou três anos de idade. Tommy — presumimos que seja Tommy — está a mais ou menos dezoito metros da barraca, por pouco fora do alcance visual dos meninos mais velhos. Parece inteiramente despreocupado, rindo e brincando entre as pedras molhadas. Ele corre de um lado para o outro, nos contornos do lago, desligado de qualquer possibilidade de cair em alguma coisa afiada ou se afogar na água gelada.

Por sorte, ele vira e começa a correr em outra direção. O que estaria chamando sua atenção — algo no ar, talvez? Uma libélula? De qualquer forma, ele se afasta do lago e — oh, não! — vai direto para a floresta.

Desaparece em um túnel de vegetação tão pequeno que parece até feito para ele. A maioria das pessoas não seria capaz de segui-lo por aquele túnel...

Mas para nós não é problema. Nem temos que nos abaixar.

Logo a vegetação se abre e o jovem Tommy se vê em uma clareira na floresta. Um feixe de luz do sol atravessa as nuvens e ilumina as árvores. Encantado, ele abre os braços e gira até cair tonto no chão.

No fundo, as vozes dos meninos mais velhos são ouvidas novamente, mas mais fracas que antes.

— Tooommy! Tooommy! — gritam. — Onde está você? Volte!

Tommy ri e se levanta, cambaleando. Estão brincando da sua brincadeira preferida: pique-esconde! Mas onde se esconder? Ele olha em volta. Há opções quase em excesso. Pedras grandes. Samambaias gigantes. Troncos caídos.

Havia um abeto alto que ficara oco em decorrência de um incêndio, deixando uma caverna queimada na base da árvore: perfeito.

Ele corre cambaleante em direção à árvore. Na pressa, não nos percebe passando.

Tampouco percebe o som que os passos estão fazendo. O ruído de ossos quebrando. Toda a clareira está cheia deles.

Quando Tommy chega à árvore, estamos do lado de dentro, procurando por ele. Soltamos um grrrrrrrrrounhido baixo e gutural.

— Gatinho...? — pergunta ele. — Cachorrinho...? Cachorrinho, au-au!

A mão rechonchuda do menino se move até a abertura e...

Cass acordou mordendo a própria mão, seu travesseiro coberto de baba.

Estremeceu em horror. O que tinha acontecido com o garotinho?

Cass pulou da cama, tentando espantar o sonho. Quando é que tinha começado a acreditar que seus sonhos eram reais? Provavelmente não havia, nem nunca tinha havido menino nenhum. De acordo com Max Ernesto, talvez não houvesse nem homúnculo.

E mesmo que houvesse, segundo aquela certidão de nascimento, ela era a menina errada para estar sonhando com ele.

De qualquer forma, tinha um trabalho a fazer.

Decidiram que o próximo passo seria montar uma lista com prováveis localizações do homúnculo. Afinal, ele não veio quando tocou a música do Prisma do Som na primeira vez. Talvez precisassem estar mais próximos do homúnculo para que ele ouvisse.

De repente, Cass enrijeceu: na Parede de Horrores, diretamente a sua frente, estava o sonho. Bem, o lago do sonho. Em preto e branco. E borrado. Mas inconfundível ainda assim. As mesmas montanhas denticuladas ao fundo. E o mesmo cemitério ao lado.

URSO OU PÉ GRANDE?
Menino de três anos de idade sobrevive a confronto na montanha

Havia recortado o artigo do jornal há mais ou menos um mês, percebendo que não sabia ao certo como responder a um ataque de urso (era verdade que o certo seria se fingir de morto?) e se decepcionou por o artigo não trazer instruções.

Com uma sensação desconfortável formigando na nuca, releu o artigo:

Lago Sussurro — Na segunda-feira, oficiais do serviço florestal relataram um milagre na montanha.

Nas últimas semanas, um urso faminto vem aterrorizando o Lago Sussurro, um local popular de acampamento de mochileiros. De acordo com um guarda da área, o urso rouba comida e lixo dos campistas que ficam no lago, independentemente do quão bem escondidos estejam.

— Come o jantar de todo mundo, o traiçoeiro! Está se preparando para hibernar, suponho. Espera um longo inverno — disse o guarda.

Os locais passaram a chamá-lo de Pé Grande, por causa do apetite exagerado. E porque, até o último fim de semana, ninguém havia visto o ursino esquivo pessoalmente, apenas rastros.

Então o menino Thomas Xxxxxx, de três anos de idade, desapareceu no Lago Sussurro.

Quando o irmão mais velho contou aos pais que Thomas estava perdido, a família logo buscou ajuda. Durante três horas os guardas procuraram, sem sucesso. Todos temeram o pior.

— Então Tommy voltou saltitante para o acampamento, rindo como se não houvesse nada errado — contou o irmão.

Tommy relatou que estava na floresta brincando com um monstrinho. Os guardas estão certos de que o monstro era na verdade o urso por causa do nome que Tommy o chamou, "Cara de Trambolho"...

Cara de Trambolho!?

Não pode ser coincidência. Parecido demais com Cara de Repolho.

A pergunta na mente de Cass era: o que veio primeiro?

Sonhou com o Lago Sussurro só porque leu o artigo? Neste caso, o urso era apenas um urso.

Ou os sonhos estavam contando alguma coisa, mostrando alguma coisa, algo... não estava encontrando a palavra... *além*?

Um sonho era a realização de um desejo, Max Ernesto dissera.

O sonho era tão horripilante que era difícil acreditar que realizasse alguma coisa além de seus maiores medos. Por outro lado, *tinha* desejado localizar o homúnculo. Poderia ter o sonho localizado por ela?

Só havia um jeito de descobrir.

CAPÍTULO QUINZE
TESTE SURPRESA

ocês têm cinco minutos para completar o seguinte teste. Sem consulta. E apenas lápis número 2, por favor.

Circule uma das alternativas:

Um homúnculo é:
a. meu irmãozinho
b. uma meleca grande tirada do seu nariz
c. um golpe de luta livre

Uma anêmona do mar come com:
a. a boca
b. os tentáculos
c. não posso responder na presença de pessoas educadas

O Prisma do Som é:
a. um truque mental especial utilizado para bloquear o som dos seus pais gritando
b. um disco do Pink Floyd, banda de rock dos anos 1970
c. uma ideia que não faz sentido

Sigmund Freud disse:
a. Um sonho é a realização de um desejo.
b. Um, dois, feijão com arroz; três, quatro, feijão dá flato.
c. Sei que você é, mas o que eu sou?

Microfonia é:
a. ter a voz baixinha
b. um som horrível
c. algo que me atrapalha a falar pra todo mundo que este livro é péssimo

Qual é O Segredo?
a. o segredo da imortalidade
b. nunca tirar os olhos do adversário
c. pôr muita manteiga

O que acontece neste livro daqui em diante?
a. como posso saber? Você é o escritor!
b. se eu contasse, teria que matá-lo.
c. nada de bom

Muito bem. Acabou o tempo. Larguem os lápis.

CAPÍTULO CATORZE
TREMENDO OU VACILANDO?

Uma das primeiras regras para educar crianças — pelo menos segundo o que ouvi — é que é sempre importante ser consistente com a criança. Se disser a sua filha que ela está de castigo por um mês, bem, então a castigue por um mês. Caso contrário, ela perderá o respeito por você e ficará selvagem como um bárbaro.

A mãe de Cass, tenho certeza, tinha plena consciência da existência desta regra. Provavelmente tinha todas as intenções de cumprir a palavra sobre a liberdade ou falta dela com relação a Cass. Mas sabe o que dizem sobre boas intenções.

Quando Cass perguntou se poderia ir acampar com os avós, a mãe queria tanto que Cass saísse de casa quanto ela própria. É a única explicação que me vem a mente quanto ao motivo para a mãe de Cass não ter recusado o pedido na hora.

Cass: Ainda será como se eu estivesse de castigo, quero dizer, são praticamente meus guardiões.

Mãe: Não vai se divertir nem um pouco, certo?

Cass: Prometo! Nada de diversão!

Mãe: E não vai comer sobremesa enquanto estiver fora?

Cass: Nenhuma!

Mãe: Não vai nem colocar chocolate no seu mix?

Cass: Nenhum!

Mãe: Nem pasta de amendoim?

Cass: Nem isso! Ponho passas. E você sabe como odeio passas. Será o pior dos castigos!

Mãe: E fará tudo que Larry e Wayne disserem?

Cass: Tudo!

Mãe: Exceto quando a situação estiver louca ou perigosa e eles estiverem perdendo tempo atrás de alguma coisa para a loja?

Cass: Exceto neste caso!

Mãe: Mesmo que isso seja quase o tempo todo?

Cass: Mesmo assim.

Mãe: E não vai fugir sem contar para ninguém, nem nesta viagem, nem nunca mais?

Cass: Não fujo. Prometo.

Mãe: Tudo bem, então. Pode ir. Mas não diga a ninguém que deixei!

Cass: Obrigada, mãe. Você é a melhor. A propósito, vai ter que tomar conta de Sebastian enquanto estivermos fora. Só assim consegui convencer Larry e Wayne a irem... Tchau!

Mãe: Cass, volte aqui agora! Não vou trocar a fralda de um cachorro cego, e pensei que tivesse dito que *eles* convidaram *você* para ir!

Cass: Desculpe, não consegui ouvir!

Mesmo em um dia bom, o Corpo de Bombeiros era tão abarrotado que era difícil se mexer. Agora que era a área de preparação para uma viagem de mochileiros, parecia um acampamento de refugiados após um furacão.

Max Ernesto trouxe todo o equipamento para acampar — inclusive duas mochilas novas, uma vermelha, outra azul — apenas para se ver preso logo depois de entrar; tinha coisa demais no caminho para ele conseguir avançar.

Yo-Yoji já estava lá, ao lado de Cass. Olhou para Max Ernesto como se Max Ernesto fosse louco.

— Cara, por que você tem *duas* mochilas...?

Espere. Pare. Um momento.

Deixe-me adivinhar: está imaginando o que Yo-Yoji estava fazendo no Corpo de Bombeiros. Tinha mesmo sido convidado para acampar com eles, se quer saber.

Não posso culpar você, eu também ficaria surpreso.

Eis o que aconteceu:

Os três se reencontraram na detenção no dia seguinte ao que Cass decidiu ir ao Lago Sussurro.

Enquanto Max Ernesto refazia furiosamente o dever de matemática (apesar estar certo na primeira vez), Cass encheu Yo-Yoji de perguntas sobre mochilão:

— Que tipo de repelente de mosquitos você usa? Que tipo de purificador de água gosta mais? Já ficou preso em uma tempestade?

Yo-Yoji ficou feliz em responder. Contudo, se Cass e Max Ernesto estivessem indo viajar, disse, iria junto. Aliás, insistiu.

— Sei que vocês estão indo participar de alguma espécie de aventura secreta legal, e não quero saber se estou convidado ou não, desta vez não vão me largar como fizeram nas piscinas naturais, yo!

Claro, Cass negou que estivessem indo em uma aventura secreta, mas em vez de dissuadi-lo voltou-se para Max Ernesto:

— O que você acha, devemos deixar? Quero dizer, ele já acampou antes e nós não. E se nos separarmos dos meus avôs? Tenho minha bússola, meus mapas e tudo o mais, mas ter alguém com experiência é diferente.

Não sei como Max Ernesto teria reagido se Cass tivesse dito de cara que queria que Yo-Yoji fosse junto, mas, apelando para a lógica, ela o deixou encurralado.

Tudo que Max Ernesto conseguiu dizer foi:

— Faz sentido.

— Legal — disse Yo-Yoji. — Todas as outras pessoas nesta escola são um saco. São todos clones chatos da Amber. Vocês são os únicos interessantes.

As orelhas de Cass ficaram vermelhas, ou pelo menos rosadas, ao ouvirem aquele elogio.

Max Ernesto permaneceu completamente sem expressão, como se tivesse decidido se desfazer completamente das emoções.

Agora, de volta ao Corpo de Bombeiros:

Enquanto se ajeitavam para a viagem, Cass estava à flor da pele, ansiosa para saber o quão bem — ou mal — os meninos se relacionariam. Acho que foi por isso que interveio tão depressa quando Yo-Yoji perguntou sobre as duas mochilas de Max Ernesto.

— Ele tem tudo em dobro por causa dos pais, é um pouco complicado — disse, colocando-se entre os dois. — Mas, sério, Max Ernesto, por que não deixa uma? Seus pais não vão nem saber.

— É, mas *eu* vou. E se escolher uma em detrimento da outra é como... — Max Ernesto deu de ombros. — De qualquer forma, as duas têm rodinhas.

— Estas nem são apropriadas para acampar — disse Yo-Yoji.
— É assim que tem que ser. — Pegou a própria mochila e entregou-a a Max Ernesto, que logo devolveu sem se permitir demonstrar qualquer interesse.

— Veja como é leve — prosseguiu Yo-Yoji. — Meus pais são muito severos no que se refere a fazer mala. Não tenho autorização para levar nada pesado. Como pasta de dentes. Ou cuecas extras.

— Que nojo — disse Cass.

Yo-Yoji riu

— Estou brincando, em parte. Podemos levar roupa íntima. Mas meus pais são muito sérios. Tudo que comemos tem que ser desidratado.

— Bem, não conte aos seus pais, mas vamos comer um pouco melhor do que isso — disse o vovô Larry, que estava amarrando uma panela grande em uma velha mochila de exército. — Mesmo que isso signifique que teremos que suar para chegar ao topo.

Há muitos Lagos Sussurro no mundo. Talvez não tantos quanto Lagos Esmeralda ou Lagos Espelho, mas muitos, ainda assim. Olhe em qualquer mapa e há boas chances de que encontre um.

Por isso não vejo nenhum problema em dar esse nome ao lago para o qual nossos jovens heróis estavam indo. Além disso, não hesito em contar que o destino era bem, bem no alto das montanhas; afinal de contas, existem muitos lagos em elevações.

O que não direi é onde a trilha começava. Apenas que ficava no sopé de uma famosa serra escarpada, separada de uma área de estacionamento por um desfiladeiro profundo.

Assim que a picape do vovô Wayne entrou no estacionamento, Cass, Max Ernesto e Yo-Yoji saltaram.*

— É melhor ir agora, se precisar — disse Cass a Max Ernesto, apontando para as casinhas decrépitas ao lado do estacionamento. — Pois uma vez nas montanhas, é preciso cavar um buraco e enterrar. E é preciso se certificar de que esteja longe de qualquer lago ou rio, ou pode contaminar a água. Certo? — perguntou a

---

* O vovô Wayne tinha uma velha picape da qual se orgulhava imensamente, mas vivia em um constante estado. A mãe de Cass, que considerava o veículo um "acidente iminente", proibia estritamente que Cass andasse na caçamba — que, de acordo com a mãe de Cass, era não somente perigoso, como ilegal. Detesto denunciar Cass, mas pense um pouco; teria sido difícil encaixar três crianças na frente com dois adultos, mesmo em um assento espaçoso.

196

Yo-Yoji, ansiosa para mostrar para ele que sabia o que estava fazendo, mesmo que nunca tivesse acampado antes.

Ele assentiu.

— Certo, isso mesmo.

Alarmado, Max Ernesto olhou para as casinhas. As portas estavam semiabertas, com moscas voando para dentro e para fora.

— São só duas noites, certo? — perguntou, claramente imaginando se aguentaria segurar o tempo todo.

Depois que todos encararam os banheiros — até Max Ernesto, que do lado de fora parecia estar recitando tabelas de multiplicação na sua vez — puseram as mochilas nas costas.

— Aqui vai nada! — disse o vovô Wayne.

— Apenas respire o ar fresco da montanha — disse o vovô Larry. — É como combustível, nos levará até o topo!

Uma ponte de madeira se esticava sobre o desfiladeiro, levando à trilha. Perto da ponte, um quadro de avisos se encontrava sob um beiral de madeira. Folhetos alertavam para a presença de ursos assim como sobre outros perigos do campo.

— Não pode acender fogueira?! — disse Larry. — Como vamos fazer biscoitos com marshmallows?

— Melhor não fazermos — disse Cass. — Quer causar um incêndio na floresta? Além disso, fogueiras poluem. Sabia quem em Yosemite fica cheio de neblina por causa das fogueiras?

— Nós já acendíamos fogueiras em Yosemite antes mesmo de você nascer, mocinha — disse o vovô Larry.

— Espero que você não seja uma *daquelas* campistas — disse vovô Wayne. — Ou vou embora agora mesmo.

Yo-Yoji riu. Cass marchou para a frente com o nariz empinado.

Mas ao atravessar a ponte desacelerou, olhando para baixo, para os topos de samambaias e uma pequena cachoeira que talvez fosse uma potência na primavera, mas que agora não rugia, apenas ronronava, embalando os passantes inocentes.

Será que a água vinha desde o Lago Sussurro?, imaginou Cass. O que encontrariam no fim desta trilha? Amigo ou inimigo? Homem ou monstro? Ou simplesmente encontrariam uma imitação dos sonhos?

Cass esticou a mão atrás de si e sentiu a base da mochila: sim, o Prisma do Som ainda estava lá. Por que tinha a sensação de que poderia desaparecer a qualquer momento?

Após uma curta subida deixando o desfiladeiro, a trilha era branda pelo primeiro quilômetro e meio, mais ou menos, indo na direção de uma floresta de árvores de troncos claros que entrava e saía das sombras como um velho filme em preto e branco; as folhas prateadas do tamanho de notas de dólar farfalhavam como se outros seres, muito maiores, andassem entre as árvores.

— Álamo trêmulo — disse o vovô Larry.

— Também conhecido como álamo vacilante — disse o vovô Wayne.

Logo os campistas emergiram dos álamos e se viram atravessando um pasto dourado cercado por pinheiros. Apesar de ser outono, algumas flores selvagens permaneciam, e esporos de dente-de-leão voavam lentamente à luz do sol.

— Viu? As montanhas não são simplesmente questão de sobrevivência — disse vovô Larry a Cass.

Cass revirou os olhos, mas não havia como negar a beleza diante de si.

Quando terminaram a travessia do pasto, os sapatos estavam cheios de lama e o clima da trilha havia mudado; estavam olhando para uma montanha alta, ampla, íngreme e totalmente nua. A trilha ziguezagueava por ela.

Zigue-zague.

Uma palavra que certamente provocaria terror no coração de qualquer pessoa em uma trilha.

Ao andarem para a frente e para trás, montanha acima, o vovô Larry tentou entretê-los com histórias de viagens anteriores. Histórias nas quais o vovô Wayne invariavelmente inseria comentários.

Tipo: "Ora, vamos, Larry, você sabe que nunca esteve no Corpo da Paz!"

Ou: "Mas não pode ter atravessado toda a Cordilheira dos Andes, ela vai até a ponta da América do Sul!"

Ou: "Engraçado, pelo que me lembro, *eu* consertei o Land Rover *e* distraí os leões!"

Mas, eventualmente, até os avôs de Cass se silenciaram.

Max Ernesto, que estava puxando uma mochila atrás ao mesmo tempo em que carregava a outra nas costas, parecia ser quem mais tinha dificuldades.

— Então, se você é um grande especialista em trilhas, quanto tempo acha que falta para chegarmos ao topo? — perguntou a Yo-Yoji entre arfadas.

— Não sei, nunca vim aqui.

— Bem, qual é a distância, então?

Yoji olhou para o alto da montanha.

— Mais ou menos meio quilômetro?

— E quanto tempo isso deve levar?

— Não sei, uns vinte minutos?

Max Ernesto ficou verificando o relógio sem parar.

— Tudo bem, já passaram vinte minutos e não chegamos ao topo — anunciou, vinte minutos mais tarde.

— Não brinca. Acho que me enganei.

— Bem, quanto tempo acha que falta agora?

— Não sei. É difícil dizer, por causa de todos os picos falsos. Dez minutos, talvez.

— Já passaram dez minutos — anunciou Max Ernesto dez minutos depois, para irritação de Yo-Yoji. — Pensei que fosse um especialista em tr...

— Ei, Max Ernesto, quer meu podômetro? — interrompeu Cass antes que ele pudesse concluir a frase.

Max Ernesto deu de ombros, descontente, mas pegou o dispositivo da mão dela.

— É só colocar no sapato que ele diz o quanto andou.

— Eu sei — disse Max Ernesto, prendendo o podômetro nos cadarços. Esforçou-se para seguir adiante, arrastando a segunda mochila atrás.

Cass assistiu ansiosa. Será que deveria dizer mais alguma coisa? Decidiu deixá-lo em paz. Além disso, estava arfando tanto que não conseguia falar.

No fim das contas, levaram mais meia hora, e mais "mil e trezentos metros", segundo Max Ernesto, que checou o podômetro a cada passo, para chegarem ao topo da trilha em zigue-zague.

Levaram mais três horas, e "quatro mil e cem metros", para atingir o Lago Sussurro.

Chegaram ao cemitério primeiro. Era à direita da trilha, atrás de um portão de pedra. Placas de pedras quebradas, outrora sepulturas, pontuavam a montanha. Algumas estátuas caindo aos pedaços sob pinheiros.

— Quem seria enterrado a uma altura dessas? — perguntou o vovô Wayne. — Mineiros?

O vovô Larry balançou a cabeça.

— Este cemitério tem centenas de anos, não havia comunidade de mineradores naquela época. Muito curioso. Teremos que voltar amanhã...

Cass parou perto do portão enquanto os avôs e Yo-Yoji seguiam em frente. Max Ernesto ficou com ela.

— É aqui?

Ela assentiu, pegando um punhado de agulhas de pinheiro, como que para confirmar que eram reais.

— É exatamente como no meu sonho. Só podemos estar no lugar certo.

Esperou a refutação de Max Ernesto, mas ele simplesmente tremeu, claramente tão assustado quanto ela. Ninguém era enterrado ali há muito tempo. Mas a sensação de morte permanecia.

— Vamos — disse Cass.

Yo-Yoji os olhava com curiosidade de cima da trilha, e ela não queria levantar suspeitas.

Quando os campistas enfim viram o lago através das árvores, o sol estava se pondo, o lago de um dourado brilhante. Mas, ao se aproximarem, o sol desapareceu, e o lago se tornou cinzento como chumbo e sinistro; como se o ouro fosse uma espécie de alquimia em exercício e agora estivessem vendo as verdadeiras cores do lago.

Na margem do outro lado, montanhas íngremes se erguiam, sem árvores e nuas exceto pelos pontos luminosos de neve. No topo: os picos denticulados que Cass reconhecia dos pesadelos.

Escolheram um local que ficava de costas para uma falésia cheia de raízes.

— Que tal aqui perto deste velho tronco? — perguntou Cass.

Yo-Yoji balançou a cabeça.

— Pedras demais. Veja aquela, bem no meio... — Apontou para um pedaço de granito saindo do chão. Na mão, segurava a barraca amarela dos pais, ainda enrolada.

— Max Ernesto, o que você acha? — perguntou Cass.

— O que vocês preferirem. — Continuou olhando para o lago a mais ou menos dez metros abaixo.

— Bem, acho que aqui é perfeito, pois podemos dizer o que quisermos sem que nos ouçam.

Cass assentiu para o lado oposto do acampamento, onde os avôs estavam erguendo a barraca, uma engenhoca remendada com tecido de camuflagem desbotado que levantava poeira cada vez que tocavam nela.

— Tudo bem, mas não me culpem se não conseguirem dormir porque estão com pedras nas costas — disse Yo-Yoji.

Depois de armarem a barraca e tirarem os sacos de dormir das bolsas de ar, o vovô Larry entregou a Cass um pedaço de corda e uma fronha, e ele pediu às crianças que juntassem toda a comida que não fossem comer no jantar.

— Temos que amarrar a outra ponta da corda a uma pedra, para podermos jogar sobre um galho de árvore e puxar — explicou Cass a Max Ernesto, verificando a reação de Yo-Yoji.

Ele assentiu.

— Como uma piñata.

— Vocês cuidem disso, não sou muito bom em jogar — disse Max Ernesto, saindo do caminho, ainda se recusando a participar ou sequer sorrir.

Enquanto Cass e Yo-Yoji revezavam nas tentativas de lançar uma corda sobre um tronco de árvore, um guarda parou o cavalo ao lado do acampamento e os saudou:

— Se certifiquem de colocar esta bolsa bem no alto. Suponho que tenham ficado sabendo que há um urso por aqui.

Os avôs de Cass se juntaram a eles, e o guarda pediu para ver a licença de acampamento — que, posso relatar com surpresa e alegria, Larry e Wayne tinham.

— Tudo bem, então, tomem cuidado! Está um pouco frio porque é fim de estação, mas pelo lado positivo o lugar é todo de vocês... Ei, antes de eu ir, alguém sabe por que chamam de Lago Sussurro? — O guarda sorriu para as crianças. — Se já tiverem pescado cedo, então provavelmente podem adivinhar. É por causa da maneira como os sons, mesmo os sussurros mais suaves, atravessam a água. Na maioria dos lagos só acontece ao amanhecer, mas aqui acontece à noite também. Então cuidado com o que dizem, se não quiserem que ninguém ouça seus segredos!*

Ele acenou e deu um chute leve no cavalo.

Yo-Yoji olhou para Cass e Max Ernesto.

— Bem...?

— Bem o quê? — perguntou Cass.

---

* Explicarei este fenômeno no apêndice para os dotados de curiosidade científica (ou qualquer um que tenha terminado o livro e esteja sem nada melhor para fazer).

— Vai me contar o que estamos fazendo aqui ou ainda estão guardando tudo em segredo?

— Estamos apenas acampando, só isso — respondeu Max Ernesto.

— É, certo. Pensei que fôssemos amigos...

— Somos — disse Cass.

— Mas não o bastante para me contarem...

Visivelmente decepcionado, Yo-Yoji desceu para a margem do lago e começou a saltar pedras.

Cass e Max Ernesto observaram, imóveis.

— Me sinto mal, gostaria de poder contar a ele — disse Cass.

— Bem, não podemos!

Enquanto anéis se espalhavam pela água, o barulho das pedras caindo no lago ecoava no crepúsculo.

CAPÍTULO TREZE*

INVOCANDO UM FANTASMA

---

* No meu último livro, excluí o capítulo treze para afastar qualquer infortúnio. Não deu certo. Então desta vez, vamos manter o capítulo — e ver o que acontece.

Yo-Yoji tinha um saco de dormir estilo múmia com uma cordinha que fechava o topo. Ele gostava de se entocar lá dentro e puxar a corda o máximo possível, deixando apenas uma frestinha de luz para espiar o lado de fora.

Nesta noite, no entanto, se viu mexendo e virando porque estava com muito calor. Soltou a corda e abriu o lado da bolsa para deixar o ar entrar.

Meio dormindo, colocou a cabeça para fora e olhou em volta da barraca. Era difícil enxergar naquele escuro — seria possível que os outros sacos de dormir estivessem vazios?

— Cass? Max Ernesto? — sussurrou.

Ficando nervoso, cutucou os sacos.

Onde estavam?

Forçou-se a sentar e pensar.

Sabia que havia algo que não estavam contando, e o que quer que fosse, suspeitava que podia ser perigoso.

Tinha acontecido alguma coisa? Poderiam ter sido sequestrados? Ou algo pior?

Em seguida se lembrou de que tinham insistido para que ele dormisse no fundo da barraca para que os dois ficassem mais perto da entrada.

Max Ernesto: Tenho claustrofobia!

Cass: Vou ao banheiro dez vezes por noite!

Tinha aceitado os argumentos na hora, mas agora percebia a verdadeira razão pela qual o queriam no fundo: estavam planejando escapar enquanto dormia.

A lua ainda não tinha subido, mas as estrelas eram brilhantes o suficiente para que enxergassem, e Cass e Max Ernesto não tiveram problema em encontrar o pedregulho que tinham escolhido mais cedo naquela noite. Era do tamanho de um caminhão e tinha a vantagem de ser visível de todos os lados do lago.

Quando foram ao topo, encontraram-se em uma plataforma natural, com espaço o suficiente para duas crianças, e, se tudo desse certo, um homúnculo, ficarem confortavelmente.

Abaixo, podiam ver o acampamento, e além dele o cemitério, envolto na escuridão.

Do outro lado do acampamento estava o lago, preto exceto pelo ocasional brilho de uma estrela refletida. O lago era cercado por pinheiros, a fileira da frente um anfiteatro natural ao ar livre. Acima das árvores as montanhas prateadas se erguiam por todos os lados. Era como se Cass e Max Ernesto estivessem em um palco diante de uma plateia de gigantes.

Cass tirou o Prisma do Som do bolso do casaco.

— Sinto-me como se estivéssemos tentando invocar um fantasma — disse.

— Geralmente fazem isso com bolas de cristal, não bolas de som — destacou Max Ernesto. — Não que eu acredite nisso, quero dizer, em fantasmas. Bolas de cristal existem, é claro. Apenas não necessariamente...

— Tá bem, saquei. Está pronto?

Estava.

— Ok, aqui vai nada.

Cass ficou na ponta do pedregulho e jogou o Prisma do Som para o ar. Mas estava tão nervosa que soltou cedo demais; era como tentar levantar uma bola de tênis bem na hora em que o professor de educação física estava olhando.

O Prisma do Som emitiu apenas um assobio curto antes de ela ter que se jogar para a frente para pegá-lo.

Respirando fundo, tentou de novo, desta vez soltando a bola diretamente para cima. Subiu mais alto do que nunca, tocando a música sombria sob o céu noturno.

Quando a bola chegou ao alto, por um instante pareceu pairar no ar, cantando, antes de cair na mão de Cass outra vez.

Cass jogou de novo — ainda mais alto agora. E ouviu-se música mais forte, ecoando através do lago, de uma montanha à outra, até soar como se um coro formado apenas por anjos estivesse cantando em harmonia.

Ouviram maravilhados.

— Se ele está aqui, definitivamente vai escutar, não vai nem precisar nos ver — disse Max Ernesto. — Vai nos encontrar pela localização do eco, sabe, como os morcegos.

— Só espero que meus avôs não nos ouçam primeiro — disse Cass.

A menina espiou o acampamento: nenhum movimento... por enquanto.

Os últimos ecos do Prisma do Som morreram.

Em seguida:

— Shh, o que foi isso? — sussurrou Cass.

Ouviu-se um barulho arranhado, como se alguma coisa estivesse tentando subir no pedregulho. Esperaram, tensos...

Até Yo-Yoji subir na pedra e se juntar a eles.

— Uau! — disse, recobrando o fôlego. — Aquela música Cara de Repolho foi muito maneira, meio linda até!

Deram um suspiro; aliviados e ao mesmo tempo desgostosos em vê-lo.

— Então me deixe adivinhar, esta é uma reunião secreta.

Silêncio. Cass e Max Ernesto olharam um para o outro.

— Qual é, galera. Subi até aqui, assim como vocês. E agora não vão me deixar participar da parte boa?!

— Bem... — hesitou Cass. — Sabe antes, quando você fez piada sobre história da sociedade secreta?

— Cass, não podemos! E o juramento?!

— Bem, nunca o fizemos, fizemos? Além disso, tenho certeza de que Pietro entenderia, se fosse a única maneira de pegarmos o homúnculo.

Max Ernesto segurou a cabeça entre as mãos. Era tarde demais.

Yo-Yoji olhou de Cass para Max Ernesto e de volta para Cass.

— O que é um *homúnculo*?

Cass explicou calmamente para Yo-Yoji que estavam procurando por uma criatura de quinhentos anos feita em uma garrafa.

— Há, essa é boa! Você deveria escrever algumas músicas para a minha banda.

— Não, estou falando sério — disse Cass.

Yo-Yoji os encarou.

— Uau. São mais malucos do que eu pensava.

Max Ernesto, até então calado, defendeu a sanidade dos dois:

— Só porque ninguém sabe sobre uma coisa, não quer dizer que não possa acontecer. Se tivesse visto o Sol da Meia-Noite, bem, alguns deles têm quase essa idade!

— Se você está dizendo... — Yo-Yoji claramente não acreditava, mas parecia pronto para que provassem o contrário. — Então, e agora, o que acontece?

— Esperamos — disse Cass.

Ao falar, uma brisa repentina chicoteou o lago.

Por um segundo, todos os sentidos dos três ficaram alertas.

Mas nada aconteceu. Ninguém chegou.

Exceto um esquilo que passou pelos pés deles e então mergulhou sob o pedregulho.

Depois disso, um profundo silêncio recaiu sobre o lago.

Se já passou uma noite acampando nas montanhas ou no deserto, conhece este tipo de silêncio.

Um silêncio tão completo que faz com que pense que jamais havia experimentado silêncio antes disso.

Um silêncio que faz certos tipos de pessoa se sentirem na obrigação de falar para preenchê-lo.

Pessoas como Max Ernesto.

Após mais ou menos três, quatro ou cinco (ou será que foram apenas dois?) minutos de insuportável silêncio, ele apontou para o céu.

— Vejam as estrelas, acho que nunca vi tantas. Lá está Vênus, não que seja uma estrela, é um planeta. E a Via Láctea, que é uma galáxia, então é uma porção de estrelas. E a Ursa Maior, que é uma constelação. E a Ursa Menor. E o Cinto de Orion. E... — interrompeu-se, sobrecarregado pelo exercício.

— Ei — recuperou-se após um instante —, já pensaram no fato de que são apenas ciscos em um planeta que é apenas um cisco em uma galáxia, que é apenas um cisco em um universo que provavelmente é apenas um cisco na unha de algum gigante alienígena que é grande demais para sequer imaginarmos? Que tal isso?

— Não podemos apenas nos concentrar no pequeno ser alienígena que estamos esperando? — perguntou Cass.

— Sabe, tecnicamente, ele não é um alienígena, é... Ok, tudo bem.

E eles esperaram.

E esperaram.

Pulando toda vez que o vento soprava mais forte ou um ou outro fazia qualquer movimento.

Uma hora se passou.

— Tudo bem, foi divertido e tudo mais. Mas talvez seja hora de encarar, seu pequeno homúnculo não vem — disse Yo-Yoji.

— Ou veio e se assustou. Porque há muitos de nós — disse Max Ernesto, olhando para Yo-Yoji significativamente.

— É um bom argumento — disse Cass. — Vocês vão para a barraca. Eu fico aqui e continuo esperando.

— Tudo bem — disse Max Ernesto, já procurando a melhor maneira de descer. — Talvez seja uma boa...

— Não, não é! — disse Yo-Yoji. — Não podemos deixá-la aqui sozinha.

— Por quê... Tudo bem, você tem razão. — Max Ernesto se virou, olhando irritado para Yo-Yoji. — Não podemos deixá-la, Cass. Não é seguro. Qualquer coisa pode acontecer.

— Como um homúnculo vir?

— Exatamente.

— Não é por isso que estamos aqui?

— É, mas as criaturas verdadeiras e assustadoras também estão — disse Yo-Yoji. — Lembram-se do urso?

Esperaram por mais vinte minutos, mais ou menos. Os dentes começaram a bater.

— Venham, vamos — disse Cass.

Alguma coisa dentro dela acabara de desistir.

O que a tinha feito pensar que encontrariam um homúnculo no Lago Sussurro? O sonho, só isso. Um sonho que provavelmente só tinha tido porque havia lido um artigo na parede.

O urso era apenas um urso, afinal.

Completamente desapontada, olhou em volta mais uma vez, em seguida foi atrás dos outros, descendo do pedregulho...

Sem perceber que todos os sons que emitiam eram ouvidos do outro lado do lago.

CAPÍTULO DOZE

HOMEM, URSO OU MONSTRO?

Cass acordou para encontrar o interior da barraca preenchido por um brilho amarelo.

Já era dia?

Levantou a cabeça e olhou em volta. Yo-Yoji e Max Ernesto estavam dormindo nos respectivos sacos.

Max Ernesto ainda estava de relógio: *três da manhã*.

Esticando o pescoço, Cass espiou pelo pequeno espaço que sobrava sobre o zíper da barraca.

Uma lua cheia pendurava-se sobre as montanhas. Brilhava como um farol pelo lago.

Estalo!

As orelhas de Cass formigaram. Ficou toda arrepiada.

Estalo! Estalo!

Gravetos quebrando, era esse o som.

Seria...? Poderia ser...?

Com medo de se mover, Cass se agachou em cima da saco de dormir.

Sabia que estava sendo tola; deveria verificar o lado de fora. Era por isso que tinha vindo. Para encontrar o homúnculo, se realmente fosse ele.

E se não fosse... bem, o que poderia haver ali que pudesse temer?

A não ser que fosse o urso.

Provavelmente, Larry ou Wayne tinham acordado para ir ao banheiro. Era um deles pisando nos gravetos, tinha que ser.

Mas seria reconfortante saber com certeza.

Estalo! Estalo! Estalo!

Crack!

Agora conseguia ouvir passos. Sobre os gravetos. E estavam se aproximando.

Não soava como um urso. Não que já tivesse ouvido passos de urso.

Também não soava como um avô.

Cass olhou para Max Ernesto e Yo-Yoji, pronta para sacudi-los até que acordassem. Mas já estavam sentados, com os olhos arregalados de medo.

Não tinham um plano, percebeu Cass de repente. Este tempo todo, todo este esforço tinha sido em nome da chegada deste momento, mas não tinham planejado o que fazer em seguida.

Após ler "A lenda do Cara de Repolho", Cass simplesmente presumiu que o homúnculo seria amistoso. Mas e se o senhor Wallace estivesse certo e a lenda errada? O que deveriam fazer neste caso?

Lutar contra o homúnculo? Não tinham armas.

Prendê-lo? Não tinham correntes. Nem redes.

Segui-lo? Mas por quê? Para onde?

Nenhum deles moveu um músculo. Não ousaram. Apenas esperaram.

Em seguida, de repente, fazendo sombra na barraca:

Mãos — mãos enormes! E orelhas — orelhas enormes!

E, por um segundo, de perfil:

Um nariz — um nariz enorme.

Não era um urso. E não era um avô.

Era, sem dúvida, um monstro — um monstro enorme!

Por que, imaginou Cass fugazmente, o dicionário dizia que um homúnculo era pequeno?

Por um instante, apenas ficou ali, com a sombra se mexendo contra o tecido amarelo da barraca, como se estivesse contemplando se seria melhor rasgar a barraca ou devorá-la por completo.

Em silêncio, Cass apontou para a entrada da barraca.

— Devo abrir? — perguntou sem fazer som, apenas mexendo a boca.

Os amigos assentiram e lhe deram a coragem necessária.

Enquanto observavam, ela abriu o zíper da barraca e saiu ao luar.

Cass deu uma olhada na criatura espantada de pé sobre o tronco de árvore próximo à barraca antes de ele...

Cair ruidosamente no chão.

— Ai! Como ousa me assustar assim?! — reclamou, com a voz mais ranzinza e solene que Cass já escutara.

Resmungando para si mesmo, o homúnculo se levantou novamente. Olhou para Cass com desdém ao esfregar terra e agulhas de pinheiro das calças tamanho infantil.

— Não me diga que foi *você* que me chamou!

A imagem na lateral da barraca fora inteiramente enganadora: aliás, as mãos *eram* grandes, se não enormes; assim como os olhos, orelhas, nariz e boca. Eram as pernas e braços que eram pequeninos, assim como o torso (apesar de a barriga ser mais que um pouco protuberante).

Cass o encarou. Não podia acreditar que ele tinha somente...

— Sessenta centímetros de altura. Em resposta a sua pergunta muito grosseira. Oh, não finja... estou vendo nos seus olhos. Quase sessenta centímetros. Bem, cinquenta e três centímetros. E meio. Não se esqueça do meio!

Cass assentiu, ainda encarando.

A semelhança com o monstro de meia era impressionante, mas não mais do que a roupa dele. Era uma mistura louca de séculos, uma camisa de babados sob um colete no estilo de uma pintura renascentista; o chapéu parecia algo que um entregador de jornais teria usado há cem anos; enquanto os sapatos, tênis de criança, não poderiam ter mais do que alguns anos.

Tinha uma grande chave-mestra pendurada no pescoço, o que lhe conferia uma dignidade inesperada.

— Bem, foi você? — perguntou o homúnculo.

Cass assentiu outra vez.

— Quer dizer que *você* tem o Prisma do Som? Ah, diga que não é verdade! — Colocou a mão sobre a testa muito menor.

— Eu... hã...

— O gato comeu sua língua?

— Você é...? — gaguejou Cass.

— Desembucha!

— ... Cara de... Repolho?

— Quem contou isso? — Ele apontou um dedo acusatório para ela. — E para você é *Sr.* Cara de Repolho!

— Desculpe. É que... descobrimos o nome pelo Prisma do Som.

Enquanto ela falava, Max Ernesto e Yo-Yoji saíram da barraca.

— Estes são... meus amigos... Max Ernesto... Yo-Yoji... Este é o senhor Cara de Repolho... Ah, e eu sou Cassandra.

Olharam para o homúnculo com espanto escancarado. Ele encarou de volta com uma expressão de incredulidade desdenhosa, o máximo que conseguia olhando de baixo.

— Ah, são vocês! Pensei que fosse o urso!

As crianças congelaram. Era vovô Larry, colocando a cabeça para fora da barraca.

— O que estão fazendo acordados? São três da manhã!

— Hã, precisei ir ao banheiro, aí eles precisaram também! — desesperadamente, Cass acenou para que o homúnculo se escondesse atrás dela. O que fez, dando de ombros e fazendo uma careta.

— Bem, voltem para a cama. Está frio aí fora, e não quero ninguém ficando doente!

Depois que o vovô Larry fechou a barraca de novo, Cass voltou-se para o homúnculo.

— Desculpe se eu não era o que você esperava — sussurrou.
— Não tenho certeza se o Prisma do Som deveria ser meu ou não. Mas prometo, não queremos machucá-lo.

— É o que veremos. Se for realmente seu, então deverá ser capaz de me dizer também o nome do bobo, não apenas o meu.

— Mas como eu...?

— Bem, está dentro do Prisma do Som, não está? Se for realmente herdeira do bobo, então saberá abrir. Se não conseguir, esta é nossa última conversa. Se conseguir, venha me encontrar amanhã. Mais ou menos na hora do almoço...

— Onde? — perguntou Max Ernesto.

— Perto da Árvore Oca. Vão encontrá-la...

— Mas como nós...?

Porém, o homúnculo já tinha ido embora quando Max Ernesto terminou a pergunta.

As três crianças olharam para a escuridão, perdidas no espanto: se o homúnculo era real, se o homúnculo era possível, então o que não era?

CAPÍTULO ONZE
UM RASTRO DE OSSOS

oubada! E ninguém ouviu nada! — exclamou o vovô Larry.

As crianças emergiram da barraca e viram o sol brilhando e os avôs de Cass ao lado de uma fronha vazia e dos restos da comida. Os dois estavam balançando as cabeças.

— Como foi que ele conseguiu pegar? — perguntou vovô Wayne, soando mais impressionado do que irritado. — Deve ser o primeiro urso com polegares opositores!

— E escolhe o que quer também! — espantou-se vovô Larry. — Pegou nosso vinho tinto e o queijo camembert. Mas vejam, largou o macarrão instantâneo e o mingau de aveia instantâneo...

— Um urso gourmet, isso é inédito! — disse vovô Wayne. — Talvez tenha um futuro no circo.

— Um urso que come? Acho que não atrai tanta gente quanto um urso que dança. Talvez se ele soubesse cozinhar...

As crianças se entreolharam. Todas estavam pensando a mesma coisa: *que o urso não era urso coisa nenhuma*.

— Alguém quer pescar depois que fizermos o mingau? — perguntou o vovô Wayne. — É melhor caçarmos o almoço enquanto as trutas ainda estão mordendo.

— Com essa coisa? — perguntou Cass, apontando para a vara de pesca cheia de remendos apoiada em uma árvore ao lado de Wayne.

— E daí, acha que os peixes vão reparar?

As crianças riram.

— Se não tiver problema, vou ficar por aqui — disse Cass. — Depois talvez vá fazer trilha mais tarde.

— Bem, não vá muito longe. Não queremos encrenca com sua mãe — disse Larry.

Assim que os avôs saíram para pescar, Cass, Max Ernesto e Yo-Yoji voltaram para a barraca.

— Vamos — disse Cass. — Se não descobrirmos o nome do bobo antes do almoço, o homúnculo nunca virá conosco! — Tirou o Prisma do Som do saco de dormir e o segurou para o alto.

— Então como abrimos? — perguntou Yo-Yoji.

Tinham passado cerca de uma hora na noite anterior tentando responder esta pergunta. Até caírem no sono outra vez.

Cass tocou a linha prateada que circulava o Prisma com o dedo.

— Tem *certeza* de que isso não significa nada? São apenas linhas?

— Não, não tenho certeza certeza, como poderia ter? — perguntou Max Ernesto. — Mas, se o Decodificador não detectou nada, não sei como nós poderíamos.

— Posso ver? — Yo-Yoji pegou a bola de Cass e girou na mão.

— Cuidado — disse Max Ernesto. — É muito antiga, e muito valiosa.

— Ei, vejam... — Yo-Yoji consegui soltar a linhas. Girou...

— Eu disse, agora você quebrou!

— Cara, em primeiro lugar, por que você me odeia, tanto?

— O-o que quer dizer? — falou Max Ernesto, atrapalhado. — Eu não...

— É, claro que não! Em segundo lugar, tenho quase certeza que é para girar assim.

— O quê? Como uma espécie de tranca ou coisa do tipo? Deixe-me ver — disse Max Ernesto, obviamente duvidando. Esticou a mão para pegar o Prisma do Som.

— Não, deixa *eu* ver — disse Cass, esticando-se ao mesmo tempo.

Ao colidirem, o Prisma do Som caiu da mão de Yo-Yoji. Caiu pesadamente no meio da barraca, se dividindo em duas metades iguais.

— Atingiu a pedra! — Yo-Yoji pegou uma metade em cada mão, espiando dentro, primeiro uma, depois a outra. — Bem, a boa notícia é que abrimos. Não havia truque, só estava emperrada.

— E qual é a má notícia? — perguntou Cass.

— Veja, não tem nome dentro, só um poema.

Gravado em alabastro, o poema estava escrito em espiral no interior de uma das metades do Prisma do Som. As pequenas letras pareciam a inscrição na parte de dentro de um anel.

— Aqui, você lê — disse Yo-Yoji, entregando as duas metades para Cass. — Sou meio disléxico.

Max Ernesto olhou para Yo-Yoji, como se estivesse prestes a falar alguma coisa.

Mas então Cass começou a ler em voz alta:

— Aaargh, é tão irritante, não temos tempo para isso! — disse Cass, repousando as duas metades do Prisma do Som. — O que significa? Qual é o nome?

Yo-Yoji balançou a cabeça.

— Não sou muito bom com esse tipo de poema, os meus são diferentes. Além disso está, tipo, em shakespeariano.

— Acho que é mais ou menos como um enigma, dá para perceber pelo jeito que acaba — disse Max Ernesto. — Posso ver? Quero dizer, se for permitido.

— Ha-ha. — Cass revirou os olhos e entregou as duas metades do Prisma do Som.

Max Ernesto olhou dentro...

— Bem, o Estige é um rio da mitologia grega, certo? É o rio no caminho para o Hades...

— É, talvez... quero dizer, ok — disse Cass.

— Pense só, isso significa que se fosse um código secreto, mitologia grega seria a chave. Então *A* é Apolo, e *Z* é Zeus...

— Boa! — disse Yo-Yoji, olhando para Max Ernesto com um novo respeito. — Você é muito bom nessas coisas, hein, brother?

— Acho que sim. Ei, Yo-Yoji... — Max Ernesto hesitou. — Bem, um dos meus médicos achava que eu era disléxico, então conheço muitos exercícios que pode fazer. Posso mostrar. Se quiser.

— Geralmente não gosto muito de exercícios, mas, hum, claro, se acha que são bons... — Yo-Yoji não era tão melhor em emoções do que Max Ernesto, mas conseguia entender o que Max Ernesto estava tentando dizer.

Cass sorriu para si mesma. Sabia que não deveria arruinar o momento dizendo alguma coisa.

* * *

Os avôs de Cass não pareceram muito surpresos pelo interesse súbito das crianças em pesca ou no interesse ainda mais repentino em mitologia grega. O vovô Larry amava mitologia tanto quanto ou mais do que o vovô Wayne amava pescar, e achava perfeitamente natural que a neta perguntasse quem era o deus grego dos ladrões.

— Ah, muito bem, há uma história que combina bem com isso — disse Larry enquanto Wayne atacava o lago com a vara de pescar artesanal. — Veja bem, antes de ser de fato o deus de qualquer coisa, e era apenas um menino deus arteiro, ele roubou um bando de vacas do irmão mais velho, Apolo. Apolo ficou furioso e, para apaziguá-lo, Zeus o fez devolver os animais. O problema era que estavam faltando duas vacas. Os couros haviam sido transformados em cordas que encordoaram um casco de tartaruga, fazendo a primeira lira. Por sorte, Apolo adorava música com tanta intensidade que perdoou o irmão mais novo, e até deu a ele sua varinha mágica em troca da lira. E foi assim que este menininho se tornou não somente o deus dos ladrões, mas o deus da magia também.

— É uma ótima história — disse Cass, impacientemente —, mas qual era o nome do deus?

Encontrar a trilha do homúnculo não foi muito difícil; identificaram-na por todos os ossos, restos e papéis de bala que ele tinha deixado pelo caminho.

Seguir a trilha foi outra história. Para evitar os galhos baixos, tiveram que se arrastar por quase todo o caminho.

— Ai! Esses arranhões não são bons para o meu eczema — reclamou Max Ernesto ao empurrar os galhos para longe do rosto.
— E sei que minhas alergias vão ficar péssimas...

— Esqueça as alergias — disse Cass. — Se não tivermos o nome certo, teremos problemas muito piores.

Sabiam que estavam chegando quando os ossos no chão começaram a aparecer mais perto uns dos outros: a maioria ossinhos de pernas e coxas, mas às vezes apareciam carcaças inteiras (pássaros? esquilos?!) e dois ou três ossos de animais maiores que as crianças preferiram não identificar.

Finalmente, a mais ou menos meio quilômetro do acampamento, chegaram a uma clareira na floresta. Aqui os ossos eram tão densos que formavam um tapete. Era nojento, mas, com a luz do sol que se filtrava e a cobertura das árvores acima, não era uma visão feia.

Do outro lado da clareira, cercada por uma roda de pedras, uma fogueira ardia. Um pilar de fumaça curvava-se para o alto. O cheiro de carne cozinhando preenchia o ar.

— Veja aquilo — disse Max Ernesto. — E se o guarda vir?!
— Esqueça o guarda, e se houver um incêndio? — disse Cass.
— Sei lá, o cheiro está ótimo — disse Yo-Yoji.

Atrás do fogo havia um abeto alto com uma base queimada; todos deram um pulo, espantados, quando o homúnculo saiu dela.

— É bom que o cheiro esteja ótimo mesmo, passei a manhã inteira cozinhando. E não se preocupem com o guarda, conheço seus horários. Está do outro lado da montanha agora.

Cass decidiu não passar um sermão sobre segurança contra incêndio.

Em vez disso, deu um passo corajoso em direção ao homúnculo e perguntou:

— Então, hum, senhor Cara de Repolho, o nome do bobo era *Hermes*?

— Shhh!

— Mas você disse...

— Claro, claro, mas nomes têm poder. Caso não tenha percebido, o meu me fez emergir de uma sepultura.

— Desculpe, não pensei nisso — disse Cass, pálida.

— Então você quer seus três desejos, Cassandra?

— Tenho três desejos...?

— Claro que não! Por que todo mundo sempre pensa que sou uma espécie de gênio? — O homúnculo emitiu um som entrecortado que pode ter sido uma risada. Os dentes marrons e quebrados faziam a boca dele parecer a de uma abóbora de Dia das Bruxas.

— Sabe, eu a teria encontrado eventualmente, se tivesse me chamado mais algumas vezes — disse o homúnculo, examinando Cass. — Muito engenhosa, me descobrindo aqui nas montanhas.

— Ela é uma sobrevivóloga — falou Max Ernesto orgulhoso.

Cass olhou para baixo, repentinamente envergonhada.

— Ah, bem, está explicado! Vamos, podemos discutir negócios mais tarde. Vamos comer.

O homúnculo fez todos sentarem ao redor do fogo. Ali perto, tinha colocado pilhas e pilhas de comida em um tapete de agulhas de pinheiro.

— Ei, essa é a nossa comida, você roubou! — disse Max Ernesto, reconhecendo o camembert.

— Sem faniquitos, a comida não era toda de vocês. Algumas são de outros acampamentos. Além disso — continuou o homúnculo alegremente —, esse camembert precisa de pelo menos uma semana para amadurecer. E esse vinho não está com cheiro nenhum. Como podem beber algo tão medíocre? Agora, se quiserem, tenho um maravilhoso Châteauneuf-du-Pape, cortesia de alguns

campistas de Montreal. — Levantou uma garrafa chique de vinho.
— Aqueles tinham ótimo gosto!

Yo-Yoji o interrompeu antes que pudesse começar a servir.

— Um, você tem outra coisa? Não gostamos muito de vinho.

O homúnculo pareceu espantado.

— Não tomam vinho?! Não me digam que são cervejeiros! Não imaginei que fossem tão rufiões.

Balançaram as cabeças.

— Também não bebemos cerveja — disse Max Ernesto.

— Ah, então gostam de coisas mais fortes — disse o homúnculo, aliviado. — Concordo, isso mesmo, para que brincar com coisas leves? Então, o que querem, vodca? Gim? Tenho um uísque muito bom.

Balançaram as cabeças.

— Tequila com limão? Não é a coisa mais fina, mas que seja, estamos acampando, certo?

Balançaram as cabeças.

— Uma gota de conhaque?

Balançaram as cabeças.

— Por que estão insultando minha hospitalidade desta maneira? — O homúnculo olhos para eles, incomodado.

— Somos *crianças*. Tomamos refrigerante, e coisas do tipo — disse Max Ernesto.

— Sabe o que tem em refrigerante? Açúcar e corante. E refrigerante diet? Pior ainda. Recuso-me a deixá-los destruírem seus corpos com refrigerante! — O homúnculo se levantou irritado.

Cass estava prestes a destacar que era um pouco de hipocrisia proibir refrigerante, quando a julgar pelos papéis de bala que viram comia um monte de doces, mas acabou pensando melhor.

Decidiram tomar água do lago (purificada com os tabletes que Cass tinha na mochila). Em seguida foram ao banquete de comidas roubadas. Ou melhor, o homúnculo foi. Os outros não estavam com muita fome.

Só o que podiam fazer era olhar para os cabelos grisalhos que cresciam do nariz e das orelhas da criatura — e evitar o hálito dele.

— Sinto muito que tenha tão pouco — disse o homúnculo, com a boca cheia de queijo.

Segurava uma linguiça queimada em uma mão, e uma coxinha grelhada em outra. Podia se parecer com um gato, mas comia como um tiranossauro rex.

— Tenho que me virar com o que encontro. Minha vida não é como antigamente. Os dias de banquete com o rei Henrique VIII já se foram...

— Você jantava com Henrique VIII? — perguntou Max Ernesto.

— Por assim dizer. Comia com os porcos.

— Então a história que lemos era verdadeira? Sobre escapar dos porcos com o bobo? — Cass perguntou ansiosa.

— Bem, não sei o que leram, tenho certeza de que as pessoas escrevem todo tipo de coisas a meu respeito. É o que acontece quando se é uma celebridade. Mas sim...

As crianças assistiram fascinadas enquanto ele sugava a medula de um osso de galinha com a velocidade de um raio, em seguida jogou o osso em uma pilha atrás de si.

— E o bobo, era mesmo um bobo? — perguntou Cass.

— Claro, por que não seria? Talvez não o mais engraçado, apesar de achar que era. Sabe o que se diz sobre rir das próprias piadas? Bem, ele nunca aprendeu.

— Sabia — disse Cass. — E o Lorde Faraó?
O homúnculo franziu o rosto.
— O que tem ele?
— Bem, a história dizia que vocês... se encontraram depois que fugiu. O que aconteceu?
— Eu o comi — disse o homúnculo, mordendo a linguiça.
As crianças não conseguiram conter as expressões de horror. Ele sorriu, com caldo de linguiça escorrendo pelo queixo.
— Ah, não se preocupem, cozinhei antes. Não sou bárbaro. Infelizmente para mim, ele não era mais um jovem, então não era muito macio. Mas mesmo carne velha não é ruim, se souber preparar da maneira correta. O segredo é queimar a carne antes, para reter os líquidos.
As crianças se remexeram nervosamente nos assentos de agulha de pinheiros.
— Qual é o problema? Carne é carne! Sabe o que dizem, tem gosto de galinha, certo? Mas, para ser sincero, parece mais com carne de porco...
— Não me importo com o gosto, jamais conseguiria comer uma pessoa. — Cass jogou a comida de lado como se fosse a pessoa em questão.
— Pensei que fosse uma sobrevivóloga! Jamais sobreviverá no mundo selvagem se for tão enjoada — disse o homúnculo. — Particularmente, consideraria uma honra ser comido, presumindo que já estivesse morto, é claro.
— Você *pode* morrer? — perguntou Yo-Yoji.
O homúnculo o olhou desconfiado.
— Por que quer saber?
— Ah, por nada — disse Yo-Yoji rapidamente. — Exceto que esses caras disseram que você tem quinhentos anos...

— Esqueceu de dizer que estou muito bem!

Cass retirou o Prisma do Som do bolso do casaco.

— Então, senhor Cara de Repolho, devo dar isso a você? É mais ou menos seu, suponho.

— Não, é seu. Mas por favor, poderia tocar a música? Faz tempo que não ouço tão de perto. Aliás, ninguém me chama no Prisma do Som há duzentos anos. O último foi um menino chamado Gilbert. Desculpem, *Sr.* Gilbert. Que moleque mimado!

Cass jogou a bola para o ar de um jeito dócil. Tocou a mesma música de sempre, mas era diferente com o Cara de Repolho ali.

Ouvindo, o homúnculo olhou para o chão, perdido no tempo.

Aquilo era uma lágrima no olho dele? Difícil ter certeza.

Teve que perguntar:

— Bem, então eu sou a... herdeira de direito?

— Claro que é — disse o homúnculo. — Soube que o Prisma do Som era seu assim que a vi.

— Soube? Como? — perguntou Cass, maravilhada.

— Essas orelhas pontudas. Iguais às do bobo. Qualquer um poderia ver a mais de um quilômetro de distância...

Cass sentiu as orelhas ruborizando com as palavras do homúnculo.

— O bobo? Sou descendente do bobo?

Não podia acreditar: mais alguém já tinha andado pela terra com suas orelhas grandes, pontudas e alvos de piada.

Tentou se lembrar de tudo que tinha lido a respeito do bobo e da maneira como ele havia salvado o homúnculo daquele mestre terrível. Podia ter o nome do deus dos ladrões, mas o bobo — Hermes — era um herói, e de algum jeito, alguma forma, era dela.

Quem, então, era a menina na certidão de nascimento, imaginou Cass repentinamente. Estava prestes a perguntar ao homúnculo quando percebeu que as informações dele estariam com duzentos anos de atraso. A resposta teria que esperar.

Max Ernesto apontou para o Prisma do Som.

— Sabe, o Sol da Meia-Noite está procurando por isso. Já roubaram uma vez.

— Ah. — A expressão do homúnculo escureceu. — Então continuam insistindo, não?

— Não sabia? Há pelo menos uma centena deles, além da Srta. Mauvais e do Dr. L. São os piores — disse Max Ernesto.

— Bem, não tenho saído muito. Só para comer às vezes...

Cass tocou as orelhas para ter a certeza de que tinham esfriado.

— Querem o Prisma do Som porque estão procurando por você.

— Não por mim. Pelo túmulo.

— Túmulo? — repetiu Yo-Yoji.

— O túmulo do Lorde Faraó. Onde acha que passei estes anos todos? Guardando-o. Por via das dúvidas.

— Por que querem encontrá-lo? Seria tão ruim assim se conseguissem? — perguntou Yo-Yoji.

— Ah, não sei... o fim do mundo é ruim? A destruição de tudo que valorizam?

— Por quê, o que tem lá dentro? — insistiu Yo-Yoji.

— Lixo. O lixo do Lorde Faraó. Os excrementos do mal.

— Está falando... — Max Ernesto enrubesceu. Do cocô dele?

— Não, apesar de, acredite em mim, isso ser horrível também! Quando pequeno, eu tinha que limpar os penicos dele. — O homúnculo balançou a cabeça para espantar a lembrança. — Não, me refiro aos restos do trabalho de alquimia. Enterrei tudo com ele, mas por mais que tenha tentado não consegui destruir. Seu poder nunca morre. Apenas apodrece.

— Então é como uma espécie de lixo nuclear? — perguntou Cass. — Como radiação?

— Quanto a isso não sei, mas se está dizendo.

— Precisa vir conosco. Podemos levá-lo até Pietro. Ele saberá o que fazer. É o líder da Sociedade Terces.

— Sociedade Terces? — O homúnculo riu.

— Claro. Por que não? Vão protegê-lo — falou Cass defensivamente.

— O que podem fazer? Bando de... *bibliotecários*! — pronunciou a palavra como se fosse um grave insulto. — Só guardando registros, como isso ajuda alguém?

Fez-se silêncio por um momento. As crianças encontraram dificuldades em defender a Sociedade Terces; afinal, não sabiam muito sobre ela.

Então Cass fez o que qualquer boa sobrevivóloga faria.

Improvisou.

— Bem, há também alguns *chefs* — disse Cass, enfatizando a última palavra.

— Chefs? — repetiu o homúnculo.

Yo-Yoji entrou na conversa.

— É, você precisava ver as refeições! São banquetes completos. Mais comida do que qualquer um pode comer...

— Duvido — zombou o homúnculo. Mas dava para perceber que tinham despertado o interesse dele.

— Bem, mais comida do que *nós* poderíamos comer — disse Max Ernesto, acompanhando. — Mas seria a quantidade certa para você. Toda a carne que quiser, e sempre cozinham bem. Tudo é muito suculento e delicioso! Bem, nem tudo. Apenas as coisas que têm suco natural, quero dizer, mas há muitas delas! Que tal isso?

— É, fazem costeletas assadas todos os dias, as melhores do mundo — disse Cass. Não sabia ao certo o que eram costeletas assadas, mas parecia algo que uma pessoa que comia com os porcos do rei gostaria.

— Hummm... — O homúnculo hesitou. — Talvez não seja má ideia dar uma olhada na Sociedade Terces afinal. Todo mundo que eu conhecia morreu há duzentos anos. Talvez a nova safra não seja tão inútil. Se sabem fazer uma boa costeleta assada, obviamente têm caráter.

— Ótimo! — disse Cass. — Não vai se arrepender.

— Espere, como vamos levá-lo sem que seus avôs vejam? — sussurrou Yo-Yoji.

— Hum, até amanhã pensamos em um jeito...

Cass examinou os arredores, como se a resposta pudesse estar escondida em meios aos ossos no chão.

CAPÍTULO DEZ
CARGA PESADA

Descer uma montanha, tenho certeza de que vai concordar, é quase sempre tão divertido quanto subir.

Para Max Ernesto, no entanto, a *descida do* Lago Sussurro era muito mais difícil do que a *subida ao* Lago Sussurro, porque agora a segunda mochila estava cheia.

Por sorte, como Max Ernesto havia destacado mais cedo, a mochila tinha rodas, então podia arrastá-la. O problema era: sempre que a descida se tornava íngreme demais, o peso da mochila o empurrava para a frente, montanha abaixo. Duas vezes, caiu de cara no chão; apesar de até agora não ter sofrido nada pior do que um arranhão e um hematoma.

A terceira queda pareceu particularmente dolorosa.

— Ai! / Ui!

— Você está bem? — perguntou vovô Larry enquanto Max Ernesto se levantava do chão. — Essa pareceu feia.

— Sim, estou bem — disse Max Ernesto, mas ao mesmo tempo parecia estar gritando "Ummph! Ugghh!"

— Tem certeza? Você parece estar com cem anos de idade de repente...

— Só está com uma tosse ou coisa parecida — disse Cass, se colocando entre os dois.

Max Ernesto forçou um sorriso enquanto continuava a gemer baixinho.

— É, isso. Sério, estou bem!

Vovô Larry olhou desconfiado para Max Ernesto.

— Tudo bem, mas se estiver sentindo qualquer dor, temos um kit de primeiros socorros. Não quero me encrencar com seus pais quando chegarmos em casa. Sempre ouço o suficiente da mãe de Cass, certo, Cass?

— Certo — disse Cass. Discretamente, ela deu um pequeno chute na mochila e o gemido cessou.

— O que tem aí dentro? — perguntou vovô Wayne, alcançando-os. — Parece um pouco pesada.

— Ah, só um pouco de lixo — intrometeu-se Yo-Yoji, que estava um pouco à frente. — Sabe o que dizem, tire apenas fotos, deixe somente pegadas!

Com o comentário sobre o lixo, um resmungo de protesto veio da mochila. As crianças contiveram as risadas.

Vovô Larry sorriu, sem ouvir.

— Ah. Grandes cidadãos da natureza!

— Devemos apenas ficar satisfeitos por Max Ernesto ter pensado em trazer uma mochila extra — disse Yo-Yoji. — Definitivamente útil.

Lançou um sorriso de desculpas a Max Ernesto antes de continuar a conduzi-los pela trilha.

— Estou com fome!

Após a trilha, andar na traseira da picape de Wayne foi um verdadeiro luxo. Deitaram sobre as mochilas, com os pés para cima, longe do alcance dos olhos da patrulha rodoviária.

Mas tinham outro assunto com que se ocupar:

— Estou com fome!

Um homúnculo faminto, caso jamais tenha encontrado um, é irritável e combativo, se não perigoso.

Até, e talvez particularmente, quando está preso em uma mochila.

As crianças não o deixaram sair; tinham medo que os avôs de Cass conseguissem vê-lo pelo retrovisor da cabine da picape. Mas abriram a mochila o suficiente para que ele pudesse comer.

Nos primeiros cinco minutos de estrada, o homúnculo chamado Cara de Repolho (mas agora secretamente conhecido pelas crianças como Sr. glutão) devorou um saco de bifinhos, os restos do mix de Cass, e uma maçã velha que estava no fundo da mochila de Yo-Yoji, de uma viagem prévia.

Quando continuou reclamando que estava com fome, Max Ernesto ofereceu um pacote de chicletes. O homúnculo engoliu cada tablete em uma rápida sequência.

— Sabe, dizem que chiclete fica preso nas costelas para sempre — disse Max Ernesto.

— É, bem, dizem muitas coisas, não dizem? E não muitas delas se aplicam a alguém que tem quinhentos anos de idade e foi feito em uma garrafa! Agora, o que mais têm para comer?

— Nada! — disse Cass, que estava se cansando dos pedidos incessantes.

— Ah, é? Você tem dez dedos nas mãos e dez nos pés, não? Sem falar nessas orelhas. Um pouco duras no topo, mas os lóbulos parecem macios...

Todos presumiram que ele estivesse brincando, mas todos fecharam os dedos da mão e contraíram os do pé por via das dúvidas. E Cass abaixou o chapéu a fim de se proteger.

— Isso, escondam os dedinhos! — pigarreou o homúnculo. — Vejam se isso me impede de mastigar através das botas.

— Onde ele armazena tudo? — se perguntaram as crianças, mais de uma vez. — E para onde vai?

A resposta à última pergunta logo se tornou clara; o homúnculo solicitava paradas para banheiro com a mesma frequência em que pedia comida.

Para explicar a constante necessidade de parar, Cass explicou aos avôs que Max Ernesto estava com "problemas estomacais". Se Larry e Wayne acharam estranho Max Ernesto sempre levar uma mochila ao banheiro, não disseram nada. Afinal de contas, já tinham visto como ele tinha medo de banheiros químicos.

— É mais ou menos como ter que tomar conta de Sebastian — sussurrou Cass para Max Ernesto quando a picape voltou para a estrada após uma parada particularmente longa.

— Quem é esse? — perguntou Yo-Yoji.

— O cachorro dos avôs dela — disse Max Ernesto.

O homúnculo colocou a cabeça para fora da mochila.

— Ah, é? Que raça? Adoro cachorro!

— É um basset hound.

— Ah. Nada mal. Pernas curtas. Dá para cozinhá-las como se fossem asinhas de...

— Ele é velho e usa fralda, tenho certeza de que tem um gosto muito, muito ruim — disse Cass. — Então não me venha com ideias!

— Ótimo, não só não têm mais comida para mim, mas não me deixam nem *pensar* em comer! São muito engraçadinhos!

Praguejando, o homúnculo colocou a cabeça de volta na mochila.

Cass se recompôs para tratar do último assunto de negócios que tinha que resolver antes de voltarem para casa:

— Então, Yo-Yoji, espero que não se importe, mas não acho uma boa ideia você ir até o Museu da Magia.

— Ah, qual é, agora que voltamos vai agir como se eu não tivesse ido com vocês? — Yo-Yoji chutou a lateral do caminhão, frustrado.

— Podemos nos encrencar...

— Não se preocupe, sou ótimo com adultos. Além disso, vocês *têm* que contar a meu respeito, sei o Segredo.

Cass olhou para Max Ernesto. Ele deu de ombros: Yo-Yoji tinha um bom argumento.

Além dele, montanhas roxas se afastavam na neblina.

CAPÍTULO NOVE
ENQUANTO ISSO

---

* *Enquanto isso?* Realmente escrevi *enquanto isso? Enquanto isso* está para a escrita assim como *hum* está para a fala. Serve para preencher espaços. Um sinal de que alguém não sabe o que dizer, ou como dizer. *Enquanto isso* pertence a um grupo de expressões como *por outro lado* — algo que um bom escritor jamais deveria utilizar. Por outro lado, existe alguma coisa em *enquanto isso* de que gosto bastante — principalmente quando é seguido por uma elipse, por exemplo: *enquanto isso...* Consegue ouvir o tom de ameaça? Aquele senso de oh-oh, logo quando achou que fosse seguro voltar para a água...

A escuna do Sol da Meia-Noite ancorou novamente, desta vez em um porto mais digno de um navio luxuoso do que a velha doca onde o vimos pela última vez.

Por todos os lados havia iates enormes e impressionantes; as mansões flutuantes dos ricos e poderosos.

E no convés do *Sol da Meia-Noite* havia uma menina muito impressionada — porém não enorme.

Amber, temo dizer, parecia bastante afrontada diante do novo ambiente. Na escola, onde todos a conheciam como a menina mais simpática e terceira mais bonita, Amber parecia gigante aos olhos dos colegas e até dos professores. Aqui na água, sem credenciais, parecia uma mera coisinha; praticamente se acovardava na presença das heroínas gêmeas, as irmãs Skelton, enquanto as conhecia pessoalmente pela primeira vez.

Claro, o convite tinha sido uma honra e tanto. As mensagens de texto secretas que vinha recebendo desde que ganhara o telefone celular rosa **twin♥hearts**™ já eram incríveis o suficiente. Mas desta vez Romi (ou Montana? não ousou perguntar) tinha ligado *pessoalmente*!

Amber fez os pais levarem-na correndo para o navio, no qual embarcou vestindo todas as últimas roupas da coleção **twin♥hearts**™ e em um estado de felicidade que só posso comparar a... Bem, não sei a que comparar (talvez a alegria que você sente ao encontrar um autor de livros, sugeriu com modéstia).

Mas qual irmã era qual?

Mesmo Amber, que tinha visto todos os DVDs **twin♥hearts**™ das irmãs Skelton já produzidos, e que tinha escutado todos os CDs **twin♥hearts**™ das irmãs Skelton, e que tinha lido todas as edições já lançadas da revista **twin♥hearts**™, mesmo Amber tinha dificuldades em diferenciar Romi e Montana.

Assim que receberam Amber a bordo e garantiram aos pais que estaria segura com elas durante uma hora ("vamos tratá-la como se fosse nossa própria irmã"), uma das irmãs — a mais rosa; *acho* que era Montana — entregou (ou melhor, quase derrubou) um presente para a jovem visitante com a mão coberta por luva.

— Uau, obrigada! Ele é tãããããão fofo!

Tremendo de nervoso, Amber pegou a criaturinha de Montana (ou era Romi?). Parecia, Amber não pode deixar de notar, com o monstro de meia de Cass, exceto que era rosa, brilhante e vinha com uma coleira cheia de bijuterias que poderia usar como pulseira (e aposto que não tinha sido feito por uma sobrevivóloga, mas manufaturado com trabalho infantil em Sri Lanka).

Também tinha uma etiqueta grande com as palavras:

> **barata♥meia®**
> um original **twin♥**™ **inc.**
> por romi e montana

— Vêm em doze cores, além de arco-íris — disse Montana (ou seria Romi?). — Se fizer tudo que dissermos, te daremos um de cada, antes mesmo de chegarem às lojas!

— Sério? Seria incrível! — disse Amber, prendendo a **barata ♥meia®** no pulso.

Para não ser ultrapassada, Romi (ou seria Montana?) tirou um bolinho em forma de coração de uma caixa rosa.

— Aqui, coma isso, é da nossa nova linha de padarias **twin ♥hearts**™! — disse, desenhando o coração e a logomarca no ar com o dedo.

Montana (ou seria Romi?) se engasgou.

— Não! Não dê isso a ela, é gorda demais!

Amber olhou para a barriga alarmada, ninguém jamais havia lhe chamado de gorda.

— Ah, é só gordurinha infantil — disse Romi (ou seria Montana?). Cheirou o bolinho com uma expressão de encanto. Em seguida o colocou embaixo do nariz de Amber. — Não tem um cheiro bom? Aqui, coma!

— Não, não coma! — disse Montana (ou seria Romi?), puxando o braço de Romi (ou seria de Montana?) para longe de Amber. — Ela vai virar uma *porca*!

— Não seja boba, coma! — disse Romi (ou seria Montana?), colocando o bolinho embaixo do nariz de Amber.

— Não! — Montana (ou seria Romi?) puxou o braço de Amber para mantê-la longe da irmã. — Pense *oinc! Estou virando uma porca!* É o que faço sempre que estou prestes a comer alguma coisa. É, tipo, meu mantra anticomida.

— Vamos, um bolinho nunca matou ninguém... coma! — Romi (ou seria Montana?) puxou o outro braço de Amber para aproximá-la do bolinho.

— Oinc! — Montana (ou seria Romi?) puxou o outro braço outra vez.

— Coma! — Romi (ou seria Montana?) puxou de volta.

— Oinc! — Puxada.

— Coma! — Puxada.

— Oinc, quero dizer, aiii... parem! — disse Amber, cujo rosto, avermelhado de dor, estava começando a parecer definitivamente suíno.

Mas as irmãs, envolvidas na própria batalha, ignoraram o grito.

— Oinc! — Puxada.

— Coma! — Puxada.

— Oinc! — Desta vez, em vez de puxar, Montana (ou seria Romi?) agarrou o bolinho, mas não a tempo de impedir que Romi (ou seria Montana?) enfiasse o bolo na boca indefesa de Amber.

Enquanto Amber, aliviada, mastigava, as duas irmãs esqueléticas se calaram e a encararam como lobos famintos mirando uma galinha gorducha. Ninguém assistindo teria se surpreendido se elas avançassem e enterrassem os dentes no pescoço da menina.

— Delicioso, não querem um pouco? — perguntou Amber, com a boca cheia.

— NÃO! — gritaram as duas em uníssono.

— Está *brincando?!* — perguntou Romi (ou seria Montana?).

— Nós *não comemos*! — disse Montana (ou seria Romi?), como se a simples ideia fosse absurda.

— Só gostamos de assistir — disse Romi (ou seria Montana?).

— Aqui, quer mais um? — perguntou Montana (ou seria Romi?), pegando outro bolinho na caixa.

Seus olhos brilharam, parecia ter se esquecido de todos os medos em relação a Amber engordar.

— Meninas, se controlem! Esqueceram-se de por que estamos aqui?

A Srta. Mauvais emergiu no convés da cabine abaixo. Não mais com roupas náuticas, mas resplandecente em ouro e iluminou os arredores como se fosse uma espécie de farol humano.

— Você deve ser Amber — disse, encarando a menina com os olhos azuis gelados. — Sou a Srta. Mauvais. Ouvi falar muito em você.

Como se estivesse possuída, Amber se ajoelhou para curvar-se diante dela.

— Sinceramente, querida, não é necessário. — A Srta. Mauvais gesticulou despachando-a com a mão coberta por uma luva dourada.

— Você é... uma rainha? — perguntou Amber, tremendo.

— Há! Não, não... no momento. — A Srta. Mauvais emitiu um ruído frio e tilintado que pode ter sido uma risada. — Mas é muito perceptiva, algo me diz que vai longe.

Deu um passo à frente e afagou a cabeça de Amber, como se estivesse recompensando um cachorrinho.

— Tenho uma função muito especial para você, Amber... Gostaria de ir a um show?

CAPÍTULO OITO
UMA MANEIRA EDUCADA DE DIZER ESTRANHO

Desde o começo havia uma falha no plano de Cass: como chegar ao Museu da Magia depois de voltar para casa? Os pais dos envolvidos jamais permitiriam que saíssem logo depois de terem voltado.

Por sorte, a mãe de Cass tinha decidido fazer uma visita à irmã enquanto a filha estava fora (basicamente, pensou Cass, para ter uma desculpa para deixar Sebastian em um canil durante o fim de semana), então a casa estava vazia quando os avôs de Cass deixaram os jovens campistas.

A mãe de Cass não chegariam em menos de duas horas. Tempo o suficiente para ir até o Museu da Magia e voltar. Max Ernesto e Yo-Yoji podiam ligar para os pais quando voltassem para a casa de Cass, fingindo que tinham acabado de chegar da montanha.

— Tchau! / Valeu! / Até mais tarde!

Acenaram, se despedindo, e esperaram para ouvir a picape do vovô Wayne desaparecer na estrada. Depois saíram, deixando todas as mochilas, exceto uma, a que se mexia sozinha.

— Ônibus normais também não possuem cintos — notou Max Ernesto quando embarcaram. — Por que será?

— Engraçado, me sinto totalmente preso, mesmo sem cinto de segurança — disse uma voz abafada. — Sabem, só porque alguém passa a maior parte da vida no subterrâneo, isso não quer dizer que goste de passar horas e horas enfiado em uma mochila!

— Shh — disse Cass. — Só falta um pouco.

— Ei, olhe para ela — sussurrou Yo-Yoji, apontando para uma mulher relativamente corpulenta (que é uma maneira educada de dizer *gorda*) e hirsuta (que é uma maneira educada de dizer *barbada*) sentada no ônibus.

— Não aponte, é falta de educação — disse Cass.

Mas os três tiveram dificuldades em resistir a olhar a Mulher Barbada. Aliás, sempre que algum deles acidentalmente a olhava nos olhos, ela dava uma piscadela como se estivesse acostumada a ser encarada — e não se importava nem um pouco.

Quando entraram no segundo ônibus, nossos amigos se esforçaram ainda mais para não encarar.

Na frente, atrás do motorista, havia duas pessoas pequenas (que é uma maneira educada de dizer *anões*), um homem e uma mulher, trajando um smoking e um vestido de gala, respectivamente.

Atrás deles havia um homem que parecia perfeitamente normal, exceto que as mangas da blusa se penduravam bem soltas (que é uma maneira educada de dizer que *ele não tinha braços*). Quando a Mulher Barbada entrou no ônibus, o Homem Sem Braço sorriu e acenou o pé descalço, que ela apertou exatamente como se apertaria uma mão.

Assustadoramente (ou seria apenas coincidência?), quando Cass, Max Ernesto e Yo-Yoji se transferiram para o próximo ônibus, o mesmo fez este grupo heterogêneo de cidadãos.

— Estão nos seguindo? — sussurrou Max Ernesto, tenso.

— Não sei, aja... com naturalidade — sussurrou Cass.

Yo-Yoji riu.

— Pois sim.

Neste, o terceiro e último ônibus, se juntaram a outros diversos passageiros únicos (que é uma maneira educada de dizer *peculiares*), incluindo três comediantes com roupas alegres (que é uma maneira educada de dizer *palhaços*) e um homem forte (que é uma maneira educada de dizer *careca, bigodudo, e vestindo uma malha com estampa de leopardo*).

— Parece que o circo está chegando na cidade. Não deveriam estar em um trem ou coisa parecida? — sussurrou Max Ernesto, pensando nas fotos que tinham visto na parede do Museu da Magia.

— Para onde acham que estão indo? — perguntou Yo-Yoji.

Não tiveram que esperar muito por uma resposta.

Assim que saltaram do ônibus, se viram no meio de uma multidão de circenses (que é uma maneira *des*educada de se referir a *funcionários e artistas de circo*) se movimentando em massa na direção do Museu da Magia.

Sobre a entrada do Museu uma faixa brilhante se pendurava:

REUNIÃO DO CIRCO VIAJANTE DOS VELHOS TEMPOS
BEM-VINDOS, AMIGOS ESQUISITOS E CAMARADAS EXCÊNTRICOS!

— Ei! Será que vocês podia pegar um pouquinho mais leve comigo? — perguntou o homúnculo de dentro da mochila ao descerem pelas escadas que conduziam à entrada do museu. — E por que não estou sentindo cheiro de costeleta assada? Têm certeza de que este é o lugar certo?

— Ainda não entramos — disse Cass. — Apenas fique quieto até tirarmos você daí...

A multidão havia se reunido no salão que abrigava a coleção de autômatos — que, verdade seja dita, parecia comparativamente inofensiva diante de alguns dos novos habitantes do museu.

No canto da sala havia um homem muito velhinho (que, neste caso, é uma maneira educada de dizer *trêmulo*) com uma cartola, um casaco vermelho e segurando um grande circulo e um chicote

— um Domador de Leões? Ao lado dele um homem com joias (que é uma maneira educada de dizer *cheio de piercings*) e completamente ilustrado (que é uma maneira educada de dizer *tatuado até os olhos*) fazendo malabarismo com pinos de boliche.

Atrás deles, Pietro — agora com uma gravata em vez do avental de carpinteiro — sentava-se em uma elevação, sorrindo ao ver tantos velhos amigos. O Sr. Wallace estava do lado, com uma expressão triste no rosto.

O Domador de Leões se pronunciou, trêmulo, em um megafone em forma de cone:

— Olá, queridos amigos! Nosso estimado colega, Pietro, nos trouxe aqui... porque... porque... — A voz falhou enquanto tentava se lembrar. — Porque quer que todos nós... que todos nós façamos um espetáculo de reunião, é isso! — Coçou o lado da cabeça.
—Estranho chamar assim, no entanto, considerando que nos apresentamos ontem à noite...

— Quero dizer ontem à noite há cinquenta anos! — corrigiu o Homem Ilustrado, jogando os pinos de boliche na multidão. O Homem Forte os pegou e começou a fazer malabarismo sem perder um segundo.

O Homem Ilustrado pegou o megafone:

— Vamos, mostremos ao mundo como era o Circo antes de se tornar apenas mais uma maneira de lucrar com quartos de hotéis em Las Vegas!

Os circenses vibraram. "Isso aí!", "Viva o Ballyhoo!", "Vegas é uma droga!", "Vida longa ao Circo!".

— Somos esquisitos e diferentes e não vamos sair quietos! — gritou o Homem Ilustrado. — Somos malucos e temos orgulho de ser!

250

Mais vibrações. "Dá-lhe Esquisitos!", "Isso, Malucos!", "Abaixo os normais!".

Nossos jovens heróis observaram do meio da multidão, presos entre um autômato jogador de xadrez e um palhaço com grandes bigodes e roupa de vagabundo. Estavam tentando chegar ao *Portal para o Invisível*, mas estava apertado demais.

— Nada de petiscos nesta reunião, hein? — perguntou o palhaço em voz alta. — O que estão pensando? Um cara precisa comer!

— Hum, hã... — Cass entrou em pânico.

As três crianças olharam simultaneamente para a mochila de Max Ernesto. Mas o homúnculo não parecia estar ouvindo.

— Com licença, se importam em vir comigo? — chamou Lily do outro lado da sala.

Cass se preparou emocionalmente enquanto se espremiam pela multidão: era o momento que temia.

— Oi, Lily — disse Cass quando chegaram a ela. — Este é nosso amigo, ele tem, hum, ajudado a gente. — Apontou nervosa para Yo-Yoji.

Lily assentiu.

— Oi, Yoji. Quanto tempo.

Enquanto Cass e Max Ernesto ficavam boquiabertos de espanto, Yo-Yoji se curvou o máximo que podia naquela sala lotada.

— Mestre Wei.

— Tem treinado, imagino?

Yo-Yoji balançou a cabeça, tímido.

— Só, hum, no violão.

Lily olhou para ele claramente desapontada.

— Sabe o que meu pai sempre disse...

— A prática leva ao controle, eu sei. Desculpe.

Surpresos, aliviados, e profundamente confusos, Cass e Max Ernesto olharam de um para o outro e para o menino que julgavam conhecer.

— Yoji era um dos meus alunos mais talentosos. Parecia natural pedir que ele ajudasse com a nossa causa — explicou Lily alguns minutos depois. — Espero que tenha sido mais responsável em relação às obrigações Terces do que foi com o violino.

Estavam todos pisando em cima de serragem na oficina do porão, no momento a salvo da multidão no segundo andar. Era o mesmo grupo da última vez, somando Yo-Yoji e subtraindo Owen, que estava fora tratando de assuntos secretos da Sociedade Terces.

— Bem, encontramos o homúnculo, não encontramos? — disse Yo-Yoji, sem conseguir resistir se defender.

Pietro sorriu para as crianças.

— Vocês todos se saíram melhor do que eu ousava esperar. Se todos os meus projetos corressem tão bem... — Apontou para o velho vaso de árvore totalmente desmontado sobre a mesa diante dele.

As orelhas de Cass enrubesceram de orgulho. A notícia sobre Yo-Yoji foi desconcertante — muito —, mas as palavras de Pietro foram exatamente o que ela esperava.

— Não acreditava que fosse possível, mas o encontramos, ele existe! Que tal isso? — disse Max Ernesto, animado.

— Então onde está o homúnculo agora? — perguntou Lily para eles.

— Ele está aqui. Trouxemos conosco — disse Cass.

Os adultos olharam alarmados para as crianças.

— Não entendo, onde ele está? — perguntou o senhor Wallace, olhando em volta ansiosamente como se o homúnculo estivesse trancado em um dos armários de mágica. — Uma criatura como essa... ele é perigoso. Algo do mal. Vocês o amarraram?

— Ele não é assim — disse Cass. — É legal, depois que o conhece.

— Exceto por ser um canibal — disse Max Ernesto.

— Mas não de um jeito ruim — disse Cass. — Aqui, conheçam pessoalmente...

Cass cutucou Max Ernesto, que se ajoelhou para abrir a mochila, apenas para encontrar...

— Hum, Sr. Cara de Repolho?

A mochila já estava aberta.

O homúnculo não estava lá.

CAPÍTULO SETE
UMA ESPIÃ NOS ARBUSTOS

Tentaram a cozinha do museu em primeiro lugar. E logo viram que o homúnculo tinha passado por lá —, mas fora embora, desgostoso.

A cozinha parecia não ver uma refeição há anos; estava sendo utilizada para armazenar materiais de escritório. O mais próximo de comida que havia era um pacote de pipoca para micro-ondas que o homúnculo havia aberto para em seguida espalhar os grãos sem preparar, como se dissesse "não quero esta porcaria!".

Em seguida, tentaram a reunião no andar superior.

Cass se arrastou por baixo das pernas das pessoas, torcendo para encontrar uma trilha de restos de milho, senão ossos, mas sem sorte.

Max Ernesto pensou ter visto o homúnculo escorregar para o *Portal para o Invisível*, apenas para ver os anões saindo um segundo depois.

— Não é muito difícil para ele desaparecer nesta multidão — comentou Yo-Yoji, olhando para o mar de circenses, metade deles parecendo tão estranhos quanto o homúnculo.

— Bem, você saberia melhor que a gente — resmungou Cass.

— Na verdade, não. Só encontrei esses caras uma vez antes. Basicamente, sei tanto quanto vocês.

Cass parecia cética.

— Sério, nem sabia nada sobre o homúnculo antes de vocês me contarem.

— É, porque você já *tinha* uma missão — disse Cass com frieza. — A gente.

— Só não contei para vocês porque eles me proibiram! E...

— Que seja. Não importa.

— O que importa é que perdemos um comedor de gente de quinhentos anos de idade e sessenta centímetros de altura, e não fazemos ideia de onde esteja! — disse Max Ernesto, que estava tendo problemas com a lógica, que dirá no sentimento por trás da conversa. Desistindo, desceram novamente.

— Será que o Sol da Meia-Noite pode ter pego o homúnculo? — perguntou Lily, enquanto se recuperavam na oficina. — Se o Dr. L ou a Srta. Mauvais tivessem vindo aqui, não teríamos visto? Talvez um funcionário deles...?

— Acho que ele só estava com fome — murmurou Cass.

As crianças estavam se sentindo péssimas. As três estavam pensando a mesma coisa: que ele tinha ido embora porque tinham mentido sobre a comida no museu.

Cass continuou se martirizando por ter dito que ele comeria costeletas assadas. Por que não pensou no que aconteceria quando chegassem? Achava que Pietro fosse produzir uma costeleta do nada?

Pietro não disse nenhuma palavra cruel. Mas isso só piorava as coisas.

Se tivesse expressado qualquer irritação, nossos jovens heróis poderiam ter se defendido. Afinal de contas, haviam trazido o homúnculo ao museu. À oficina, até. Como poderiam saber que ele escaparia bem debaixo dos narizes de todos?

Mas, em vez de brigar com eles, Pietro tentou esconder a preocupação. Até mostrou um rápido truque de cartas a Max Ernesto antes de eles irem para casa[*].

Estavam sendo tratados como crianças, e sabiam disso. Não houve discussão sobre o Juramento de Terces. Nenhuma conversa sobre futuras missões.

---

[*] Envolvia embaralhar tudo de forma bem desordenada, apenas para revelar as cartas arrumadinhas no final. Normalmente, um truque divertido (talvez eu lhe ensine um dia). Mas, para falar a verdade, não foi muito empolgante naquele momento.

O senhor Wallace não falou "eu bem que avisei", mas não era preciso ler mentes para saber o que ele estava pensando.

— E o Prisma do Som, não deveriam deixá-lo conosco? Acho que seria mais seguro — disse.

— Mas é dela, ela é a herdeira — lembrou Lily.

Continuaram debatendo como se Cass não estivesse presente até Pietro finalmente decidir que seria melhor que ela guardasse o Prisma do Som.

— Não sabemos muito sobre esse objeto. Talvez o Prisma do Som não goste de ficar em mãos estranhas.

Mas antes de saírem, ele fez as crianças prometerem que não procurariam o homúnculo.

— É arriscado demais — disse. — Disso temos certeza.

Durante noites após o ocorrido, Cass dormiu com o Prisma do Som embaixo do travesseiro, ao lado do monstro de meia ressuscitado. Estava com medo até de enterrá-lo no quintal.

Nem preciso dizer que ela não dormiu muito bem.

O Prisma do Som sussurrou para ela nos sonhos, parecendo dar vozes a pessoas, animais e objetos inanimados indiscriminadamente. Todos a assombrando por falhar com a Sociedade Terces. Por falhar com Pietro. Cada cachorro latindo ria dela. Cada carro buzinando caçoava.

E se diz sobrevivóloga!, diziam. *Não consegue nem manter um homúnculo em uma mochila.*

Cass estava convencida de que o Prisma do Som queria que ela chamasse o homúnculo novamente. Ou pelo menos que o Prisma do Som iria enlouquecê-la se *não* o fizesse. Mas resistiu. Se não podia salvar o mundo, ao menos poderia provar a Pietro que conseguia cumprir com a palavra.

Uma noite, acordou de um sono particularmente perturbado. Um ruído sussurrado vinha de baixo do travesseiro.

A princípio, não pensou muito a respeito; estava se acostumando aos barulhos estranhos e não identificados. Mas quando colocou o Prisma do Som no ouvido teve a certeza de que o barulho que estava captando vinha do quintal.

Um animal, talvez? Um gato? Não, alguma coisa maior... o homúnculo? Será que o próprio senhor Cara de Repolho estava procurando por ela?

Desceu nas pontas dos pés e saiu para o jardim com a calça do pijama e a camiseta preferida dos Amigos das Árvores.

Apesar de estar segurando o Prisma do Som, não ouviu mais o sussurro ou qualquer outro som. Por um segundo achou que tivesse ouvido alguma espécie de batuque, em seguida percebeu que eram os próprios batimentos cardíacos sendo transmitidos pelo Prisma do Som.

Lentamente, Cass circulou o quintal, tentando enxergar na escuridão.

— Sr. Cara de Repolho?

Esperou alguns minutos, se abraçando para se proteger do frio. Mas não obteve resposta.

No entanto, tinha certeza de que alguém ou alguma coisa tinha estado ali.

Naturalmente, pensou na Srta. Mauvais e no Dr. L, mas eles não já teriam entrado sorrateiramente para procurar o Prisma do Som, sequestrá-la ou fazer qualquer coisa horrível que fossem fazer?

Talvez o homúnculo tivesse vindo, depois mudado de ideia, ou achado que estava na casa errada?

Havia uma maneira de saber com certeza: se o chamasse pelo Prisma do Som, teria que vir.

É verdade, Cass havia prometido que não procuraria por ele, mas esta situação era claramente diferente. E tentaria um lançamento pequeno e curto, uma chamada pequena e curta. Audível somente se ele estivesse por perto.

Cass olhou para casa para se certificar de que nenhuma luz havia se acendido e de que a mãe continuava dormindo. Em seguida se colocou no meio do quintal e jogou o Prisma do Som para o ar.

A bola subiu um pouco mais do que ela pretendera, mas não tão alto para que a canção atravessasse o mundo. Fazia tempo desde que ouvira pela última vez, e a música misteriosa era estranhamente confortante.

Quase imediatamente, ouviu o barulho sussurrado. Com todos os sentidos em alerta, examinou os arredores em busca de um sinal do homúnculo. Certamente iria aparecer agora? Ou ainda estava bravo demais com ela?

Viu um brilho de luz nos arbustos atrás do Cemitério de Barbies...

— Sr. Cara de Repolho? — sussurrou de novo.

Quando chegou ao local, o que quer que fosse, ou quem quer que fosse, não estava mais lá.

Enquanto uma Cass fria e infeliz subia novamente as escadas para o quarto, uma Amber presunçosa e sorridente descia correndo a rua da casa de Cass.

Estava segurando o celular rosa cintilante no alto como um troféu. E com bons motivos. No aparelho tinha a música recém-gravada do Prisma do Som.

A Srta. Mauvais ia ficar muito contente.

CAPÍTULO SEIS

UMA PIADA
UMA JANELA
DE BANHEIRO
UMA PROPOSTA
DIGNA DE VÔMITO
AS IRMÃS SKELTON
AO VIVO

IV

Max Ernesto tirou os dois canudos da boca e repousou as duas caixas de suco. Menos de duas semanas haviam se passado desde o desastre no museu, mas ele parecia muito contente.

— Que tal essa...? — Olhou para os companheiros de almoço para se certificar de que tinha a atenção de todos. Toc-toc...

— Quem é? — perguntou Yo-Yoji, no espírito da brincadeira.

— Eu.

— Hum, "eu" quem?

— Não, essa é a resposta.

— Só "eu"?

Max Ernesto assentiu.

— Li que uma piada é quando você espera uma coisa, em seguida outra acontece. Bem, em uma piada de toc-toc você sempre pensa que vai haver uma piada depois que diz "quem é?". E eu pensei que se não houvesse piada, isso seria uma piada com a piada?

— Não sei — disse Yo-Yoji, rindo. — Ou essa foi a piada mais idiota que já ouvi ou a mais profunda.

— Pensei em usá-la no meu número de Magimédia no show de talentos; é assim que vou chamar minha apresentação de magia e comédia. Que tal isso?

Yo-Yoji sorriu.

— Você vai detonar, cara!

— *Detonar*? — Max Ernesto parecia alarmado.

— Significa que vai arrasar no show de talento. É um elogio.

Cass revirou os olhos. Sabia que deveria ficar contente com a amizade crescente (ou seria uma trégua temporária?) entre Max Ernesto e Yo-Yoji; em vez disso, achava cansativa.

Jamais disse abertamente o que temia: que Yo-Yoji nunca tivesse gostado deles — dela — e que só tinha firmado uma amizade por obrigação. Mas a depender dela, Yo-Yoji ainda estava sob teste — e estaria por um bom tempo.

Enquanto Yo-Yoji e Max Ernesto continuavam a discutir planos para o show de talentos, Amber e Verônica vieram na direção da mesa deles, olhando rapidamente para Yo-Yoji, rindo, e desviando o olhar em seguida.

Cass ficou de queixo caído: algo realmente perturbador estava pendurado no pulso de Amber.

— Aquele é o seu monstro de meia? — perguntou Max Ernesto, horrorizado.

— Não, é uma cópia... eu acho — disse Cass, furiosa e mais do que um pouquinho incomodada.

— Mas como...?

Cass não podia evitar, tinha que saber.

— Ei, Amber — perguntou, tremendo um pouco —, onde conseguiu isso?

— Ah, você gostou? — perguntou Amber, doce como sempre, parando à mesa deles. — Não posso dizer de onde veio, mas está escrito Twin Hearts nele, e isso quer dizer irmãs Skelton... Oops! — Colocou a mão na boca. — Quase deixei escapar o segredo...! Então, estava acabando de contar para Verônica, tenho seis ingressos para o show de amanhã à noite, que está totalmente esgotado, por sinal. Vão me deixar subir no palco, acreditam? Querem ir? Não que eu possa levar todo mundo. Já tenho uma fila de espera de trinta pessoas, mas posso colocá-los na lista. Vou decidir para quem dar hoje mais tarde, me baseando em um monte de coisas. Não posso dizer o quê, porque não quero que ninguém trapaceie. — Parecia estar falando com todos eles, mas estava olhando para Yo-Yoji.

— Na verdade, eu meio que acho as duas péssimas — respondeu ele. — Então... não, obrigado.

— Bem, desculpe-me por ser gentil — disse Amber, magoada.

— Falei que ele era um grosso — disse Verônica.

— Vamos — disse Amber.

Cass as viu se afastando, ambas balançando os cabelos como se fossem meninas em uma propaganda de xampu. Por que tinha dificuldades em dizer não para Amber?, se perguntou.

E mais importante...

— Ei, pessoal, por que vocês acham que as irmãs Skelton vão deixá-la subir no palco? Não acham estranho? E deram todos estes convites para ela...

— O papaizinho provavelmente as subornou — disse Yo-Yoji.

— Ela é rica?

— Não sei. Acho que não é isso — disse Cass. Ao longe podia ver Amber e Verônica desaparecendo no banheiro das meninas. — Já volto.

Levantou-se, puxando o capuz do casaco sobre a cabeça. Checando para certificar-se de que ninguém estava olhando, tirou o Prisma do Som da mochila e o escondeu sob o capuz atrás da orelha grande direita.

A janela do banheiro das meninas era pequena e localizada no alto da parede; normalmente não seria possível ouvir uma conversa acontecendo dentro do banheiro se estivesse do lado de fora. Mas com o Prisma do Som, Cass conseguia ouvir Amber e Verônica conversando tão claramente como se estivesse ao lado das duas...

— Não é possível, cara! — disse Yo-Yoji para Cass depois que ela voltou. — Esqueça! Prefiro comer vômito.

— Concordo, esta é a pior ideia que já teve na vida — opinou Max Ernesto, repousando os dois sanduíches de patê. — Tem certeza de que não está tendo um surto psicótico?

O quê, você deve estar perguntando, poderia gerar reações tão extremas?

Simples: a proposta de Cass de que fossem ao show das irmãs Skelton no dia seguinte.

— Temos que ir — insistiu, tirando o capuz e guardando o Prisma do Som de volta na mochila. — Amber é, tipo, do Sol da Meia-Noite agora. Bem, talvez não esteja exatamente *dentro* dentro ainda, mas esteve no barco, e a Srta. Mauvais deu uma missão a ela! Não disse a Verônica o que era, mas contou que foi assim que conseguiu os ingressos e tudo mais. E tenho a sensação de que alguma coisa ruim vai acontecer. Sei que ninguém acredita nas minhas previsões, mas confiem em mim!

— Mas vai ser o pior show de todos os tempos — disse Yo-Yoji. — Acho que ficarei doente se tiver que ouvir as músicas delas.

— É, ou simplesmente vão nos detonar de verdade, e não estou falando em detonar no bom sentido, estou falando em detonar *detonar* — acrescentou Max Ernesto, afobado. — Além disso, mesmo que quiséssemos ir, ela disse que os ingressos se esgotaram. E mais, nossos pais nunca deixariam. E mais, é uma ideia completamente louca! Acho que você talvez esteja precisando de um médico.

Tranquila, Cass os ouviu, sem revelar o que secretamente esperava: que o show fosse de algum jeito oferecer uma maneira de se provarem mais uma vez para a Sociedade Terces.

— Bem, eu sei como conseguir os ingressos, isso não é problema — disse.

— Como? — perguntou Yo-Yoji.

— Você.

— O que quer dizer?

— Peça.

— Espere, quer dizer, Amber...? Tipo, preciso pedir para *ela*? Cass assentiu.

— Ela gosta de você.

— Ah, não! Isso é, tipo, uma piada ou coisa parecida? — Yo-Yoji praticamente engasgou ao absorver o completo horror da situação. — Agora vou passar mal de verdade. Sério, acho que estou sentindo gosto de golfada!

— Não tem escolha. — Cass abaixou a voz. — É sua obrigação como integrante da sociedade.

Yo-Yoji riu.

— Não me lembro de ter recebido ordens para ir a um show.

— Tudo bem, então, faça porque somos amigos. Quero dizer, se formos.

Ela olhou para ele com ar de desafio. Isto era um teste, e os dois sabiam.

Exatamente como Cass previu, Yo-Yoji não teve qualquer trabalho para convencer Amber a lhe dar três ingressos.

Como conseguiu?

Gosto demais de Yo-Yoji para humilhá-lo contando o que ele falou com exatidão. Ocasionalmente, todos nós precisamos calçar as sandálias da humildade.

CAPÍTULO CINCO
O SHOW

Até onde Cass sabia, desde que voltara da viagem de acampamento não estava mais de castigo. Nunca foi oficialmente *des*castigada, mas parecia ter chegado com a mãe a uma espécie de acordo não pronunciado de retirar a suposta punição.

Mas um show, um show sem acompanhante, era outra história. Cass teve que invocar toda sua criatividade para convencer a mãe a deixá-la ir.

Primeiro tentou o óbvio:

— Os pais de Yo-Yoji e Max Ernesto deixaram...!

— Eu pareço a mãe do Max Ernesto? Está com sorte por eu deixá-la ir a qualquer lugar esses dias!

Depois tentou o argumento de ser uma menina:

— Não quer me deixar ir porque sou menina? Pois isso é preconceito! Não acredito que você seja uma chauvinista machista!

— Nem tente, Cassandra, eu já lutava contra o machismo antes de você ser sequer uma ideia!

Finalmente foi fundo:

— Além do mais, Yo-Yoji completa treze anos amanhã, então é como se fosse um bar mitzvah. Mas ele é japonês, então não vai ter um. E a única coisa que queria era ir ao show das irmãs Skelton comigo e com Max Ernesto. Não posso decepcioná-lo. Ele *adora* as irmãs Skelton!

Uma mentira? Sim. Mas, espero que concorde, uma branda. Afinal, não sabia com certeza que *não* era aniversário dele.

Quanto aos pais de Max Ernesto, ficaram felizes da vida por ele querer ir a um show. Durante anos nunca foi a lugar nenhum; agora era praticamente um viajante do mundo.

— Talvez você não seja mais agorafóbico! — disse a mãe.

— Pode ser que tenha se curado daquela velha agorafobia! — disse o pai.*

Aliás, ficaram tão felizes que brigaram pela chance de levar as três crianças ao estádio onde as irmãs Skelton iam se apresentar.

A entrada do estádio estava tão lotada que as crianças quase desejaram ter um adulto junto para ajudá-los a passar.

Quando finalmente conseguiram chegar na frente da fila, um segurança olhou desconfiado para os ingressos dos três.

— Fila A, hã? Engraçado, vocês não me parecem grande coisa. Têm pais famosos ou coisa parecida?

— Isso — disse Yo-Yoji.

— Muito famosos — acrescentou Cass.

— Aposto. Alguns de nós precisam trabalhar para viver! Vocês estão no Salão, por ali — Apontou na direção do palco.

Agradeceram e se afastaram antes que ele viesse com mais perguntas.

O Salão não era um salão mais do que os assentos eram assentos; era uma área cercada logo abaixo do palco, mobiliada com mesas, cadeiras, tapetes — apesar de ser a céu aberto.

Na parte interior das cordas, nossos três amigos podiam ver tipos da indústria musical com roupas pretas brilhantes — e algumas crianças muito sortudas — conversando e interagindo como se estivessem em uma grande festa, e não em um show.

Garçonetes com camisetas rosas **twin♥hearts**™ circulavam, distribuindo bolinhos grátis **twin♥hearts**™ e sacolas com coisas das irmãs Skelton.

---

* Até onde sei, Max Ernesto nunca realmente sofreu de agorafobia (geralmente definida como medo de multidões e espaços abertos). Mas ao longo dos anos Max Ernesto foi diagnosticado com tantas coisas que os pais adquiriram o hábito de presumir que ele sofria de tudo.

Um segurança grandão com uma roupa prateada falou o nome dos nossos heróis em um fone de ouvido, em seguida levantou a corda vermelha de veludo e os deixou passar pela placa que dizia **Salão VIP**.

— O que significa *vipe*? — perguntou Max Ernesto.

— Não é vipe, tolinho, é VIP. *Very Important Person** — disse Amber, que estava por perto com Verônica, uma **barata♥meia®** novinha no pulso de cada uma. — Mas acho que você não saberia disso, saberia, Max Ernesto? Sem querer ofender.

Enquanto os amigos de Max Ernesto encaravam Amber, Verônica riu como se a amiga tivesse acabado de dizer alguma coisa muito inteligente.

Amber voltou-se para Yo-Yoji:

— Pensei que tivesse dito que ia trazer os companheiros de banda do Japão.

— Não conseguiram chegar a tempo. — Yo-Yoji deu de ombros de um jeito inocente.

— Bem, seja como for, que bom que veio, Cass — disse Amber. — Sabe, nós não teríamos conseguido sem você!

Antes que Cass pudesse perguntar quem "nós" eram e o que não teriam conseguido sem ela (fazer uma **barata♥meia®**, talvez?), Amber continuou:

— Vocês deveriam experimentar um bolinho, são deliciosos! — Em seguida saiu com Verônica para o outro lado do Salão.

De repente, a multidão irrompeu.

Todos estavam gritando, vibrando e assobiando. Meninas novinhas, de cinco ou seis anos, berravam a plenos pulmões. Até os

---

* Pessoa Muito Importante (N. da T.).

pais gritavam um pouco. Havia tantas varinhas luminosas sacudindo no ar, que parecia que um exército de gafanhotos fosforescentes havia descido sobre o estádio.

Nossos amigos olharam para o palco para verem o que tinha provocado tanto alvoroço: um coração gigante, feito por centenas de lâmpadas rosas brilhantes, tinha acabado de acender. As irmãs Skelton, com minissaias prateadas combinando, estavam no topo acenando para a multidão. O Salão era tão próximo do palco que a luz quase cegava.

— Acho que minhas retinas estão queimando! — gritou Max Ernesto.

Fora do Salão, os fãs enlouquecidos das irmãs Skelton pressionavam contra a corda de veludo; mais seguranças com roupas prateadas se enfileiraram como soldados para mantê-los afastados.

Quando a banda começou a tocar uma batida, as irmãs Skelton saltaram do coração para as mãos de dois jovens vestidos de prateado.

— Acho que meus tímpanos estão estourando! — gritou Max Ernesto, olhando para os alto-falantes a poucos metros de distância.

— Olá, pessoal! Estão se divertindo? — gritou Romi (ou seria Montana?) para a multidão.

— Para darmos início à noite, temos uma surpresa especial para vocês! Nosso mais novo sucesso, nunca tocado antes! — disse Montana (ou seria Romi?).

— Oh, não — disse Cass, para ninguém em particular.

— O que houve? — perguntou Yo-Yoji.

— Não posso acreditar, é como se eu estivesse tendo um pesadelo.

Uma dúzia de dançarinos apareceram no palco com grandes fantasias de **barata♥meia®**, os monstros de meia de Cass só que em tamanho gigante e de uma dúzia de cores brilhantes.

— E para apresentar a música gostaríamos de trazer ao palco uma convidada especial: Amber, vencedora do nosso concurso Você Tem a Música em Você! — disse Romi (ou seria Montana?).

Amber, mais convencida do que nunca, foi levantada até o palco por um dos seguranças.

— É com você, amiga! — disse Montana (ou seria Romi?), entregando um microfone a Amber.

— Olá. Esta é uma honra incríííííííível! A nova música de Romi e Montana se chama "Vamos, vamos!". É um recado especial para uma pessoa especial — disse Amber, confiante, como se falasse para multidões de centenas toda noite. — E eu acho que é a melhor música da carreira delas!

Em seguida voltou-se novamente para Romi e Montana:

— Vão, meninas!

Enquanto as irmãs Skelton começavam a cantar, as **barata♥meia®** gigantes acenaram os braços multicoloridos e dançaram em círculos em volta das garotas.

— Yo, sério, essa música é a pior coisa que já ouvi na vida — resmungou Yo-Yoji para os amigos. — Não consigo ficar aqui. É um crime. Como ajudar alguém a cometer um assassinato ou coisa do tipo. Vamos embora.

— Ele está certo — disse Max Ernesto. — Acho que esta música vai provocar danos cerebrais irreparáveis.

— Não, esperem. Ouçam...

— Por que, você não gosta dessa música, não é? — perguntou Yo-Yoji, incrédulo. — Como pode aguentar? E copiaram seu monstro de meia!

— Apenas ouçam por um segundo — disse Cass. — Não lembra alguma coisa?

Os amigos de Cass se concentraram. Essencialmente, parecia qualquer outra música pop ruim e grudenta. Mas quando ouviram com atenção, escutaram uma música familiar por baixo, não tão misteriosa ou bonita quanto se lembravam, mas inconfundível ainda assim.

— É a música do Prisma do Som! — disse Max Ernesto.

Com horror crescente, as crianças ouviram o que as irmãs Skelton estavam cantando:

Vamos! Venha aqui agora!
Vamos, pois nosso momento é aqui e agora!

Vamos! Consegue ouvir?
Vamos! Sem fugir.
Apenas ouça o som agora,
E venha que é bom, agora...
Pois estamos chamando,
Estamos chamando... VOCÊ!

Yo-Yoji olhou para os outros:

— É quase como se estivessem falando com...

— ... o homúnculo — concluiu Cass por ele. — É uma armadilha, para fazê-lo vir aqui.

Max Ernesto foi o primeiro a agir. Se você chamar bater os pés de forma nervosa e enxugar a testa de agir.

— Temos que parar a música antes que ele ouça!

— Sim, mas como? — perguntou Cass.

— Assim... — disse Yo-Yoji.

E simplesmente saltou para o palco.

— Ei, Amber, você ainda quer fazer uma banda comigo? Me dê esse microfone... — Antes que Amber percebesse o que estava acontecendo, ele agarrou o microfone dela.

Sem pensar, Cass e Max Ernesto pularam no palco atrás de Yo-Yoji.

— Ei, nós os conhecemos! — gritou Romi (ou seria Montana?), espantada, apontando para Cass e Max Ernesto.

— É, são... eles! — gritou Montana (ou seria Romi?), espantada.

O estranho foi que, enquanto falavam, a música continuava como se ainda estivessem cantando.

Vamos! Venha aqui agora!
Vamos, pois nosso momento é aqui e agora!

— Tenho uma música melhor, chama-se "Vocês são péssimas, suas falsas que dublam músicas!" — gritou Yo-Yoji no microfone para que toda a multidão pudesse ouvir. — As irmãs Skelton são péssimas!

Cass e Max Ernesto começaram a cantar também:

— São péssimas! São péssimas!

— Peguem eles! — gritou Romi (ou seria Montana?).

As doze **barata♥meia®** pararam de dançar e começaram a cercar Cass e Max Ernesto.

— Ei, Cass, olhe ali! — Max Ernesto apontou para a multidão.

Um refletor iluminava o corredor central onde certa criatura de cinquenta e três centímetros e meio era visível, caminhando em direção ao palco. Parecia outra **barata♥meia®**, só que menor.

A plateia vibrou com ele, as pessoas esticando os pescoços para olhar esta pequena, porém fantástica adição ao show.

— Nãããão! Sr. Cara de Repolho! — gritou Cass. — Vá embora! É uma armadilha!!!

Mas não tinha microfone e a voz dela era sufocada pela música e pelos gritos da multidão.

Os gritos de Cass distraíram os guardas por tempo o suficiente para que Max Ernesto saísse do círculo. Rapidamente, Cass tirou o Prisma do Som do casaco. Antes de ser agarrada pela **barata♥meia®** mais próxima, rolou a bola na direção de Max Ernesto e...

Desastradamente, ele pegou.

Yo-Yoji se juntou a ele e saltaram do palco...

Exatamente quando o homúnculo zangado subia.

— Espero que tenha uma boa explicação para isso — disse a Cass, sem perceber que ela estava com os braços presos atrás do corpo. — Não danço, que isso fique claro.

— Desculpe, eu não, quero dizer, não consegui... — disse Cass com lágrimas nos olhos.

Quando o homúnculo percebeu o que ela queria dizer, dois dançarinos o agarraram por trás. E agora ele também estava preso nas garras de uma **barata♥meia®** laranja brilhante.

— Me solte, seu brinquedinho em tamanho gigante! — resmungou ele. — Já comi coisa maior que você no almoço!

Max Ernesto e Yo-Yoji assistiram, desamparados, da multidão enquanto a amiga de doze anos de idade e o homúnculo de quinhentos eram arrastados para o camarim. Havia inimigos demais para sequer pensar em uma briga.

* * *

As **barata♥meia®** jogaram Cass e o homúnculo no chão na frente da Srta. Mauvais como cães entregando caça fresca ao dono.

— Bem-vindos à sala verde. Fiquem à vontade.

A Srta. Mauvais gesticulou grandiosamente em volta da sala de espera atrás do palco como se os estivesse recebendo em um palácio, o vestido dourado ondulando a cada movimento.

Com palmas suando, pulso acelerado, Cass olhou em volta procurando uma saída; só havia uma porta, e nenhuma janela.

Como se zombasse deliberadamente dela, o Dr. L relaxava, com os pés para cima, em um sofá longo. Uma foto quase em tamanho real de uma praia tropical estava colada na parede atrás dele.

— Posso lhes oferecer alguma coisa para comer? — perguntou a Srta. Mauvais, indicando uma mesa longa cheia de todos os tipos de comida.

O homúnculo encarou uma costela assada, com ossos erguidos em círculo, formando uma coroa. Sucos de carne escorriam no prato abaixo.

— Sim, eu aceito... um pouco daquilo. — Apontou para a costela, com olhos brilhando.

— A costeleta assada? Parece... sangrenta, não? Pode comer toda, *se* nos contar onde fica o túmulo do Lorde Faraó.

Então *aquilo* é uma costeleta assada. Realmente era preciso ser um canibal para achar algo assim apetitoso!

Com esforço enorme, o homúnculo tirou os olhos da costeleta.

— Nunca — falou, praticamente tremendo de fome. — Prefiro morrer de fome.

— Oh, que nobre criatura — disse a Srta. Mauvais.

— Longe disso — zombou o homúnculo. — Mas comparado a você...

— Temos outros meios de convencer uma pessoa ou o que quer que você seja — disse o Dr. L do sofá. Examinou o homúnculo com um olhar clínico.

— Vá em frente e tente — disse o homúnculo. — Nenhuma tortura pode se comparar ao que aguentei do Lorde Faraó quando era jovem. E não temo a morte; na minha idade, seria um alívio! Vocês deveriam tentar!

— Prefiro não tentar — disse a Srta. Mauvais. — Aliás, pode-se dizer que *não* morrer é o trabalho da minha vida.

— Somos pacientes. E cheios de recursos — disse o Dr. L. — Vejamos de que meios de persuasão dispomos?

Quando direcionou o olhar para Cass, o homúnculo enrijeceu visivelmente.

— Acho que acabou de encontrar — disse a Srta. Mauvais.

O Dr. L sorriu sombriamente.

— Acho que sim.

Não se preocupe, ninguém pôs uma mão em Cass, além da **barata ♥meia®** que continuava agarrando o braço dela. Mas a descrição do Dr. L sobre o que faria com ela se o homúnculo não revelasse o local da sepultura foi tão terrível que estremeço só de pensar.

E você me conhece, sou tão frio quanto alguém pode ser.

Imagine como o Sr. Cara de Repolho reagiu.

Sei que o homúnculo soa como um sujeito áspero e ranzinza. Mas lembre-se da história dele: foi tão ridicularizado e maltratado quando criança que não podia suportar a visão de outra criança sendo tratada tão cruelmente.

* * *

Também tem o seguinte: Cass era a herdeira do bobo. Quando olhou para as orelhas dela (se não para o rosto) viu o velho amigo. O único pelo qual teria sacrificado tudo.

— Tudo bem — falou, lutando contra si próprio. — Eu digo. Mas não toque na menina!

Talvez tivesse sido mais sábio deixar Cass enfrentar quaisquer torturas que o Sol da Meia-Noite tivesse reservado, se a possibilidade de encontrarem o túmulo do Lorde Faraó pudesse ser tão desastrosa quanto previa o homúnculo. Mas confesso que simpatizo com ele, e mais ainda pela escolha que fez.

O Dr. L assentiu, como se o homúnculo estivesse apenas confirmando algo que já sabia.

E a expressão congelada da Srta. Mauvais se alterou singelamente, formando algo como um sorriso.

— Ótimo. Agora me dê essa chave — falou.

Com a mão grande tremendo, o homúnculo retirou a chave mestra do pescoço.

Pela primeira vez desde que a pendurara, séculos antes.

Um instante mais tarde, escondidos na multidão, Yo-Yoji e Max Ernesto observaram Cass e o homúnculo sendo levados pelo portão, cercado por um monte de seguranças com roupas prateadas.

— Temos que segui-los! — disse Max Ernesto.

— Então vamos — respondeu Yo-Yoji.

Os dois meninos saíram do estádio exatamente quando Cass e o homúnculo estavam sendo empurrados para uma limusine que esperava do lado de fora. A Srta. Mauvais e o Dr. L entraram depois deles e um segurança fechou a porta.

Enquanto o veículo brilhante saía noite afora, Yo-Yoji e Max Ernesto correram atrás. Mas não adiantaria, jamais o alcançariam.

Pararam ofegantes sob as luzes daquele estacionamento enorme.

— O que faremos agora? — perguntou Max Ernesto, arrasado.

— Não sei. Não sabemos nem para onde estão indo.

— Espere, acabei de me lembrar! — Max Ernesto retirou o Prisma do Som do bolso da jaqueta.

Acenou para Yo-Yoji se aproximar, em seguida virou o Prisma do Som na mão. Além dos barulhos do show atrás deles, ouviram carros buzinando, um bebê chorando...

Então, fraco, fragmentado, veio o som de Cass falando ao longe:

— *Não acredito..... contou... LAGO SUSSURRO! E agora... para o TÚMULO!*

Andando em círculos como se estivesse tentando conseguir sinal de celular, Max Ernesto conseguiu focar nas vozes na limusine.

— Cale-se, menina! — podiam ouvir a Srta. Mauvais dizendo.

Cass falava com uma voz estranhamente clara, enfatizando certas palavras.

— *Pena que eles não saberão que devem ENCONTRAR PIETRO e dizer a ele NOS ENCONTRE LÁ.*

— É quase como se ela estivesse tentando nos dizer que devemos achá-lo — falou Yo-Yoji.

Max Ernesto balançou a cabeça, maravilhado.

— Só Cass poderia nos dar ordens mesmo a mais de um quilômetro de distância!

— É, bem, ela tem um bom companheiro de equipe.

— Está falando de você?

— Não, de você, cara.

— Ah. — Max Ernesto sorriu, surpreso. — Então, está pronto para salvar Cass?

— Com certeza.

Sem precisarem combinar em voz alta, os dois saíram correndo na direção do ponto de ônibus mais próximo.

CAPÍTULO QUATRO

O FIM

ão, não deste tipo. Apesar de que seria bem ruim.

Estou falando do fim da *vida*.

Que, pensando bem, é o motivo pelo qual odeio tanto o fim de um livro. Por ser um tipo de morte.

Há dois tipos de pessoas no mundo: aquelas que gostam de cemitérios e aquelas que não gostam.

Quando era mais novo, eu adorava cemitérios. Não eram tão assustadores quanto eram misteriosos. Cada túmulo representava mais uma história a ser desvendada. Outra vida sobre a qual aprender.

Agora que estou mais velho, não vou revelar a idade, *detesto* cemitérios. A única vida — ou melhor, morte — que vejo nas sepulturas é a minha.

Acredite em mim, se não precisasse acabar este livro em um cemitério, não o faria (tudo bem, então menti. É esse tipo de fim. Ou o começo do fim).

Pensando melhor, quem disse que tenho que acabar o livro em um cemitério?

Só porque foi para lá que o Dr. L e a Srta. Mauvais se dirigiram com Cass e o homúnculo, só porque foi lá que um grande confronto de clímax e a resolução dramática da história que estou contando se passaram, quem disse que preciso escrever a respeito?

Ao contrário do que alguns podem acreditar, este ainda é o meu livro, não é?

Se eu quisesse, poderia conduzir as coisas em uma direção radicalmente nova.

Assim:

Bem quando Cass achou que estavam indo para o cemitério, a limusine ficou presa no feixe de luz de uma nave alienígena que sugou o veículo pela barriga. Quis o destino que os aliens estivessem em uma missão para encontrar uma sobrevivóloga que liderasse seu planeta propenso a desastres...

Ou assim:

Bem quando Cass achou que estavam indo para o cemitério, a Srta. Mauvais e o Dr. L de repente sofreram um choque anafilático, graças a uma pílula que o homúnculo havia colocado no champagne deles...

Ou até:

Bem quando Cass achou que estavam indo para o cemitério, ela piscou os olhos e acordou. Ela, Cassandra... uma sobrevivóloga? Riu. Que coisa engraçada para uma bailarina sonhar...

Não? Nenhuma das versões parece verdadeira? Estaria traindo você, meu leitor, levando-o nestas direções?

Bem, eu tentei.

Sua crítica é dura, porém justa.

Façamos o seguinte: sabe como gosto de acordos. Escreverei essa cena do cemitério, se, e somente se, você segurar minha mão durante o processo.

Você será o forte e corajoso, e eu farei os comentários. Se você é o tipo de pessoa que corre feliz por cemitérios, rindo da morte, melhor ainda.

Agora: como começar o nosso fim?

Normalmente, quando um escritor não sabe como começar, pode iniciar com uma descrição do lugar. Mas já fiz isso, você já leu sobre o cemitério e o Lago Sussurro nos capítulos do acampamento.

Tenho uma ideia: por que não mostramos como o lugar mudou desde a última vez em que o vimos? Quanto tempo passou. Esse tipo de coisa.

Para facilitar nosso trabalho (e talvez torná-lo um pouco menos assustador), vamos fingir que estamos fazendo um filme e imaginar que o Lago Sussurro e as montanhas ao redor estão sendo filmados do alto de um helicóptero, isso se chama tomada aérea.

O que vemos daqui do céu é que toda a cordilheira foi coberta por neve, e o Lago Sussurro está congelado. Aliás, está chovendo agora, levemente, conferindo ao nosso filme um aspecto de câmera lenta.

Pequenas manchas de cor se movem contra o fundo branco, são pessoas, constatamos quando a câmera se aproxima. Deixam marcas na neve, todas convergindo para o mesmo ponto sobre o lago.

Assistimos enquanto, um por um, estes campistas silenciosos cumprimentam-se. Estranho, por um segundo parece que não têm mãos...

Oh, eu sei por quê! É porque todos estão usando luvas brancas que não aparecem contra a neve...

De seu ponto privilegiado na terra, amarrada a uma árvore a mais ou menos dezoito metros acima do túmulo do Lorde Faraó, Cass fez a mesma observação.

Luvas.

Sabia o que significavam. Tinha visto estas mesmas pessoas sinistras em uma ocasião semelhante no Spa do Sol da Meia-Noite. Eram os acólitos do Sol da Meia-Noite — e, se estavam se reunindo assim, só podia ser porque alguma coisa verdadeiramente horrível estava prestes a acontecer.

O que outrora fora o túmulo do Lorde Faraó era agora um buraco enorme, cercado por torrões de lama congelada.

Um grupo de homens com roupas prateadas — seguranças do show — estava no buraco, removendo terra e pedregulhos tão habilmente e metodicamente que só posso concluir que já tinham cavado sepulturas antes.

Ao redor, os Mestres do Sol da Meia-Noite — muitos ainda com fantasias de **barata♥meia®** — se encontravam em um círculo amplo, entoando alguma coisa profunda e ressonante como o cântico de um mestre de ioga e de algum jeito mais sombrio e agourento.

Impermeável ao frio, a Srta. Mauvais estava na beira do túmulo, o vestido dourado esvoaçando ao vento. Flocos de neve giravam ao redor.

Como uma alta sacerdotisa, falou com a congregação:

— Um grande homem foi enterrado aqui. Não, um grande *ser*. Até mesmo um deus. Pois tinha o poder de criar vida! Quem sabe que milagres do Lorde Faraó teria conquistado se sua própria criação não tivesse se voltado contra ele? Esta criaturinha miserável aqui...

Ela deu um chute desdenhoso no homúnculo, que estava deitado na neve abaixo dela, com as mãos e pés amarrados por uma corda.

— Mas agora vamos dar continuidade ao trabalho do Lorde Faraó, e nós mesmos seremos deuses!

Com gritos animados, os escavadores retiraram um caixão pesado do túmulo e o colocaram na neve.

Uma camada de limo cobria todo o caixão, exceto por uma tranca dourada. O caixão parecia quase vivo.

— Observem... neste caixão está o Segredo que há tanto tempo buscamos!

— O Segredo... o Segredo... o Segredo... — entoava a multidão.

— Doutor...? — A Srta. Mauvais olhou cheia de expectativa para o Dr. L.

Ele assentiu e deu um passo para a frente, com a chave mestra na mão. A fechadura dourada chamava.

— Não quer abrir isso! — alertou uma voz abafada no chão.

— Quero dizer: *você* não quer que a gente abra — respondeu a Srta. Mauvais.

— Eu? Para mim não é nada — respondeu o homúnculo. — Este não é meu tempo. Este não é o meu lugar. Não sou um de vocês.

— Os papéis do Lorde Faraó não estão aí com ele? — perguntou o Dr. L.

— Entre outras coisas, sim.

— E o Segredo não está escrito ali?

— Não sei nada a esse respeito — disse o homúnculo, como se o Segredo fosse a última das suas preocupações. — Mas estou avisando, se soltarem o que está neste caixão, então tudo e todos que estão vendo em volta vão morrer. E o *cheiro* também não será dos melhores! Falo apenas por preocupação com a menina, entende... — Gesticulou desajeitadamente em direção a Cass, sem olhar para ela. — E porque acho que as árvores merecem viver.

— Talvez devêssemos escutá-lo — disse o Dr. L, voltando-se para a Srta. Mauvais. — As palavras dele soam verdadeiras.

— Está louco?! — gritou a Srta. Mauvais, a própria soando um pouco louca.

A essa altura a neve já havia começado a se acumular sobre a cabeça, os ombros e os pés de Cass; a menina parecia uma das estátuas no cemitério.

Cass há muito havia memorizado os sintomas de geladura: descoloração da pele, sensação de formigamento ou queimadura, entorpecimento. Mas jamais os havia experimentado.

Infelizmente, sua pesquisa extensiva sobre o assunto não adiantava nada agora. Em que ajudava saber que se a geladura não fosse tratada a pele escureceria gradualmente até ficar preta e começar a soltar da carne? Que os nervos sofreriam danos irreparáveis? Que provavelmente seria vítima de gangrena?

Gostava de pensar que seria corajosa o bastante para encarar a amputação se fosse preciso, mas havia poucas chances de que mesmo um tratamento tão drástico estivesse disponível aqui; era mais fácil o Dr. L lhe arrancar a cabeça do que a perna.

Como e por que tinha se deixado ser presa? Era como o navio mais uma vez, mas com uma grande diferença. No barco, Max Ernesto havia sido aprisionado com ela. Agora, aqui nas montanhas, estava sozinha.

Com frio e sozinha.

Olhou para o mundo vazio e cheio de neve ao redor. O Sol da Meia-Noite havia assustado até os pássaros. Onde estava Max Ernesto agora?

Jamais deveria ter dado o Prisma do Som para ele, pensou Cass. Era minha única ferramenta, meu único poder. Por que confiei a ele? O que me fez pensar que ele seria capaz de chegar até aqui e me salvar?

Uma sobrevivóloga não deveria se salvar sozinha? E aqui estava, esperando desamparada, presa a uma árvore como a Branca de Neve!

E agora, pensou, vou morrer.

Lágrimas desceram pelas bochechas de Cass, apenas para se aglomerarem em uma crosta feia e gelada que se combinava com o corrimento congelado sob o nariz.

Enquanto a Srta. Mauvais e o Dr. L brigavam a respeito de abrir ou não o caixão, o homúnculo foi arrastado pela neve e largado próximo à Cass.

Ele olhou para ela, um sorriso pequeno e triste no rosto.

— O bobo teria tido orgulho de você — disse.

— Por quê? Olhe para mim! Estou chorando.

— Ah, acho que não teria se importado com isso. Ele me viu chorando uma vez e falou que aquilo fazia de mim, um humano. Apenas um ser humano patético e triste derramaria lágrimas daquela maneira, me disse.

Cass riu através das lágrimas...

— Desculpe pela costeleta assada — disse, após um instante.

— Não deveria ter mentido.

O homúnculo riu.

— O bobo também não era conhecido pela honestidade.

— Bem, obrigada por não ficar com raiva. — Cass fungou, sem conseguir limpar o nariz.

Então prosseguiu:

— Sabe, eu costumava sonhar com você. Até sonhei com isso, mais ou menos. — Apontou com a cabeça na direção da sepultura aberta. — Max Ernesto diz que um sonho é a realização de um desejo. Não consegui descobrir o que meus sonhos desejavam, pareciam tão assustadores. Mas acho que agora sei.

— Pensei que tivesse dito, não realizo desejos — brincou o homúnculo, chegando mais para perto.

— Mas realizou, é isso. — Cass estava com tanto frio que era quase impossível continuar, mas precisava dizer.

Ela falou:

— Acho que meu desejo tinha a ver com querer saber quem é meu pai. Apesar de eu nunca ter admitido completamente. Porque não queria ter que sentir a falta dele, ou o que fosse. Ou talvez por não querer ferir os sentimentos da minha mãe. É difícil explicar... mas o que você me contou sobre o bobo, as orelhas pontudas e tudo mais, é a única pista que já tive. Quer dizer, sei que ele não era meu pai, neste caso eu teria que ter a sua idade, mas pode ser pai do pai do pai do meu pai ou coisa parecida. Certo?

O homúnculo assentiu.

— Coisa parecida.

— Seja como for, acho que foi por isso que sonhei com você. Apesar de ainda não fazer nenhum sentido, considerando que eu não o conhecia...

— Pouca coisa neste mundo faz sentido — disse o homúnculo, de um jeito solene e incomum para ele.

Ficaram em silêncio enquanto o vento aumentou.

Então, de repente, Cass:

— Ei, o que é isso?

— O que é o quê?

Cass inclinou a cabeça, escutando.

— Parece que... são cavalos?

— Não consigo ouvir nada — disse o homúnculo. — Mas não tenho suas orelhas.

— O que quer dizer, *minhas* orelhas?

— Seu dom, não é? O bobo também conseguia ouvir todo tipo de coisa. Demais até, se quer minha opinião. Mesmo sem o Prisma do Som.

Enquanto Cass contemplava isso, ouviram a voz do Dr. L soar, tão alta que ecoou através do Lago Sussurro.

— Olá, companheiros Mestres do Sol da Meia-Noite. Aqui quem fala é seu líder, Luciano, Dr. L. Houve uma mudança de planos. Esta não é a sepultura do Lorde Faraó. Não contém Segredo nenhum.

Ainda ao lado do caixão, a Srta. Mauvais olhou revoltada para o Dr. L.

— O que está fazendo?

Ele se virou, incomodado.

— Mas não fui eu! Não prestem atenção! — gritou para os membros do Sol da Meia-Noite.

— Todos devem sair... agora! — ecoou a voz deste outro Dr. L, que falava mais alto.

Os integrantes do Sol da Meia-Noite resmungaram e reclamaram confusos. Os que não conseguiam ouvir o verdadeiro Dr. L começaram a dispersar.

— Quem está falando? Quem roubou minha voz? — gritou o Dr. L. — Pietro, é você?

Mas a voz foi sufocada pelo som de cavalos galopando. Enquanto todos viravam na direção dos cavalos, o **barata♥meia®** mais próximo arrancou a cabeça da fantasia...

— Owen?!

Ele acenou para Cass enquanto tirava o resto da fantasia verde-limão.

— Venho buscá-la em um segundo! — gritou com a voz raramente utilizada que Cass já tinha aprendido a reconhecer como a dele mesmo.

Em seguida derrubou um colega **barata♥meia®** no chão.

— Pietro, onde está você? — gritou o Dr. L, ainda procurando o irmão.

Como se o Dr. L o tivesse invocado do além, Pietro surgiu de trás das árvores montado em um cavalo, do outro lado do cemitério. Na mão tinha o que de longe parecia uma grande bola de neve.

289

— Todos vocês, voltem para casa! — gritou na bola de neve como se fosse um megafone.

Ao lado de Pietro, uma cavalaria vivaz e diversificada (que é uma maneira educada de dizer *indisciplinados* e *desordenada*) entrou no cemitério. Com aplausos e gritos de "Ballyhoo" atacaram (que é uma maneira educada de dizer *criaram caos entre*) os adversários com luvas.

Em um cavalo (que, neste caso, é uma maneira educada de dizer *burro*) estavam os dois pequeninos vistos anteriormente no ônibus, ainda com roupas normais. Assim que entraram no cemitério, saltaram e começaram a correr por baixo das pernas dos seguranças de roupas prateadas, passando rasteiras neles e ocasionalmente mordendo os calcanhares.

A Mulher Barbada também saltou do cavalo (que, neste caso, é uma maneira educada de dizer *elefante*) e começou a descer os punhos em membros desavisados do Sol da Meia-Noite.

O Homem Forte, enquanto isso, marchava a pé carregando (que é uma maneira educada de dizer *empunhando como halteres humanos*) dois giradores de pratos chineses que derrubavam inimigos por todos os lados.

Do alto de um cavalo (que, neste caso, é uma maneira educada de dizer *camelo*), o Homem Ilustrado cuspia fogo, acendendo tochas com as quais fazia malabarismo, em seguida jogava em **barata♥meia®** em fuga.

Em um carrinho atrás, o Domador de Leões com casaco vermelho acenava com o chicote e se curvava aqui e ali como se estivesse diante de uma multidão vibrante (que é uma maneira educada de dizer que ele estava *doido de pedra*).

* * *

Sozinha em meio a este grupo corajoso, havia uma que seguia verdadeiramente o Caminho do Guerreiro: esta era, é claro, a própria Guerreira Wei. Lily vestia uma armadura sobre a roupa preta de soldado e o violino de cabeça de cavalo preso às costas como se fosse uma espada (que de fato era).

Como luzes de laser, seus olhos grudaram na velha inimiga, a Srta. Mauvais, que estava levemente fora da briga, com um olhar de raiva no rosto.

Gritando uma palavra de vingança que não posso repetir (não por ser obscena, mas por ser totalmente irreconhecível), Lily chutou o cavalo nas laterais e atacou...

Logo antes de conseguir fazer contato, no entanto, a Srta. Mauvais chamou seis dos escavadores com luvas com um rápido gesto, e eles bloquearam a passagem de Lily, tirando-a do cavalo.

Quando Lily finalmente chutou, atacou e golpeou até abrir caminho entre os capangas prateados, a Srta. Mauvais já tinha desaparecido, mas, inabalada, Lily caiu na batalha contra o resto do Sol da Meia-Noite. Correndo atrás dos circenses, parecendo cansados, mas animados, havia duas pessoas muito mais jovens e em comparação bem menos coloridas: Max Ernesto e Yo-Yoji.

Pietro parou o cavalo ao lado deles.

— Obrigado por isso! — Ele jogou para Max Ernesto a bola de neve, que era na verdade o Prisma do Som, e que Max Ernesto pegou com as duas mãos.

— Agora, tudo que precisamos é aquilo — disse Max Ernesto. Ele apontou para o Domador de Leões senil, ainda no cavalo, se curvando a uma plateia imaginária. — Ei, senhor... me empresta o seu chicote? — gritou.

Yo-Yoji olhou para Max Ernesto surpreso: para que ele queria um chicote?

Pietro conduziu o cavalo para a frente, em seguida saltou quando se aproximou do túmulo. Na comoção, o túmulo do Lorde Faraó tinha sido deixado sem supervisão.

— Pietro?

Era o irmão.

De repente, estavam cara a cara. E quase nariz a nariz. Estavam tão próximos — tão rápida e inesperadamente — que ambos recuaram um passo como que assustados por um fantasma.

Apesar de o rosto de Pietro ter envelhecido muito mais do que o do Dr. L, os movimentos permaneciam idênticos, e ver os dois era como ver uma pessoa diante de um espelho (ou talvez ver duas pessoas brincando de espelho na aula de teatro).

— Belo truque de voz — disse o Dr. L, se recuperando. — Não me lembro deste.

— Acho que aprendi mais um ou dois desde a última apresentação dos irmãos Bergamo.

O Dr. L sorriu languidamente.

— Você está... velho, irmão.

— Estou. *Estamos*. Luciano, venha para casa comigo. Não é tarde demais. Você não é esta... coisa.

Gesticulou para o rosto bonito porém sem vida do Dr. L, as roupas lisas e as luvas reveladoras.

— Não acredito. Não vou acreditar.

O Dr. L piscou — por um momento pareceu quase hesitar. Se arrepender do que havia se tornado. Concordar em se arrepender.

— Sempre achou que tinha feito a coisa certa, e eu não, não achou? — perguntou com um ar zombeteiro.

— E eu fiz — disse Pietro.

Encararam-se — o velho amor lutando contra o novo ódio um pelo outro.

— Mate-o! — gritou a Srta. Mauvais, indo na direção deles.

O Dr. L ergueu a mão coberta pela luva. Segurava a chave-mestra como uma arma.

— Adeus, *fratello mio* — disse Pietro tristemente. — Lembra deste...?

Esticou a mão e alcançou um punhado de neve.

— Costumávamos usar fumaça...

Antes que o irmão tivesse tempo de reagir, Pietro jogou a neve nos olhos do irmão e fugiu para o meio da balbúrdia.

Um instante mais tarde, Max Ernesto e Yo-Yoji subiram no pedregulho com vista para o lago, o pedregulho onde estavam quando Cass chamou o homúnculo pela primeira vez há algumas longas semanas.

Abaixo no cemitério, o caos reinava.

— Tem certeza de que isso vai funcionar? — perguntou Yo-Yoji. Estava com o chicote na mão, e o balançava nervoso.

— Defina *certeza* — disse Max Ernesto, segurando o Prisma do Som com tanta força que suas juntas estavam brancas. — Estou absolutamente certo? Não. Estou razoavelmente certo?...Uh, não. Acho que tem boas chances de sucesso? Depende do que quer dizer com boas. Acho que vai dar certo? Uhm, espero que sim. Parte de mim acha que o plano é insano? Uh, sim. É o tipo de coisa que geralmente faria...?

— Ta, já saquei!

— Seja como for, é um fato que o chicote cria uma explosão sônica, já li a respeito. É porque quando estala se move mais rápido do que a velocidade do som.

Yo-Yoji encarou o chicote na mão, como se estivesse imaginando como poderia se mover tão depressa.

— Além do mais — disse Max Ernesto, se esticando um pouco e parecendo mais alto —, é o único jeito de salvar Cass. Bem, o único que me vem à cabeça. Tem alguma ideia melhor?

Yo-Yoji estalou o chicote uma vez, de forma experimental. Max Ernesto deu um pulo para trás, assustado.

— Certo, você manda — disse Yo-Yoji. Cerrou o punho e olhou expressivamente para Max Ernesto.

— Pedra papel tesoura? — perguntou o amigo, confuso.

Yo-Yoji riu.

— Não, assim...

E mostrou a Max Ernesto como se cumprimentar com os punhos.

Era estranho para Cass estar nos contornos da batalha que se desenrolava à sua frente no cemitério (Owen, ao que parecia, estava ocupado demais lutando contra **barata♥meia®** para desamarrá-la). Ao menos nas próprias fantasias, era sempre a heroína nestas situações, e não a donzela em apuros.

Ainda assim, estava feliz por haver heróis ao redor, mesmo que não fosse uma deles. Mal viu os dois amigos, mas foi o bastante.

É verdade, o Sol da Meia-Noite tinha os números em seu favor. Sem falar em todas as outras vantagens possíveis. Mas só de saber que Max Ernesto e Yo-Yoji estavam lá — e que tinham chamado Pietro, exatamente como planejara —; sentia um pouco de esperança.

Não estava sozinha, percebeu. Tinha um amigo. Aliás, tinha dois. E mais, se contasse Pietro, Owen e Lily. Olhou para os próprios pés: e o homúnculo. Quantos amigos uma pessoa podia ter? Talvez não houvesse limite. Registrou na mente que deveria discutir o assunto com Max Ernesto um dia.

Pensou novamente na última vez em que fora amarrada — no navio do Sol da Meia-Noite. Ainda não tinha tentado reencenar o truque de Max Ernesto, porque tinha estado sob constante vigilância. Mas agora, percebeu, ninguém olhava para ela.

Mesmo o homúnculo, ainda amarrado na neve a seu lado, estava absorvido na cena que se desenrolava diante deles como se fosse um filme.

Testou a corda para ver se tinha espaço; como não podia deixar de ser, tinham usado corda em excesso mais uma vez. Em seguida tirou os sapatos — o primeiro passo — e, franzindo o rosto, ficou em pé só de meias na neve. Agora teria geladura com toda a certeza.

Imaginando uma vida sem dedos do pé no futuro, livrou-se da corda. Mais cedo do que imaginava, estava amarrando os sapatos novamente e *des*amarrando o homúnculo surpreso.

— Bom trabalho, bobo júnior.

— Disponha.

Enquanto falava, a voz se perdeu no...

BUM!!!

Soou como um trovão, seguido pelo estrondo mais alto que Cass já tinha ouvido; aliás, o estrondo mais alto que o homúnculo já tinha ouvido, e ele ouvia estrondos há quinhentos anos (apesar de a maioria ter sido produzida pelo próprio estômago).

— Veja, está funcionando! — disse Yo-Yoji.

Ele e Max Ernesto observaram enquanto pedras começavam a se balançar dos picos acima.

— Sim, mas não estão indo na direção certa.

— Talvez devêssemos estar tentando mirar naquilo? Vai cair bem em cima deles — disse Yo-Yoji, apontando para um pico de montanha alto que parecia se erguer diretamente do cemitério. A neve no pico estava tão alta que criava um...

— Está falando daquela cornija? Não sei exatamente como mirar naquilo — disse Max Ernesto, olhando do Prisma do Som para o pico da montanha. — Estava apenas pensando que, se conseguisse criar uma explosão sônica grande o suficiente, a coisa toda provocaria uma avalanche.

— Bem, vamos tentar outra vez, mas não feche os olhos desta vez.

— Tudo bem, mas é difícil não fechar; é um reflexo.

Corajosamente mantendo os olhos abertos, Max Ernesto segurou o Prisma do Som com o braço mais esticado possível.

Com uma concentração incomum, Yo-Yoji balançou o chicote para trás, depois — crrrrrack, a menos de um centímetro do Prisma do Som.

BUUUUUUUUUUUUUUUUUUUUM!!!!!!

Foi ainda mais alto desta vez. As montanhas tremeram. Uma enorme rachadura ziguezagueou através da superfície do Lago Sussurro.

Max Ernesto e Yo-Yoji encararam impressionados, primeiro sem notarem que o pedregulho sobre o qual estavam havia se deslocado e começado a ROLAAAA...

Cass ouviu o pedregulho antes de vê-lo.

Apenas imaginava que as explosões sônicas tivessem sido criadas por Max Ernesto e Yo-Yoji, e tinha leves suspeitas de que a razão para as explosões era enterrar de vez o caixão do Lorde Faraó.

Mesmo assim, entrou em ação como se o plano fosse dela.

— Vamos — disse ao homúnculo, apontando para o caixão enquanto o pedregulho rolava em direção ao túmulo do Lorde Faraó, ganhando velocidade a cada segundo.

(Por sorte, Max Ernesto e Yo-Yoji tinham conseguido saltar.)

Enquanto o Sol da Meia-Noite e os integrantes da Sociedade Terces se espalhavam para um lado e para o outro, saindo do caminho da pedra, Cass e o homúnculo correram para o caixão.

Juntos, empurraram-no (ainda estava sobre rodas) de volta para a sepultura, lançando-o pela borda para dentro do buraco.

— Cass! — alertou o homúnculo.

O pedregulho havia batido em outra pedra, voado pelo ar, e agora estava rolando bem na direção deles como uma bola de boliche gigante.

Com um esforço sobre-humano, o pequeno homúnculo pulou para cima de Cass, tirando-a do caminho bem a tempo. Mas ao fazê-lo perdeu o equilíbrio e...

— Senhor Cara de Repolho!!!

... caiu no buraco.

O pedregulho caiu em cima dele.

Selando o homúnculo, e o caixão mortal do Lorde Faraó, na cova para sempre.

CAPÍTULO TRÊS
O JURAMENTO DE TERCES

Enquanto os últimos membros remanescentes do Sol da Meia-Noite se recolhiam na imensidão de neve, um helicóptero negro se ergueu das árvores e voou pelo céu da manhã — como uma criatura noturna fugindo do dia que nascia.

Se tivéssemos olhado para a cabine do helicóptero, provavelmente teríamos encontrado o Dr. L e a Srta. Mauvais sentando em silêncio ou planejando furiosamente uma vingança, ou ambos.

Muito humilhante — uma derrota para três crianças, um circo defunto e um homenzinho cultivado em esterco de cavalo, não acha?

Mas vamos ficar no chão desta vez e observar o grupo heterogêneo de pessoas, conhecida como Sociedade Terces, se reunindo ao redor do túmulo do Lorde Faraó, agora marcada por um enorme pedregulho afundado a meio caminho na terra.

O cenário não se parecia em nada com o que recebera o Sol da Meia-Noite mais cedo. Mas as diferenças eram claras.

E não só porque o sol — o verdadeiro sol — tinha começado a se levantar.

Para começar, os membros da Sociedade Terces sorriam. Não da maneira gananciosa, sinistra e vil com que os Mestres do Sol da Meia-Noite ocasionalmente sorriam, mas de um jeito mais simples, amigável, ainda que arteira e não totalmente inocente.

Além disso, não estavam preocupados com o túmulo ou o terrível Segredo que podia conter, mas com as três crianças entre eles.

Não sei se era por costume da Sociedade Terces, ou, como suspeito, pela compreensão intuitiva de Pietro a respeito do tipo de cerimônia que queriam, mas as três crianças estavam ajoelhadas quase como se estivessem recebendo título de nobreza. Pietro acima deles como um pai orgulhoso.

Cass e Max Ernesto finalmente fazendo o Juramento de Terces. E com eles o novo amigo e parceiro, Yo-Yoji.

Na medida em que Pietro recitava as palavras, eles as repetiam:

> Tenho um Segredo e não posso falar nem escrever;
> Apesar de não ter cheiro, às vezes pode feder;
> Apesar de não emitir sons, pode te fazer gritar;
> Quando não tem gosto, mais faço gostar.
> Apesar de não ter tom, não lhe falta cor;
> Apesar de não ter forma, não há motivo para dor.
> Se acha que sabe, está a se enganar,
> E de você o segredo irei preservar.
> O segredo da vida não se baseia em pedras ou moedas,
> Pois o sentido secreto não faz sentido.

— Pensei que fosse para ser um juramento — disse Yo-Yoji, confuso, enquanto os três se levantavam. — Isso mais pareceu outra charada.

— Bem, eu gostei — disse Cass, com o rosto ainda vermelho pelo choro. — Podemos saber de onde veio? — Limpou o nariz e olhou para os adultos atrás.

— Do bobo, é claro — disse o Sr. Wallace, puxando o colarinho do casaco. — Tudo o que escreveu é um pouco enigmático.

Owen afagou as costas do senhor Wallace.

— E se dependesse de você, passaríamos todo o nosso tempo sentados em alguma biblioteca resolvendo.

— É, mas o estranho é o que vem depois, "se acha que sabe o Segredo, está errado" — disse Max Ernesto. — Então como a pessoa vai descobrir? É quase como se ela não devesse resolver a charada. Que tal isso?

— Que tal isso? — Pietro sorriu para Max Ernesto. — Acho que você chegou bem perto de resolver agora.

— Talvez Cass não seja a única com alguma coisa em comum com o bobo — disse Lily com uma risada.*

Mais tarde, enquanto começavam a descer a montanha, Cass parou e se virou para olhar para a enorme bola de granito que emergia da neve brilhante. Havia algo muito certo, pensou, em uma criatura tão pequena com uma sepultura tão grande.

— Adeus, Sr. Cara de Repolho — disse Cass com doçura.

Com os olhos começando a lacrimejar novamente, puxou aquela bola muito melhor, o Prisma do Som, do bolso da jaqueta, e jogou-a no ar uma última vez.

---

* Eu sei: ficou frustrado. Todos estes nobres membros da Sociedade Terces podem ser filosóficos, mas você estava esperando descobrir algo mais sobre o Segredo. Se serve de consolo, pense assim: prefere conhecer o Segredo ou salvar o mundo? De certa forma, essa foi a escolha que nossos três amigos encararam — e o próprio homúnculo encarou — quando decidiram enterrar o caixão do Lorde Faraó. Claro, eu, pessoalmente, talvez tivesse escolhido o Segredo. Mas é por isso que sou um escritor, e não um herói.

CAPÍTULO DOIS

A CRIANÇA ABANDONADA. MANUSEIE COM CUIDADO. FRÁGIL!

Tenho certeza de que não preciso contar o quão histérica ficou a mãe de Cass quando ela não voltou para casa após o show das irmãs Skelton. Desta vez não cedeu e Cass levaria meses até poder voltar a sair de casa sem um adulto acompanhando.

Tente dizer para a sua mãe que volta para casa antes das onze da noite — para em seguida ser sequestrada por alquimistas do mal, salvar o mundo com a ajuda de um circo desmantelado, *ser salva* por um homúnculo de quinhentos anos, fazer um juramento de que manterá isso tudo em segredo de todos que conhece, *inclusive* sua mãe, depois aparecer no dia seguinte sem qualquer explicação.

Cass não tinha mais permissão para sequer pegar o ônibus da escola. Tinha que ser levada de carro pela mãe ou pelos avós.

Ou, como aconteceu uma vez algumas semanas após o incidente no Lago Sussurro, pela mãe *e* pelos avós.

Naquela tarde, a mãe de Cass estava esperando na esquina em frente à escola de Cass com o vovô Larry e o vovô Wayne; era aniversário do vovô Larry e iam todos para um leilão de antiguidades para comemorar.

Ao pisar do lado de fora, Cass os ouviu falando, apesar de estarem a meio quarteirão de distância:

— Sabe, é nossa história também, não só sua — dizia o vovô Larry. — Talvez *nós* devêssemos contar para ela se você não quer.

— Não, não. Eu vou. Logo. Prometo — disse a mãe de Cass. — Só preciso encontrar a hora...

— Mas nunca vai haver uma hora certa! — disseram os avós de Cass em uníssono.

Reflexivamente, Cass apalpou o bolso para sentir o Prisma do Som. Mas não estava com ele. Estava escutando a conversa com os próprios ouvidos.

Será que o homúnculo tinha razão?

Uma coisa era certa: quaisquer que fossem seus poderes, as orelhas eram únicas, e eram herança do bobo.

E outra coisa: estava na hora.

Agora.

Bem aqui na frente da escola.

Antes que pudesse mudar de ideia, Cass marchou até a mãe espantada, e os avôs, respirou fundo...

— Sei por que não quis me dizer quem era o meu pai.

Respirou novamente.

— É porque não sabe.

Respiração.

— Porque sou adotada, e tinha medo de me contar.

Respiração.

— Mas tudo bem, ainda te amo.

Respiração.

— E você continua sendo minha mãe.

Respiração.

— Então não se preocupe.

Grande respiração.

— Mas como...? — perguntou a mãe, começando a chorar.

— Alguém me mandou isso, não sei por quê.

De repente um pouco chorosa, Cass mostrou para a mãe o pedaço de papel que havia encontrado no chão no Cemitério de Barbies. A certidão de nascimento que estava no arquivo do Prisma do Som.

Não sabia dizer exatamente quando percebeu que ela era a menina da certidão. Pode ter sido quando o homúnculo disse que era herdeira do bobo. Ou talvez em uma das noites de insônia depois que perderam o homúnculo, quando Cass achou que tinha perdido também a chance de fazer parte da Sociedade Terces.

Mas carregava a certidão de nascimento desde que a encontrara, como se sempre tivesse sabido o que significava.

— Oh, Cass, eu te amo tanto — disse a mãe, abraçando-a forte.

— Eu também — disse Cass, retribuindo o abraço.

— Nós também — disseram os avôs, se juntando para um abraço grupal.

Cass fora uma criança abandonada.

Como o vovô Larry e o vovô Wayne contariam mais tarde naquela noite, e muitas vezes depois daquilo, em uma noite, doze anos antes, a mãe de Cass estava tomando chá com eles.

Estava chorando; não tinha marido ou namorado em vista, e, contara a eles, temia nunca ter filhos.

Enquanto Larry e Wayne tentavam alegrá-la, Sebastian começou a latir para baixo. Um cliente, imaginaram, àquela hora?

Quando chegaram ao andar de baixo, quem quer que tivesse estado lá, não estava mais. Mas uma caixa tinha sido deixada na entrada, exatamente como tantas outras ao longo dos anos (todo mundo sabia que Larry e Wayne não suportavam jogar nada fora).

A caixa estava colada, como se contivesse revistas, ou pratos descombinados, e não dizia nada além das palavras "Manuseie com cuidado". Um único buraco tinha sido feito no papelão para permitir a entrada de ar.

Quando abriram a caixa, encontraram um bebezinho enrolado em um cobertor. Não tinha bilhete, apenas uma etiqueta escrita meticulosamente: "menina. 3,260 kg. Hora de nascimento 6:35 p.m.".

Mas a mãe de Cass não precisou ler a etiqueta para saber que a bebê era dela.

Da mesma forma, Cass não precisaria ouvir a história doze anos mais tarde para saber quem tinha que ser sua mãe.
Mas ouvir uma boa história não faz mal a ninguém. Principalmente quando é sobre você.

CAPÍTULO UM
O SHOW DE TALENTOS

eses depois...

Cass estava na plateia.

Deixe-me repetir. Porque ela foi muito enfática a este respeito. Cass estava na plateia.

Do tipo, *não no palco*.

Do tipo, não participaria de um show de talentos nem que sua vida dependesse disso.

Do tipo, sim, claro, ela, Cassandra, era uma sobrevivóloga dedicada e estava pronta para encarar todos os desastres do mundo, naturais *ou* sobrenaturais, mas jamais, do tipo *nunca*, encararia — seus — colegas — lá — do — alto!

O show de talento anual da escola recentemente tinha sido renomeado para *O Show de Talentos* porque, conforme a Sra. Johnson havia explicado, as pessoas tinham vários tipos de talentos ("talento*s* com s, crianças — plural!") e nenhum talento era superior ao outro.

Os alunos, no entanto, sabiam a verdade. Sabiam que alguns talentos eram *sempre* superiores a outros — os talentos que, coincidentemente, pertenciam aos alunos mais populares — e para mostrar o desdém pelo novo nome do show de talento passaram a zombar chamando de "Xou de Talentos".

Cass havia se decepcionado um pouco com o fato de Yo-Yoji ter se recusado a se apresentar no show de talentos; se alguém tinha o poder de sacudir a hierarquia do colégio com uma guitarra, esse alguém era ele. Mas sua decepção por Yo-Yoji *não* se apresentar não se comparava à ansiedade que estava sentindo pelo fato de que Max Ernesto *iria* se apresentar.

Depois que um menino de dez anos de idade chamado Lucas apresentou uma versão surpreendentemente boa da música *It's Not*

Unusual de Tom Jones, a Sra. Johnson chamou o nome de Max Ernesto.

Duas vezes.

Quando ninguém apareceu no palco, Cass, sentada discretamente perto do fundo do auditório, quase sentiu alívio. Talvez estivesse desistindo, afinal.

— Max Ernesto, se não aparecer agora, vai perder a vez! — gritou a Sra. Johnson de um jeito que só uma diretora sabe.

— Mas minha cartola não quer ficar no lugar!

De repente, como se alguém o tivesse empurrado com uma bengala, Max Ernesto tropeçou para o palco, segurando uma cartola na cabeça com uma das mãos e uma varinha com a outra. Estava com uma capa de mágico uns cinco tamanhos maior que o dele.

— Oi. Eu... Sou o Max Ernesto — gaguejou. — A maioria de vocês já me conhece porque estuda comigo. Mas alguns são pais, então não vão para a escola, bem, não é exatamente verdade, mas... De qualquer forma, hum, como estava dizendo, sou Max Ernesto, mas hoje sou Max Ernesto, o Magnífico, e vou realizar um número de magicomédia, que é comédia com magia...

— Vá logo, Max Ernesto, e use o microfone! — disse a Sra. Johnson, sem muita gentileza.

Cass resmungou: estava pior do que temia.

— Tudo bem. Tudo bem. Eu estava prestes a contar uma piada. Lá vai, toc-toc! Agora alguém diga *"quem é?"*.

— Quem é? — gritou um homem no canto.

— Quem é? — gritou uma mulher no canto oposto.

— Sou eu! Entenderam? — Max Ernesto olhou cheio de expectativa para a plateia.

— Haha! *Sou eu*, entendi! — gritou o homem.

— *Sou eu*, muito engraçado! — gritou a mulher.

Cass não precisou olhar para saber quem eram: os pais de Max Ernesto.

Ninguém mais riu.

Naquele momento, Yo-Yoji correu para o palco com a guitarra empunhada.

— Diga *Sou eu* outra vez!

— Hum, *Sou eu* — disse Max Ernesto, surpreso.

Yo-Yoji palhetou, fazendo aquele som que você ouve na televisão depois que alguém faz uma piada: *wah wahhh*.

Desta vez, todo mundo riu.

Afundada na cadeira, Cass sorriu agradecida. Obrigada, Yo-Yoji.

— Muito bem, agora um pouco de mágica — disse Max Ernesto, ganhando confiança. — Agora preciso de uma voluntária muito bonita e *muito, muito* simpática. Amber?

Todos se esticaram para olhar para Amber, sentada na fileira da frente. Ela olhou para Max Ernesto, espantada.

Ao lado dela, Verônica aplaudiu ruidosamente.

— Vai lá, Amber!

Ela se levantou, fingindo modéstia.

— Bem, não sei, mas se ele realmente quer que seja eu...

Enquanto Amber subia no palco, balançando o cabelo, Max Ernesto apontou para trás de si, onde o *Portal para o Invisível* estava sob um holofote, emprestado pelo Museu da Magia.

— Olhe para esta cabine aqui, parece totalmente normal, certo, Amber?

— Certo, Max Ernesto — disse ela, sorrindo para a plateia para mostrar que estava levando o show a sério.

— Mas, na verdade, é a porta para outra dimensão, o *Invisível!* — disse Max Ernesto de forma dramática. Ou quase dramática. — Tudo bem, agora feche a cortina atrás de mim depois que eu entrar...

Ela o fez.

— Toc-toc — falou bem alto de dentro da cabine.

— Quem é? — respondeu Amber, entrando na onda.

— Ninguém! — declarou Max Ernesto. — Agora abra a cortina.

Enquanto Amber abria a cortina, Yo-Yoji tocou alguns acordes arrepiantes para aumentar a tensão.

A cabine estava vazia.

A plateia se espantou. Em seguida aplaudiu.

Nada mal, pensou Cass. Talvez não seja um completo desastre, afinal.

— Agora, feche a cortina — disse a voz do Max Ernesto invisível.

Assim que Amber fechou a cortina, Max Ernesto a abriu novamente e saiu lá de dentro.

Sorriu.

— Que tal isso?

Mais aplausos. Acordes de guitarra vitoriosos.

Agora que tal *você* desaparecer, Amber?

Ela sorriu nervosa.

— Hum. Tudo bem, eu acho.

Max Ernesto levantou a bandana.

— Primeiro, você precisa colocar esta venda. Olhar no olho do Invisível pode ser muito assustador e confuso para quem nunca experimentou. O que quer que faça, não tire esta bandana!

Claramente relutante, mas com medo de demonstrar, Amber permitiu que ele amarrasse a bandana ao redor dos olhos e a conduzisse até a cabine.

Mas quando a cortina se fechou atrás dela, a plateia ouviu Amber gritar em protesto:

— Ei, o que está acontecendo?! Socorro...!

— Relaxe, Amber, você agora é invisível!

Enquanto Yo-Yoji tocava guitarra sem parar, quase como uma batida, Max Ernesto abriu a cortina com um floreio. Ela não estava lá.

— Que tal *isso*?

Mais música vitoriosa. Mais aplausos. A maioria de Cass, que não conseguia conter o sorriso: se ao menos Amber desaparecesse para sempre!

— E agora... — Enquanto Yo-Yoji tocava, Max Ernesto mais uma vez fechou e reabriu a cortina.

Mas desta vez a cabine continuava vazia!

A plateia se agitou, nervosa. Yo-Yoji parou de tocar e olhou confuso para a frente e para trás entre a cabine e Max Ernesto.

— Hum — disse Max Ernesto, coçando a cabeça. — Acho que a mágica foi forte demais...

Fechou e abriu a cortina outra vez. Ainda vazia.

Todos se espremiam nos assentos, incertos quanto ao que estava acontecendo.

— Desculpe, Sra. Johnson, isso nunca aconteceu antes — disse Max Ernesto, deixando clara a própria confusão. — Acho que a perdemos.

A Sra. Johnson parecia furiosa.

— Bem, é melhor encontrá-la!

De repente, o alto-falante estalou.

— TENTE O ESTACIONAMENTO! — explodiu uma voz assustadora com um leve sotaque italiano.

Foi uma debandada. Liderada por Cass.

Quando chegaram do lado de fora, as pessoas apontaram, rindo: Amber estava tropeçando pelo estacionamento, vendada, com as mãos esticadas.

— Onde estou?? Alguém me ajude!!!

De toda a escola, somente a Sra. Johnson não estava se divertindo. Todos os outros deram vivas a Max Ernesto. Até os amigos de Amber.

Como ele fez?, perguntavam sem parar, impressionados e espantados.

Cass teve uma leve desconfiança quando viu Pietro saindo rapidamente do estacionamento. Ele acenou para ela, em seguida desapareceu à distância.

Cass acenou de volta, sorrindo de orelha pontuda a orelha pontuda.

Quem disse que fazer parte de uma perigosa sociedade secreta não tinha suas vantagens?

Receita de "Vilão Assado" do Sr. Cara de Repolho

Nota: antes de assar, é preciso queimar seu vilão em temperatura alta. O Sr. Cara de Repolho diz que é o segredo. "Retém os líquidos."

1 vilão recém-abatido
10 dentes de alho picados
6 raminhos de alecrim
3 pitadas de páprica
1 maçã para colocar na boca do vilão
Sal e pimenta a gosto
Unte com quanta manteiga desejar

Serve de quatro a seis pessoas ou um homúnculo.

Ondas Sonoras: como sussurros viajam pelo Lago Sussurro

Ondas sonoras viajam em velocidades maiores em temperaturas mornas do que o fazem em temperaturas frias.

Com isso, nas primeiras horas da manhã, quando o ar acima do lago está começando a aquecer, mas o ar no nível da terra ainda está frio pela água gelada, as ondas sonoras mais altas viajam mais depressa do que as mais baixas. Isso faz com que as ondas sonoras mais altas se curvem sobre as mais baixas, criando um arco de som através do lago. Imagine um arco-íris de som com os ruídos mais frios na base e os mais quentes no topo. O resultado é que se consegue ouvir sons através do lago que normalmente desapareceriam antes de chegarem a você.

Se não entender, não se preocupe. Como truques de mágica, os mistérios da natureza às vezes são mais interessantes quando continuam misteriosos.

O truque do cone de Max Ernesto, o Magnífico

Com este cone mágico, você pode fazer lenços de seda e outros objetos pequenos como moedas ou cartas desaparecerem no ar. Independentemente de você fazer o próprio cone ou não, por favor, não revele o segredo a ninguém.

Materiais:
- 2 pedaços de papel-cartão (precisam ser da mesma cor)
- Tesoura
- Cola
- Purpurina e/ou outros materiais de decoração
- Lenço de seda ou outro objeto pequeno e liso (não é recomendado o uso de bandana)
- Uma plateia que se possa impressionar e confundir

Fazendo o cone:
1. Pegue os dois pedaços de papel-cartão e os alinhe um sobre o outro. Certifique-se de que o papel esteja na horizontal com as pontas menores nos lados, e as maiores acima e abaixo.

Agora pegue os dois pedaços de papel juntos no canto inferior esquerdo e dobre de modo que o canto toque o topo desta forma:

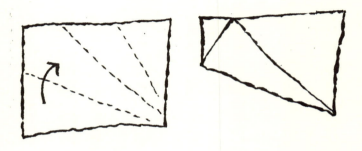

2. Faça uma segunda dobra assim:

3. Finalmente, faça uma terceira dobra de modo que fique com um cone assim:

4. Desdobre as folhas. Em seguida corte um pedaço triangular da folha de cima (apenas da folha de cima!) assim:

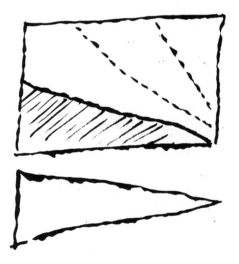

5. Descarte a parte maior da folha de cima.

Em seguida, cole o pedaço triangular da folha de cima na parte correspondente da folha de baixo. Cole apenas as extremidades longas, deixando a curta e o interior do triângulo abertos. Agora criou um bolso secreto no qual pode esconder um lenço ou qualquer outra coisa que caiba.

6. Decore o cone, levemente, com purpurina ou o que quer que prefiram para efeito de magia e para esconderem as bordas coladas.

Executando:

Primeiro, segure o papel desdobrado aberto na sua frente com o bolso secreto voltado para a plateia. Com a mão direita, cubra a abertura do bolso. A ideia é fazer parecer que tem um pedaço de papel perfeitamente normal na mão.

Diga algo como: "qualquer mágico pode tirar um lenço de uma cartola, mas apenas os melhores podem fazer um lenço desaparecer no ar. Agora observem e espantem-se!"

Em seguida dobre o papel em um cone outra vez. Com o bolso secreto agora na sua frente, ajuste o cone casualmente de modo que o bolso esteja suficientemente aberto para aceitar o lenço (a abertura deve estar escondida pelo topo do outro lado do cone).

Empurre o lenço no bolso secreto (ou derrube a moeda ou que quer que queira).

Agora desdobre o papel e segure-o aberto para a plateia, mais uma vez com cuidado para manter o bolso secreto fechado entre os dedos.

Vai parecer que o lenço desapareceu!

Diga: "tã-ram!", ou como prefiro, "voilà!".

Lembre-se: você deve sempre praticar um truque de mágica na frente de um espelho antes de executá-lo diante de uma plateia. E se não acertar de primeira, tente novamente.

Ou simplesmente desista frustrado, como eu.

Este livro foi composto na tipologia Adobe Calson Pro, em corpo 11/15,9, impresso em papel off-white 80g/m² na Markgraph.